木公田 晋
Jin Kikoda

神々の戦い

Battle of The Gods

II

若き超人
伯爵ジョンブル・ジョン

アーク出版

若き超人　伯爵ジョンブル・ジョン　目次

カバー装丁／石田嘉弘

（第二巻）主な登場人物　　（＊）…Ｊ・Ｊの秘の妻、（！）…超能力者

「在りて在るもの（＝存在＝地球―太陽系―神）」…多元融合複合生命体・百二十五億歳だが、地球人には四十五億歳と言っている。この地球の神または悪魔。人の知れたる歴史ではモーゼに十戒を与え、キリストを荒野で導き、釈迦に悪神となり試した。

ジョン・スチワード（ジョンブル・ジョン＝Ｊ・Ｊ）…ふたなりのアベ・マリアが、クリルシティの海で偽死。なり変わり。十八歳で理学博士号をえて英国・ロンドンに移り、スチワード伯爵、Ｊ・Ｊとも呼ばれる。マリアのときから「百兆円と千人の子づくり」を「存在」（地球神）から義務化。超能力を付与され忠実に実行し、秘の妻たちと侵略防衛戦に備え階梯を上げる。

マリアの（旧）家族

・カズミ・アベ　…マリアの妻、二人の子の母、後のクリル首相（！）
・イチロー・アベ　…二人の長男、異星人の言語解明に着手、天才（！）
・マミ・アベ　…二人の長女、兄とともに同右、天才（！）
・フィデリオ・キング（阿部元）　…マリアの次男、地球連邦大統領（！）
・マリエッタ・キング　…キングの妻（マリアの娘）

・リカルド・キング……フィデリオとマリエッタの子、ブラジル大統領

地球連邦の関係者

・れい子・クロダ・ジャクソン……地球連邦産業省長官。F・L・C（ファンタスチック・ラブ・クラブ）、A・R・A（アンドロイド・ロボット・動植物）管理局などを掌握（＊）

株式会社キングの関係者

・ナタリー・クイン……本名ナタスタシア・ボルチェンコ。地球連邦情報局長官。世界最大の民間軍事会社株式会社キングのCEO。「クイーンズ」のトップ（＊！）

過去からの秘の妻たち

・松田徳子（二代・吉野太夫）……必死に階梯アップ、後に連邦軍少佐から中佐、子六人
・白川眞亜（初代・吉野太夫）……同右　後に連邦軍少佐から中佐、子六人
・徳光徳眞（元・天神の徳弥）……同右　後に連邦軍少佐から中佐、子二人

クリル共和国の関係者

・ミミ・フロンダル……クリル共和国首相、子六人（＊フィリピン人）

・斉藤美和子　病院長兼アベ・マリア記念大学（クリル）大学院学長、ノーベル医学生理学賞受賞、子なし（＊日本人）

ロンドンで身近な者

・クリス（チャーニ）・スチワード　ケンブリッジ大学院名誉教授（＊）

・ステ（ファ）ニー・スチワード　クリスの娘　子二人、ケンブリッジ大学院教授（＊）

・ロージィ・フロンダル　子二人、オックスフォード大学院教授（＊フィリピン人ハーフ）

マーガの城・関係者

・マーガ（レット）　年齢不明、六百歳余で外見は二十歳くらい。元バンパイヤ、この古城の城主・子二人（長女マロリア、次女マリリア）

ロンドンシティ・行政等の関係者

・モーガン教授　後のロンドン市長、妻をＪ・Ｊに頼み受胎

・カレン・アッテンボロー　子一人、市長から首相（＊）

・エリス・アッテンボロー　カレンの姪（＊）ロンドン警視庁警視正から警視長

・エバ・ブルック・アッテンボロー　ＭＩ６の代理から長官（＊）

パリシティ・行政等の関係者

・アラン・ブルーノ

・クロエ・マイヨール

・フローリア・（クロエ）・モロー

・クロエ軍団―全員（＊！・六人）

・ブルーチーム（五人）―全員

地球連邦軍軍人

（パプアニューギニア訓練基地）

（モスクワ基地）

フランス内務相からフランス大統領、アイレス（I）の父

パリ十六区警察署長から警備局長、警視監（＊）

フランス有数の富豪、スーパーモデルのクロエ・ユキ（＊！）、子二人、クロエ軍団軍団長

チーム長フラン（ギリシャ人・F）／栄蓮（中国人・A）／ベルゲ（ドイツ人・B）／カンニャ（ベトナム人・C）／デマンボ（コンゴ人・D）／イクコ（日本人・E）

バカロレアSの合格者。ヘレン・マイヨール（H）／アイレス・ブルーノ（I）／ジェーン（J）／キャッシー（K）／リッキー（L）／それぞれが階梯を上る

ミリエリ・ペトロワ・チトフ大佐／アリス・ウェイン中尉／李春雷中尉／リンダ・ゴルベス伍長／リッキー・ワイダー伍長／エレーヌ・ジェランド一等兵

イリーナ・カガノヴィチ上等兵

プロローグ

ある宇宙の中心近くの惑星に誕生し、階梯を上げた生物は、知力と能力を高め、そこの「存在」のみちびきにより、物理的実態を望んで喪失。他の惑星の同じようなものと融合し、多元（層）宇宙を旅し、宇宙の秩序・進化の在りかたを学び、さらに階梯の高い意識を加え、時を超える力を得、「在りて在るもの（＝便宜的に地球存在）」となった。

少し「遅れて存在となったもの」と、創造主のもと、辺境宇宙に出来たばかりの二つの星系を選ばされ、（のちの）「地球存在」は一つの太陽・十二の惑星系を選び、そのハビタブルゾーン（Habitable zone ＝生命居住可能領域）の内側、第三惑星を恐竜（ラプトルが中心）に支配させ哺乳類などを食料とした肉食に、第四惑星を二足・白い肌の人に支配させようと計画し生物の進化を促した。

しかし、木星と第四惑星の間に在った惑星に巨大隕石が衝突。その破片が隕石となり第四惑星（火星）にふりそそぎ、火星の公転軌道を変え、生物は全滅近くなり、第三惑星（地球）の恐竜なども全滅、生態系を変えた。——この星系の「存在」として大失敗。

「遅れて存在となったもの」は、そこより辺境の二つの太陽、一つの生存可能な惑星を与えられ、黒い昆虫型・細長体六本足の生物に二本の手の開放と緊急のとき二本の足にもなれるように改造。知恵を与え進化を促した。

「地球存在」は火星に奇跡的に生き残った地球原人より階梯の高い、白い肌の人を秘にα星人に頼み、コーカサスの高原に移し、さらに混交させた。地球存在には、地球人がやがてコーカサス系人に駆逐されること、その後にあの昆虫型星人に侵略されるという未来がわかり、この二つの未来を変えることを決意した。それに対抗する黄色い肌の比較的温厚な高い階梯の人を創り、幾千世代の優れたＤＮＡを持つコーカサス系人とも交配させた。――時を重ね、さらに時を経て侵略の前に、雌雄同体の高い階梯の能力者を持つ「ふたなりの阿部眞理亜」を創り、超能力を高めさせ、「千人の子づくり、百兆円づくり」の目標を与えた。

この巻では、侵略防衛を全地球的に指揮し、過去のしがらみ等を断ち切るため、マリアの了承のもと、十八歳の英国人伯爵ジョン・スチワードに変え、マリアを偽死させた。超能力を強化し、マリアの時から与えられた高い目標を着々と実行し、英国貴族ジョンブルのジョン「Ｊ・Ｊ」とも言われ、秘の妻子とともに階梯を上げていくことを示す。

［第一章］

スチワード城の若き伯爵

伯爵の認証

巨大防御バリアに囲まれたクリルシティより、高い緯度にあるロンドン郊外のここは、五月一日であったが陽の落ちるのが早く寒い。最新の発光ダイオードの照明が灯《とも》された。

防御バリアに包まれ、地上二メートルに停船したフライング・ソーサ（以下、F・S）がボーッと浮き上がり、船底から自動階段のエスカレーターが斜めに出て、ジョンが少ない荷の搬送を指示していると、トーマス執事と村長《むらおさ》らしい初老の大柄な男が近づいた。

「伯爵閣下、ご帰国おめでとうございます。これが例のF・Sですか。初めて近くで見ました」

「やあ、出迎えありがとう。長い間のお礼もしたいので、後でだけど乗ってみる？」

「えっ…いいんですか」

「いいよ。そうだね、明日、明後日の昼すぎまで予定があるから、その後、午後六時三十分に出発し、行先は虹の楽園と言われているクリルシティはどう。その人数を報告してね」

ジョンは、遺贈品などをF・Sから運ばせ執事の案内で入城（室）し、（かつて秘で見て回っていたが）見回り、改修などを指示。二階に七つの寝室があったが、書斎とシャワールームが併設された部屋を選び、マリアからの遺贈品などを寝室の納戸に収納。

一階に降り、小会議室で執事を立ち会わさせ、コック長・メイド頭など九人を履歴書を見ながら面接。黒人のメイド二人がいたが、特に問題なし。

用意した日本（クリル）製、高級菓子を全てに渡し喜ばせ、出迎えてくれた十五人の村人…それにもう一人の金髪の美しい少女。

「ご主人様、そういう少女はいなかったと思います」

ジョン（マリア）は、執事の返事に「はて」と思いつつ、少し考え込み、印象に残っている自分の脳細胞の記憶を司る海馬のシナプスを探ったが「ない」。しかし削られた痕跡見つけ、自分の能力で測れない階梯の高い「なにかの介入がある」ことに気づいた。

「わかった、勘違いか。あの村の人達の土地などはスチワード家のものだね」

「はい、五十エーカー（約二十万二千㎡）ほどあり、その中で居住する五十世帯ほどの代表者たちです。お土産とF・S乗船の許可までいただいており、喜ぶと思います」

明朝の指示を出し、夕食はパスし、午後八時になっていたが寝室に引きこもった。

ジョン（マリアは、必要なときのみ用いる）は、三時間寝れば充分。夜は長い。

真っ白いランニングウェアに着替え、腕時計型通信機（携帯電話の進化型。三次元立像など様々な機能がある…以下、腕輪通信機）を計測できるように一㎞、三分五八秒にセット。目の前に「遅れ」

「早すぎ」が計数とともに出現するはず。

すぐ守衛に大門を空けさせ「二時間ほどで帰る」を告げ、スイッチを入れ大きなスライドで走り出した。

下り坂、少しセーブ。白い風になり視力を暗視ゴーグルなみにし、麓《ふもと》の村落を抜け、その佇《たたず》まいを目に焼き付け、人も車もない道を走り抜け、大通りを東へ。車数台に追い越されたりしたが快調に飛ばし、少し汗をかいた。一時間、二十一・五Km——目の前にセットどおり表示し走り続け、小さな白い壁の英国正教徒協会のあたりでバックし、今来た道を戻り飛ばしたが、やや息が乱れ、自分で自分の身体に、「元の気」を念にして入れ、一Kmで四分を切るスピードを維持。汗がドッと出て村落にいたり、そこから約百メートルの緩《ゆる》い上り坂。初めて、きつい感じ。スピードが落ちた。

四十三Km・二時間三分—世界新記録に近かったが、身体が鈍《なま》っていると反省。

まだ夜は長い——

ロンドンシティの南。かつて写真で見たことのあるリアス式海岸の入り込んだ白砂の海岸をイメージし、ワームした。海岸に人はいない。

すぐ汗まみれのランニングウェアなどを脱ぎ捨て、穏やかな海に飛び込み、二回「存在」と交流。四百回目以上となる光の洗礼を受け、何かが変わったことに気づいた。

「ハッ」とし、視線を感じた。

海上、約二千メートルに、中型の個人用（?）客船が停船。しかし漆黒の闇。仮に見られても、いや見えるはずがないと思い、トレーニングウェアをつかみ――うっかり白いキャップを忘れた――スチワード城の寝室に裸でゆらぎ飛んだ。

午前四時に、いつものように目覚め。両足に少し疲れが残っており、気を入れつつ、自分で治療。疲れはすぐとれて、ハッとした。治癒《ちゆ》能力が向上――

高く天井に届く蔵書架のある書庫に数千冊の古めかしい羊皮紙の本があり、それらは司書による整理がなされていた。

英国文学、詩集を見たが、何とシェイクスピアもある。古い順に読むこと、十冊を書斎に運び、一冊を三十分弱で連続して読み、疑問点に付箋を付して、持ち込んだハンド型最新超小型の量子コンピュータに打ち込みつつ、全て記憶の中に記録した。

ハッとした。執事が呆然と見ており、

「ご主人様、それを全部お読みになりましたか」

「うん。中世英国文学は、フランスやメディチ家の影響を受けているね、面白かったよ。全部読んでみたいけど、どれくらいあるかな」

「はい、別の書庫に平積みされているものを含めて、約一万冊はあると思います」

「そうか、司書とは言わないが、誰か整理する者がいるね」

一階の天井の高い小さい食堂の部屋（以下、小食堂）に移り、十人掛けくらいの細長い食卓で朝食。ジュース、スープ、ベーコンエッグなどの簡単なもの。場を変えダージリンの紅茶（以下、紅茶）を味わいつつトーマス執事から家政の報告を受けた。

ここの五十世帯からの定期借地権による収入と、ケム川に近いグランチェスターにある別荘と周辺の賃貸土地収入が全ての収入で、約五万ポンド。

支出は人件費、リストラ費用、アルバイト支出。トーマスの給与は当初二十％減、さらに十％減、必要最低限の水光費などで赤字続き。亡き父からの預り金を取り崩し、未払金が十万ポンド…整然と記録され残高証明が付されていた。

未払金の精算を含め、とりあえず七十万ポンド（約八千万円）の小切手を切った。

そしてトーマス執事の給与を元に戻し、さらに十％アップを指示。

トーマスを含め、十名の使用人を集め訓示。

「僕は、父の外交官としての海外生活により、ここの記憶がほとんどない。何かミスをするかもしれないが、その時は助けて欲しい。ここは、かなり補修が必要とみたが、諸君に金銭的な心配をかけることはない。ただ外国に行き、研究者として生活も多くなり、ここを留守にすることが多くなるので、よろしく」

着替え、Ｆ・Ｓで出発の準備――トーマス執事が、

「旦那様、私の仕事ぶりを評価していただき、ありがとうございます。今後もしっかり務めます。あの、お世話をする娘、心当たりがあります。少しお待ち下さい」

ジョンは、図書司書のことを思い、心を読まず、

「いや、個人の趣味的なことなので、あまり急がなくていいよ」

トーマスは、この女っ気のないお城で、やはり…娘を望んでおられる—と勘違い。

「あっ、それに大汗をかいた洗濯物をバケットに入れて出していたけどよろしくね」

ジョンは、「サヴァン症候群」でありながらこの時点で大小二つのミスを犯していること、さらに、もっと大きな変化が起っていることに気づいていなかった。


前日の夕方、ロンドンシティから南南西、ブライトンの近く、リアス式海岸二㎞に停船していた寝室が五つある豪華なセーリング船は、帆走用の帆を畳《たた》んでいた。この青年船長は、秘の恋人と最高級ブランディのロイヤル・サルートを嗜《たしな》んで寛《くつろ》いでいた。陸地のボーッとした樹木、わずかに見える白砂の海岸。

岸近く、鈍い火の玉が、くるくる回り、光の粉を人らしい影に振らせ、洗礼を与えているようだった。すぐ近くに置いていた赤外線認識撮影機能の付いた双眼鏡で見ると、それが終わり、長身のほっそりした全裸の青年が海から上がり、岸辺で休憩—こちらを見ているようだったので、フリーズし息を潜《ひそ》め、これは何だ。今時？　と思い、恋人に寝室に戻るよう命じ、少しして全裸、真っ白い肌の青年がまた海に入り、光の玉の洗礼を浴び、裸のまま脱いだ白い衣服をとり、ゆらぎ消え、仰天。

何か小さな白いものが残され、その全てを撮影していた。

この青年船長は、何か「忘れものがあり」、彼は必ず取りに来ることを予測。それもすぐに。お付きの者三人に遠隔自動操作ができる撮影機を用意させ、四人で快速ボードに乗り「白いキャップ」を確認。残されたキャップの替りに自分の「紋章付きの白いキャップ」を置き、これを中心に三ヵ所に機器を隠し、砂地をきれいにならし船に引き上げた。

一方、全裸の青年ジョンは「クリーニング」と言ったとき、何か違和感。すぐそれを入れた「バケット」を見に行き、「しまった。あのキャップ」。

しかし十時にクリスチャーニ（以下、クリス）伯母（実は、マリアの秘の妻）と国王陛下・謁見《えっけん》準備の約束があり、すぐ着替え、F・Sに乗り例の白砂の海岸に飛んだ。

船内から降りず、白いキャップを引き上げ、また飛び、クリス・スチワード家の駐車場に着船。この時にキャップが異なっていることに気づいた。

クリスから謁見《えっけん》の心得・動作などを教わったが、脳内に刻みつつ、紋章付きのキャップを示した。

「あら、赤地に金色の3頭のライオンと、青地に金の竪琴。UK連邦王国、国王家の紋章よ、どうしたの」

「やはり、そうか」

正体を知っているクリスに全てを話した。

「うーん、その人は、ジョンより四歳年上のリチャード皇太子だと思う。彼はクリルから贈呈された個人用F・Sを乗りこなしているけど、今すべてを話すのはまずいよね」

少し話し合ってクリスのロールス・ロイス（以下、R・R）で早めに王宮に行くことになり、礼装に着替えた。車中でクリスが声を潜め、

「この運転手、高齢で辞めたがっているわ。こんな車、使い勝手と燃費が悪いので、あげようか」

「えっ、いいの。しかも無償で」

「ええ。あなたには、この何百倍以上の支援と子供まで授かっているわ。当然、無償よ」

ジョンは、R・Rの助手席に移り、運転を覚え、少し運転。王宮が近くなり、後部に移り、皇太子の居住区を気を巡らし探り、いた。

S・P（警護官）三人もあの浜辺のことを知っており、そこで撮影機器、暗視ゴーグルと三機の撮影機の映像にモザイクを入れ三人の記憶をゆっくり削っていった。

フッと思い…皇太子が気づいた最初の部分「海に入り光の洗礼を受けるシーン」だけは残した。少し、辻褄《つじつま》が合わないが――

バッキンガム宮殿の正門から〝赤服〟の陸軍・近衛兵に敬礼され入城。

正面入口で儀典官の礼服を着た初老の男の案内を受け、天井の高い絢爛《けんらん》たる控の間で待たされ、香り高い紅茶を嗜《たしな》んでいると、隣室の隠し部屋から彼が撮影機を回していた。

少しして、ジョンのみ次の謁見《えっけん》の間に案内。グレートブリテンおよび北アイルランド連邦王国（UK連邦王国、通称・英国）の国王陛下がおられ、儀典官に従い前に進み、敬意の礼から片膝をつき、両肩に剣を当てられ、差し出された右手指にそっと口をつけ、お言葉をいただき終わり。陛下退室、無事に終わった。

静かにピーンと背筋を伸ばして待っていたクリスとともに退室。

皇太子が五歳年下の妹に「面白《おもしろ》いものを見せてやる」と映写しようとしていた。

あのボーッとした暗視ゴーグルの映像を除いて、先程写したものも、ザーッという音と共に何も映っていなかった。ジョンを呼び止めようとしたが、その時は正門の外。

「クリス、おかげさまで無事に終わったよ」

謁見会場で渡された認証状を示した。

「よかったね、私も嬉しいわ」

しかし何か引っかかるものを感じ、ソーッと心を探った。そうか、気にもしていなかったが、直接それを持ち出すと、この誇り高い「妻」は怒りそうだ。

「ありがとう。色々としてくれたよね。ところで、ＤＮＡ鑑定などでクリルシティに来てくれたけど、あの経費は国から出たの」

「いいえ、自費よ」

「そうか、クリスのささやかな年金とステファニーの給与だけでは、娘のマリアーニの大学院学費だけでも大変だね」

「ええ、何とかやりくりしてね」

「スチワード城も、かなり改修に資金がいる。よし少し稼《かせ》ごうか。手伝って」

「ええ、いいけど。それより時間あるんでしょう。すぐご褒美《ほうび》頂戴」

目が潤んでおり、すぐ意図を察しクリス邸に急がせた。


濃いグリーンを基調としたクリスチャーニの寝室。ジョンは、ふたなりのマリアとして男になり、ここの大ベットで何回も何回も愛し合った。大輪の白い百合、赤いバラ、黄色・紫の花々が飾られ、あの時のまま。

「ねえ、ジョンの裸も見せて」

すぐ衣服と少し重量のある腕輪通信機をとった。

クリスは、前から後ろから触りまくり、両足を広げさせ、かがみ込み、口で奉仕。

「クリスも服をとって」

すぐ従ったが、「シャワー使わせて」

二人でシャワーで洗い合い、舌を使いあった。

「ねえ、マリアの姿になって…」

抱き合いながら身長を低く、肩と腰に柔らかい肉が付き、少し離し…小ぶりな形のいい乳房が現れ、股間からムクムクと男ものが起き上がり巨大な「馬マラ」の馬なみに。

左足をつかみもち上げて挿入。「痛い」。少し短く小さくし、ズブぬれになりながら動き、満足を与えあった。二人でバスタオルで拭き合い―また高まり、ベットにもつれ込み、何百回と繰り返した愛の交歓を二回して少し微睡《まどろ》んだ。


「ふーっ、良かったわ」

「僕もだ、久しぶりだったね。六十年前クリスは、元夫の在日・半蔵門の英国大使館勤務中の離婚問題で苦しんでいたよね。あれからだね」

「ええ、ステニーは八歳だった。あなたが後に妻の一人に加え、娘を二人産ませ、マリアーニを授けたわね」

「うん、否定はしない。しかし、あれは…」

「わかっているわよ。あなたのようなパワフルな男とめぐり合って、感謝しているわ。ところでマリアーニやステニーの血のつながる娘にも手を付けてるの」

「恐ろしい。何ということを考えているのだ」

「ご免、冗談、ジョーク。貴方がそんな人でないことは私が一番良く知っているわ。ねえ、もう一回いいでしょう」

愛の饗宴《きょうえん》が続いた。

クリスから忠告。「明日、Ｆ・Ｓで大学に乗り付けるのは、よしたほうがいいわ」

もっともだと思い、Ｆ・Ｓを車庫に入れ、もらったＲ・Ｒを運転。一時間でスチワード城に着き、執事に明日の予定を告げた。

「朝食後、会ってもらいたい女性がいます」

なにげなく「ああ、いいよ」と返事。

夕食は小食堂で八時。その間、図書室に籠り精力的に本を読んだ。

クリルシティに腕輪通信機、ミミ・フロンダル首相の秘の回路につながり、中型Ｆ・Ｓの派遣とあることを頼み、秘のことの進捗《しんちょく》を聞いた。

夜、また例の浜辺に裸に近い姿で飛んだが、船はいない。ゆっくり洗礼を受けた。

二回の光の洗礼でみなぎる体力が充実。

城まで六十㎞くらいあったが、スピードに緩急をつけ走って帰った。

午前四時に目覚め。三十分後、真っ暗な城の外に出て、お城から半径五㎞、十㎞、二十㎞の位置、人家・村落の位置を確認。終わって座禅を組み深い瞑想に入り、α星人と交信を願って集中したが、何かが変化してできないでいた。

略装に着替え、小食堂へ。朝食は簡単に済ませ、紅茶を嗜《たしな》みつつ三次元ＴＶでニュースを見ていると、執事が「少しお時間を」。頷《うなず》きＴＶを消したが、その後に金髪の着飾った美しい少女がいた。

頼んでいた図書の司書の子かな？　それにしては若いけど。

「やあ、おはよう、ここの村のお嬢さんかな」

その娘は、さかんに髪を右手でなでなでしている。それを見て執事がニコッと笑い、ハッとして二人をフリーズさせ心を探った。

何ということか――十八歳の血気盛んな伯爵から、夜の相手、金髪の少女を暗に望まれ、昨晩その候補となる家族と相談。とにかく会ってみて嫌だったら左手で髪、可であれば右手で髪をなぞる、左手だったら何とかする。

さて、どうしたものか、この二十一世紀後半の現代で、善意の人の心を傷つけないために、その家族の四人もこのことを知っている。少し考え実行。


目の前にいる少女は、花・園芸好き。執事にその園芸のアルバイトを頼みに来たことに記憶を変えていき、五分くらいで終わり、フリーズを解き娘を座らせ紅茶を出させた。

「そうか、マリアンヌ（以下、M）は十六歳で。まだハイスクールだね。園芸は学校で？」

「ええ、バラ園を中心にした英国風庭園をクラブで勉強してます」

「そうですか。この古びた城には色彩がなく、庭園を二つ造ろうかと思っていますよ」

「二つもですか」

「うん、英国式と日本（和）式の良いところを採り入れたらいいなと思っています」

「わあ、伯爵様、英国風ガーデニングは、とても良い先生というか、庭園作家を知っていますけど」

執事が「これっ」止めようとした。

「いや、いいよ。ご縁だね。今度その作庭された作品を見せてもらえるかな。失礼、ちょっと待って」

断って、二階に上がり着替え、図面と用意していたカバンを持ち下に降り、ザッとした地図を広げ、いくつかの半経を考えた作庭案を示した。二人は驚いていた。

R・RでMを途中まで送ることにし、家族の状況を聞き、父親・母親、それに祖母と弟の心に接触、記憶を変えていった。

五㎞くらい離れていたが、Mの心を辿《たど》って、それができた。

しかし、そのことに夢中になり、車の前輪が側溝に落ちてしまった。自分に、こんな怪力があるとは。その前輪を持ち上げ道に戻した。

ハッとした。ジョンとしては、四回の洗礼で「存在」から不完全ながら五㎞くらい離れた人の心を読み変える力と、それに強力な怪力を新たに付与されていた。

ケンブリッシ大学

約千四百年の歴史を持つイングランド・ケンブリッジ大学は、ロンドンシティの東北部に在る。三十余の学部・研究科からなり、五十名近いノーベル賞学者を輩出。中でも行動心理学（認知・精神病理学など）は、世界一の評価を堅持していた。

ジョンは、マリアとして何回もここを訪ねており、いくつもの尖塔《せんとう》を持つ石造りの建物、よく手入れされた芝生の庭園、ケム川から引かれた自然を残す運河…。平底船で水をかけ合ったり、自然に溶け合って遊ぶ学生達が印象的であった。

本館前に九時十分、二十分前に到着。クリスが待っていた。

R・Rを移動。すぐクリスが先導。石造りの長い廊下を歩き、約束の五分前に到着。クリス名誉教授ともに中に招き入れられ、五人の試験官と学長が座して、クリスは脇机へ。ジョンは挨拶して中央の椅子に座し背筋を伸ばした。

真ん中の試験官（すぐ副学長で医学部長とわかった）からドイツ語で人定《じんてい》の質問。

「ジョン・スチワード十八歳です」――ドイツ語で応えていった。

「住所・大ロンドンシティ・スチワード村の小さな城内。アベ・マリア記念大学大学院理科学研究コース・理学博士でUK連邦王国の伯爵です」

五人が先に提出した大学院の全てで「S」評価（九一点以上）をみていた。

白髪の試験官（理学部長）からフランス語で問いかけられ、フランス語で応えた。

「ここでは、人の精神と心の働きを脳科学的アプローチで極め、それが心臓・心に与える影響をキメラなどで研究し、ノーベル医学生理学賞を目指したいと思っています」

「語学は達者なようですが、何カ国語がわかりますか」スペイン語で質問が来た。

「地球上の言葉でしたら十七カ国語ができます」スペイン語で応えた。

他の試験官が、

「ジョン君は、今・地球上という言葉をつかいましたね。地球外の言語もわかるのですか」イタリア語で質問。

「ええ完全とは言えませんが、α星人の異形二進言語『Aアンド・オアB』の展開もできます。ピッ・ポ・ピ・ポーポピ・ピ・ピ…」とイタリア語を交えて答えた。

「今、何と発言したのですか」

「もう、こんな易しい問答はやめませんか、です」北京語で応えた。

「先生方、大変失礼ですが、僕は自称ですけど、言語学の第一人者で、かつ誰にも負けない体力を持っています。今、しゃべっているのは中世、シェイクスピア時代の英語ですが、こんな簡単な質疑は止めませんか」

今まで黙って聞いていた筋骨隆々の中年の教授が、

「おもしろい。唯・最後の一言は聞きずてならない」

ジョンは「しまった」と心の中で思い、すぐ、この後を見た。アームレスリング（腕相撲）で圧勝。

しかし、これを少し変えることでこのボート部監督と親交を深めること。その前に、女性教授にビンタをはられること。

「先生、失礼しました。では、ここでアームレスリングやりましょうか」

四人が止めたが、気で支配。結果は、右腕でジョンの勝。左腕で教授の勝。

ジョンは、深々と頭を下げ、

「先生、先ほどの高言は取り消して、お詫びします」

これで終わり。しばらく外で待たされ、クリスが出て来て「合格」を告げた。


クリスの娘で「妻」の一人、ステファニー（ステニー）教授の大学院修士課程の講義。中くらいの階段教室で終わるころであったが、上のほうの席で聞いた。

クリルシティで長命化遺伝子治療を受け若々しいステニー（このとき六十九歳）は、七十人余の学生のなか、母と隣の金髪の青年に気づき、ハッとして不思議そうに聞いた。

「そこの金髪の青年。君はここの学生？」

「いいえ。今日、博士課程・研究コースの面接を受けましたが、合格したようです」

「博士課程ね、大学は？　学位は？」

「アベ・マリア記念大学・大学院（クリル）の理科学研究コースの理学博士です」

「えっ、君はいくつなの」

「十八歳です」

「へえ、驚いた。十八歳で、あそこの理学博士なの。ここでの研究は？」

「研究は医学を。ステニー教授、あなたのお母さんも一緒ですけど、教授とは親戚ですよ。僕の方が本家筋かな」

「えっ、君はスチワード伯爵の一人っ子、ジョンなの？」

「はい、今は僕が当主ですけど」

「でも、海難事故で亡くなられたのでは？」

「ええ、父と母は死亡しましたが、僕は生きていて、クリルシティで勉強していました。僕がゴーストに見えます？」

このやり取りは、身体を捩《よじ》って興味深々《きょうみしんしん》の学生全員から笑いをとり、拍手が起き、ジョン（マリア）は、立ち上がり十八世紀風の挨拶をして、それに応え、また拍手を得た。

ステニーはハッとして「終わり」、宿題を出し、学生たちを退出させた。

そして、母と青年が、階段教室を降りて来るのをジーッと見つめて、

「あなたなの？」

「そう、よく気づいた。クリスには伝えていたんだけど」

ステニーは、ジョン（マリア）をいきなり平手で頬を叩き、抱きついてきて、

「そうか、私に知らせないで母と仕組んだのね」

教室の外に次の教科のない二十人の女子学生と十五人の男子学生が待っており、ステニーたちとは別々に出ることにした。二歳から五歳年上の学生たちに囲まれ、コーヒーとティーの出るミーティングルームに移り、さまざまな議論をした。

例のボート部監督のモーガン教授が学内で探しており、気で誘導。目で合図。学生との会話をシンパシーを入れつつ打ち切った。教授は、握手を求め、

「合格、おめでとう。それに私の面子《めんつ》を考え、わざと負けてくれたね、ありがとう」

本心からそう思っているようであり、

「いいえ、そんなことないですよ」

シンパシーの気を入れて言った。

「君は、どんな運動ができるの」

「勉強と研究が忙しく、団体競技、とくに先生が部長の競艇レガッタは無理ですね」

「そうか。勧誘しようかと思ったが。で、ほかは」

「マラソン。二時間と少しなら走れますし、剣道、空手、跳躍競技の走り幅跳びくらいですかね」

「おもしろい。少し学内を案内するよ」

学内はほとんど知っていたが、有名教授の知り合いで、人の輪が少し広がった。

ジョン（マリア）は、サヴァン症候群の頭脳を持ち、一度見知ったものは、決して忘れない、という特殊能力を持っていた。

十人くらいの走り幅跳び選手が学内記録試技を実施中。しばらく見学していたが、八メートル前後のレベル。教授が、そこのコーチと何やら相談。一回だけ試技をすることに。

しかし、シューズがなく、裸足《はだし》で跳ぶことになり、入念に準備運動。筋肉をほぐし、強くしたりして少し時間をもらった。

学内新聞の取材があって、カメラを向けられた。

百メートルの助走をすることの了承をとり、スタートし、すぐスピードを増し、さらに増し、踏切版の手前で強烈に左足の筋肉に力を入れ、体重を二十Kgほど軽くし二メートル余り跳び上がり、山をえがきながら、余裕で着地。

九メートル十センチ——世界新記録の八メートル九十九超え。十数人が大騒ぎし、三次元動画に残され、学内誌の第一面と三次元ＴＶで繰り返し放映。

さらに三次元動画で助走百メートルが十秒四。跳び上がった最高点が二メートル十。世界記録には劣ったが、記録会に来ていた父兄の一人と参加者の一人が、三次元ネットワーク通信に登載。いずれも一千万回くらいの「グッド」評価。マスコミから取材の申し出があったが、いずれも丁寧にお断り。しかし「裸足《はだし》の超人」などといわれはじめた。

その後モーガン教授から、妻とともにクリルシティに訪問参加の要請があり、了承した。執事から、Mがガーデニング作家の庭園の見学の了承をとり、案内したいので自宅付近での待ち合せの連絡がありー了承。すぐ、R・Rを運転して戻った。

MをR・Rに乗せ、案内された小さなハイスクールへ。

大勢の生徒・教職員たちに大歓迎。少し前の記録を知っているようで「裸足の超人・伯爵・大歓迎」の幕まであり、校長から一言挨拶の要請。

「やあ皆さん、何故かよくわかりませんが、歓迎してくれてありがとう。ジョン・スチワードです。クリルシティから帰国して三日目。皆さんと同じ十八歳の若者です。

本を読み、運動をし、花々を慈《いつく》しみつつ、女性の方――相手してくれる方がいればのことですが、愛し、子をつくり、この国に少しでもお役に立っていきたいと考えています。

今日は、私の住む小さな古い城の改修の一環のため、ここのガーデニングを学びに来ました。よろしくお願いします」

大拍手され、これらがまた三次元ネットワークで広がった。

学園周辺に作られた小規模の回遊式・英国風庭園は見事に調和がとれたもので、三十代後半の髪ボサボサの女性作家と交流。「スチワード城」の庭園づくりー快諾をえ、明日のクリルシティへ同行(例のガーデニングクラブ八名も)することになった。

F・Sと庭園づくり

F・Sの出迎え時間に少し間があり、近くのオープンカフェ方式の小庭園も見て、そこでサンドウィッチで昼食。R・Rにガーデニング作家、助手Mを乗せ、あとは二台の中古車に分乗。お城の駐車場が広く空けられ、モーガン教授夫妻とその友人夫妻たち、村人の代表者…六十五人が待っており、お城の従業員九名も加わり八十九名――ジョンはそれを予測。百人乗りの中型F・Sを要請していた。

午後五時五十五分――ここの上空に中型F・Sがフッと現れ、音もなく降下。地上二メートルで静かに停止。チリ、粉塵《ふんじん》ひとつない静寂のなかで中央部から斜下に小型エスカレーターが降り、搭乗開始。留守番の見送りは、高齢の庭師（兼守衛《しゅえい》）一人のみ。

音もなく上昇、フッと消え、十分後、クリルシティの防御バリアが見られる位置に。船の天井が透明になり、七彩の虹に包まれた防御のためのバリアドームと安らぎの雰囲気に包まれ到着。早朝であったが、クリル交響楽団の歓迎の演奏。

十二台の最新型オープン電気自動車に分乗。約一時間余、シティを女性H・Aが案内。

虹のドームシティの内部、桜は終わっていたが、青や赤い紫陽花（あじさい）が二メートルほどの び満開。北海道・美瑛（びえい）を参考にしてつくられたなだらかな丘陵に、ラベンダーの紫、白い百合、黄色いポピーなどが、それぞれ絨毯を敷いたように広がり、竹チップが敷かれた遊歩道と調和。ところどころのバラの木立ち、青や赤・ピンクのバラの群生に、ガーデニング作家らが歓声をあげた。

官邸前の広い庭の十二本の大朱傘のもと、椅子席での緑茶と簡単な和・洋の朝食。それぞれ和服姿のH・A女性の接待、ノーベル医学賞受賞者の病院長の挨拶、朝陽に輝くドームが色を変えいくさまを全員がみとれた。

帰国は、二人の和風庭園士で匠《たくみ》の資格を持つ親方を乗せて出発。十分で城に着き、夕方だったが色彩の乏しい北国の殺伐《さつばつ》とした現実を思い知った。

モーガン教授は、体格の良い美しい妻（かつて英国レスリングのナショナルチームの選手で現コーチ）、数人の友人と固まっており、声をかけられずにいたが、到着後、その友人たちにも丁寧に挨拶。この後、教授のホームパーティ出席の約束をした。

夕陽が少し残っており、留守番をして出迎えてくれた執事に、虹色の制服を着た操縦士の娘（実はマリアの娘）を紹介。荷下ろしの手順を説明。二人の和風庭園士とガーデニング作家とM達に半径十㎞の庭園の作庭方針を説明。

十Kmの端から、桜草などの季節の彩りの花帯をクリルシティのように造り、英国回遊式庭園に引き継ぐ――城内は車寄せを除き、水の溢《あふ》れる井戸があり、苔庭や石庭を造る。

クリルシティから同行して来た「造園匠《たくみ》」の称号を持つ庭師頭の中村匠《たくみ》が、

「スチワード伯爵様、とてもやりがいのある仕事ですが、この気候が続くようでは花木が育ちません。無理だと思いますが」

どんよりとした冷たい風雨が厳しく顔に当たり、寒い。

「よし、すぐ城内に…」逃げ込んだ。

十五名に紅茶を出させ、嗜《たしな》みながら造園匠に向かい、

「中村匠さん、あなたのおっしゃることは、ごもっともです。でも、どうでしょう。この城の真上に半径十Kmの小さな防御バリヤーを張り、ここを囲み、クリルシティと同じ環境を造ったらどうですか？」

「いや、恐れ入りました。そこまでしてあればできます。ただ」

「匠のご心配、もっともです。クリル首相の承諾は取ってあり、あとはここ大ロンドンシティの許可ですね。僕が何とかします。それと桜と紅葉《もみじ》、青紅葉《あおもみじ》も加えた経費の全額、私個人が全て持ちます。概算でよいので見積りを出して下さい。ガーデナー作家さんにもお願いします」

ここに残ったゲスト十五名とクリルから持ち込んだ食材でディナー、親しく語り合った。

ジョンの夜は長い。有名なエプソン競馬場に飛びセキュリティの状況等をチェック、しっかり頭の中に計画を組み込み、例の白砂の浜辺に飛び、海に入ったが、啓示が出た。「その前の細長い石（約百Kg）を抱き、海中を歩け」——何で？　と思いつつもそれに従い二回実施。始めて疲労困憊《こんぱい》（このあと五回・十日間）し、光の洗礼を受け続けた。

しかし、熟睡。四時に起床。自らを治療…すぐ元に戻った。思うところあって英国の政財界・学会など人の人物談・先祖系譜の書籍、古すぎてあまり役に立たない。

フッと気づいた。自分は、人類最強と思っていたが、それ以上のパワーと瞬発力、それに脳の記憶用キャパシティが拡充。何かを試してみたくなり、ここを中心の未来を観た。

一年と少し年後、スチワード城は美しい観光名所に。ノーベル賞を受賞。

二年後、何とあの怪物？ラプトルと戦っている。

二年と少し後、オリンピック・二種目のチャンピオン。超能力者のチーム化。

その後、美しい観光名所でジョンの居住するスチワード城の恐るべき意義を見出したが、それを除き見えない——たぶん、「存在」の介入。

次に大ロンドンシティの二十四時間オープンの書店で行政・政治、学会、貴族などの人脈・金脈など十五冊関連本を買い、その本から洗い出し関連図を頭の内でつくった。

・かつての妻・オックスフォード大学院・医学部教授ロージィ・フロンダルとも研究

・モーガン教授の妻とロンドンシティの市長は同期生で、教授が有力な支援者
・モーガン教授・妻の異夫妹は、ＴＶコメンテーターで、やがて―
・リチャード皇太子は、二歳下に弟がいたが、幼年死。その三歳下の妹パトリシアと何か縁ができそう
・天無人の隠されていた元吸血鬼の娘・マーガの城に、何とあの徳光徳眞が休暇を取ってＦ・Ｓで来ていた――。これは明日、ゆっくり
・ここから北西に約二十㎞、子供を二人つくったロージィ・フロンダル教授の住所からロージィの脳波を探して、みつけた。―二階建ての自宅、大きなベッドで寝ていたが、「男」をつくっていないことを確認。そこへ実体化。毛布を剥ぎ花柄の寝巻をとり裸にし、まだボーッとしている間に衣服を脱ぎ抑え込み、激しく抵抗されたが何百回も交歓して知り尽くしているスイートポットに刺激を与え、
「あなたなの…」

少し視力の弱いロージィは、

「あなた、誰。ウーン、止めて」

興奮と混乱で、大声に。

「お母さん、どうかしたの…」

ドア越しに娘の声。ジョンはハッとして離れ、衣服をつかみ庭先に飛んだ。

ロージィは、ドア越しに娘に伝えていた。

「何でもないよ、嫌な夢をみたの。さあ出てきて、あなたなの」

ジョンは姿・かたちを変えたほうがよいと思い、マリアの普段着の姿になり、二階寝室、ロージィの前にゆっくり実態化。ロージィを驚かせたが抱きついてきて、

「何と生きていたのね。しかし、何でこんなことをするの」

抱きついた手を放し、シゲシゲと見ながら、

「知ってるはずだけど、私、低血圧で寝起き良くないの。男の子に押さえ込まれそうだったけど」

「うーん、今のこの姿だよね」

マリアは、少しして姿・かたちをジョンに変えていった。

「はあっ、あの裸足《はだし》の超人伯爵、ケンブリッジ大学院・研究生なのね」

「そうだよ、ロージィ。今までのこと、これからのこと、話すと長くなる。記憶メモリーに直接、送信する。さあ、リラックスして…」

ロージィの頭をやさしく両手で包み目を合わせ情報を伝達。ついでに淫の気を入れ、目が潤みだした。

「ねえ、あと三十分あるわ。久しぶりに」

ステニーより二歳年下、六十七歳。白人とフィリピン人のハーフだったが、長命遺伝子治療を受け、三十歳前にしか見えない若々しい身体と交歓。満足を与えあった。

午前六時五十分、自室にジョンの姿で実態化。

「ハッ」とした。場所を特定してワームすることは難なくできていたが、服装をそれに合わせて変えられるまでは伴っていなかった。これが状況に応じて念ずれば出来るようになっており、「存在」が新しい能力を付与してくれたのがわかった。

帰宅した七人の娘たちを除き、朝食を八人でとり、様々なことを話し合ったが、中村匠は、すでに対象となる場所を見回っていたようで、「問題点」の指摘があり、一息入れた後、雨は上がっており執事も入れてそこを見に行った。

小規模な土砂崩れ。このあたりは地盤が弱く放置すると危険、城の周りに二ヵ所。

「これは、放っておけないね。中村匠さん。どう思う」

「ええ、土盛りの補強と根が強く張る草木の植栽による地盤強化だと思います」

ジョンが若いころ（マリアのときだったが）閃《ひらめ》いた。

「たしか、鎌倉の明月院、通称〝紫陽花寺〟が、坂道に紫陽花《あじさい》と竹林を造って地盤強化してたよね」

「いやー、よくご存じで…」

庭園作家が割り込み、

「孟宗竹《もうそうちく》か黒竹《くろだけ》でしたら、うまく配置すればガーデニングとコラボしますね」

「そうか、わかった。予算が少し超過するけど、構わない。修正したプランを出して下さい」

午後は、競馬場にクリスとロージィも誘い、行く予定。

時間が少し空き、ドーバー海峡近くの、この城の約二倍以上の規模——あの天無人の娘・吸血鬼だったマーガの所在を気で探った。

マーガ、妹分のエリザとシャスラ、リゾリーには、それぞれ二人の娘を授けており、娘たちはクリルシティの大学・高校に学生寮から通いながら学んでいた。

しかし、驚いた。その城に徳眞が来ていて、まだマーガたちと親しく交流し、何と一人でドーバー海峡ぞいの岩陰の海に入り、これで七十回となる光の洗礼を受けていた。

しかし今、会うのは拙《まず》い——アベ・マリアは死亡したことになっているのだ。

いずれかの後、父である天無人と話をつけ、マーガたち四人は「秘」を組み込み、会うことにし、先送りした。


さて、時間が空き、そうだスチワード家のもう一つの財産、八百年以上も景観が保護されているケム川近くのグランチェスターの別荘と土地を見に行くことにし、トーマス執事の、その頭脳中のイメージを具象化して正面・車寄せ前に飛んだ。

ゆらぎ実体化。ケム川の木造の平底舟で水遊びをして舟を岸に上げていた男女の学生四人が気づき、仰天。すぐフリーズを強くし、一人ひとり今の記憶を削り、ジョンの印象を入れ、ジョンを含め五人でここに遊びに来たことにした。


リーダーらしい骨格の良い、茶髪の長い美しい娘が、

「あら、ジョン、あなたの別荘、ここだよね」

「ええ、そうですよ。でも片付けしてなくて心配だな」

赤レンガ、二階建て・延百坪（約三百三十㎡）くらいの正面の扉、キーは持ってなかったが、使う振りをして念気で開け、控の間から吹き抜けの大きな広間に石造り暖炉、脇に布をかけたグランドピアノ。調理室、空の大きな冷蔵庫、納戸と車庫、地下にワインセラーがあり、埃《ほこり》だらけ。各自一本ずつ好みのワインを取り外に出た。

「いや、ご免ね。片付け終わったら招待するので、今日は外でね」

年代物ワインを瓶ごと酌み交わし、茶髪の娘リリーが、

「今更だけど、ジョンは、あの裸足の超人伯爵なの」

「うーん、そんなこと言われ始めているね」

「いやだ、私よりも五つも年下で、理学博士号持つ大金持ちなのね」

四人は、同学年で理学修士を目指していた。ジョン（マリア）は、「敵をつくらない、そうなりそうだったら柔らげる」がモットー。だからこれは「反発を受け」、危ないと感じ、シンパシーの気を入れ、ひかえ目に、丁寧に話した。

「大変失礼なことですけど、理学系の修士論文なら僕が見ましょうか。出すぎた提案ですが僕の論文をお貸ししてもよいですけど」

少し話し合い、秘で論文を見ることになり、空きビンが並べられ、四人の育ちの良さが分かったが、リリーが抱きついてきてハグ。何か紙片をポケットに。それは、住所と氏名、秘の連絡コード。

少し後に自分の秘のコードをそこに送信。

四人を見送り、別荘をみて回り、一階の吹き抜けの広い部屋、二階ダブルベッド二室、シングルベッド六室、室内納戸裏に車四台は入れる使われていない車庫があり、それらなどの改修。使えるようにするよう、そこから執事に指示し、その裏の所有地も見た。

ケム川ぞいを一人で散策。オープンカフェで簡単な昼食の後、その裏で、人気《ひとけ》のないのを確認しクリス邸の大広間に実態化。

ロージィと話し合っていたクリスを驚かせたが、クリスに運転させて、三人でここから約五十分、二台の車でダービーが行われるエプソム競馬場へ向かった。


競馬場は美しく整備され、日傘に思い思いに着飾った女性達もいた。

二階の特別観覧室の特別個室に入り、ゆっくりティーを嗜み、一レースを見た。二人に五百ポンド（約七万五千円）、自分は千ポンド（約十五万円）、第五レース、クリスに三連単を、ロージィに六レース・二連単を買うように指示し、ウェイターに依頼。自分は六レースの五連単とした。結果は、千倍が連続し、第六レースは一万倍の払い戻し。多額のチップを与えたが、呆然としているポーター二人に、小型ハードバック二個、大型ハードバック十個を買いにやり、近くにいた五人の、この記憶を削り、三人で指紋・掌紋を消し、ポーターとともにこの部屋を出た。

事務室に案内させ、ハードバックを持ち、監視カメラを空回りさせ、当たり馬券をクリスから順に換金させ、それぞれ書類に書く振りをしながら、担当者三人とそれを見た五人の記憶を削った。

五十万ポンド（約五千万円）入りの中型ハードバック二個、一千万ポンド（約十億円）を大型ハードバック四個に分けつめこみ、手押しの台車に乗せ詰め替えた。ポーターを含めこのことを知っている十人の記憶を削り、マリアが念気を入れて軽々とクリスの車とロージィの車に運び入れた。

車に来る途中に十台の監視カメラがあり空回りさせ、周辺の監視機器に介入、顔認証によるセキュリティを無効にし、これから十分後に正常に戻すことにした。

「あなた、化け物ね。勝ち馬の結果がわかって、勝ちを計ったのね」

「そう。嫌いになった?」

「全然、そんなことないわ。でも、これどうするの」

「中型の二つは、あなたたちへ一つずつプレゼント。自由に使って。大きいの四つのうち一つは二百五十万ポンド（約二億五千万円余）、スチワード城と別荘の改修費に。一個はマーガの城の改修費、もう一つはクリス邸の改修費と残りロージィと分けて。あと一個はクリスが預かっておいて、残りの増やし方を教えるわ」

すぐ後、インド・ムンバイのある銘柄二つを指定。J・Jの名で三倍で売りとさせた。

夜は、同じように、例の海に入り、石を抱き動き回り、光の洗礼を受け、図書室にこもり本を読んだ。小雨に煙る朝、トレーニングウェアと白いキャップをかぶり例の道を走り、白壁の協会でUターンし帰城したが疲れもなく、直前のゆるい百メートルくらいの坂も余裕で走り、時間は一時間五十二分。

大学院での研究生活

指導教授なしの特例博士課程であり、限定された教科等を決め医学部長の了承を得た。

その教科の教授の執筆した本と論文、専門書十冊くらいを積み上げ、猛烈なスピードで一日弱かけて読み、論点を持ち込んだ例の最新型の量子コンピュータにブラインドタッチで打ち込み、三十教科全てを二ヵ月余で終える予定を立てた。

ジョンは超能力者アベ・マリアであり、常人の数十倍以上の脳の回転と、「京《けい》」クラスの記憶容量を持つサヴァン症候群でもあった。

図書館の隅で十冊くらいの厚い本を並べ、一ページを二秒くらいで読み、脳に記録していると、必ず二人から五人の見物人に囲まれ、読み終えたときには質問が殺到した。

それは九十五パーセントが次の三点――

a. それ、全部読んだの？　――はい読みました。

b. ほとんど（全部）覚えてるの？　――ええ覚えてます。

c．（読み終えたという本をとり、任意のページを開けて）何ページの何行目から何が書いてある？　――それは、このような内容です。

こんなことはやめようと思ったが、驚嘆《きょうたん》させた中にも、俊才・天才に近い医学部などの男女がいて、ジョンはフィーリングの合う女性を秘の恋人にすることにした。

さらに気の合った体育会系の砲丸投げと円盤投げの男性AとBの記録を少し伸ばさせたり（空気中・重量を念気で減少）、パブで飲んだりした。八百数十年の景観を保つグランチェスターのメドー（牧草地）やパント（平底舟）で川遊び、修復された「ケム川荘」で騒ぐのがコースであり、マリアのときに作ったファンタスチック・ラブ・クラブ（F・L・C）ロンドンAに三人で行き、ほっそりした嫋《たお》やかな少女っぽいH・Aを指名。二時間三十分独占し満足を得たりした。

ジョンは、図書館館長・理事である文学部教授に面会を求めた。

彼は新入生のジョンを知っていたが、改めて館長室で図書室の一部改修を求め、その理由を説明して、驚かせ実演してみせた。

所持した人の脳の解析図関連の医学書（五百ページ）を約十七分、プラス入力で十七分、約三十五分で読み切り、「自分のものにします」と宣言。

クリルから持ち込んだ最新ハンド・コンピュータ（HC）に、三次元立像装置を付け稼動させると、あらかじめ組み込まれていた人の脳の三次元立像が出現した。

ここまでは館長も知っていた。ジョンは、目次から猛烈なスピードでブラインドタッチで左手で打ち込みながら読み、それがずっと続き、読み終えて明らかに変化した脳立体画像を見ながらページを戻し、修正、完成させ、時計を見ると三十五分であった。

「あとは研究領域ですね」。立体図を前頭葉から脳幹までバラバラにし空中に浮かべたが、三ヵ所ほど「赤」。脳幹シナプスの異常があり、書物の医学部教授（著者）の記述の誤り部分を指摘。呆然と見ていた館長はハッとしていった。

「君は、たしか十八歳。しかし天才だね」

「恐れ入ります。頭が悪いと思ったことは一度もありませんが、僕くらいのレベルの若い人は、クリルに少なくとも十数人はいますよ」

「何でクリルで研究を続けなかったの」

「理学博士はとれましたので、次のステップも考えたのですが、ここのクリスチャーニ名誉教授から、家の承継で注意され、僕の代で途切れさせられないので帰国しました」

「そうですか、伯爵位の承継ですね」

「はい。先日、国王陛下にお目にかかり、認証は得ました」

「それはよかったですね。あなたの目標は？」

「この領域の研究で一年と少しくらい学び、研究成果を残した後、ノーベル医学生理学賞をとり、他へステップアップすることです」

「あなたには研究室が必要ですね」

「ありがとうございます。しかし、新入生ですし、とりあえず研究室は遠慮します」

この後、図書室の一画に十㎡くらいのガラスの個人用閲覧室が設置され、研究が急に進み出した。ガラス面に「ご質問は十八時から一時間、お受けします」と掲示され、学生のほか教授なども見学に来るようになり学内の名物となった。

その間、館長の自宅にクリスと共に正式に招待され、クリス名誉教授に手伝わせて、礼装を着け、学長夫妻、十七学部長夫妻・それにモーガン教授夫妻などと親しく交流した。

この時、もう一つの賞の検討がなされていることに気づいていなかった。

ちょうどよい機会、モーガン教授夫妻に例のことを話し、大ロンドシティ市市長を紹介してくれるよう頼み、了承され、お互いに腕輪通信機の秘の通信コードを交換。

今週末・土曜日のホームパーティにさそわれ出席を約束。終りころ、腕時計に組み込まれてる腕輪通信機が点滅。ケム川の別荘で会った女子学生のリリーであり、明日午後七時、メリルボーン・ハイ・ストリートのフォーシーズンホテル・ロンドンのレストランでディナーの予約。

マーガの城

夜はまだ長い。マーガの城に気をむけたが、本人がいて徳眞は帰っていた。

マーガを驚かせたが、マリアの姿で会いたいと望まれた。

マーガが居住する城は、ロンドンの東北へ鉄道で一時間三十分のコルチェスターのさらにその東のハリッジの近くにあった。ドーバー海峡の北の海を望む蔦の絡まる石造り。鬱蒼《うっそう》とした大木に囲まれ、四百数十年前に築かれ、改装を重ねていて、スチワード城とのかかわりがおぼろげにわかった。

近くの村落から道は一本。岩だらけの海岸に降りられる小さな歩道があったが、外から侵入は困難——この古城は三十の客室があり、ほとんど使われてなかった。

小さな買い物などはハリッジで済んだが、大きな物や銀行などは車で約三十分、人口十五万人余のコルチェスターまたはそこからロンドンまで鉄道で行った。

マーガの意識から具現化。古城の正面玄関の中、マリアの姿で大広間に大型バッグを抱きゆらぎ実体化。清掃をしていたメイド二人を仰天、その記憶を削った。執事と村人の庭師兼運転手二人を呼び、従順と忠実を刻み込んだ。

マーガの仮の母（世間向けの老女）は、食材などを車に乗せこちらに向かっている。

到着は三時間後とみて、仮の父に城内を案内させた。十台収容の駐車場、大きな冷凍室、穀物貯蔵室、二つの大冷蔵庫、キッチン、それにワインセラー、大食堂と小会堂、マーガの居室・寝室、すぐに使用可能な客室は十室。それにガラス張りのケースが天井まで届く真紅で統一された書庫、デスク。印象派を中心とする五百点を超える作品を収納した絵画室。鍵のかかる小部屋の宝石、骨董の収集室であった。


マーガはかなり資金を使っていたが、三次元テレビはあるもののインターネットなどの電子機器・接続環境と幼児・育児関連のものはない。

マーガが来たので、

「私の心を読んでみて」

「インターネットの接続環境の整備、子供部屋の用意、研究者の研究環境…えっ娘を増やすの」

「三人だけじゃ寂しいでしょう?」

「いいわ、私を捨てないのがわかっているから。また六人、『妻』を増やすのね」

奇妙な夫婦の会話はこれで終わり。書庫で本を見せてもらうことにし、あった。シェイクスピアの希少本を十冊ほど積み上げ、三十分くらいで読破した。

「マリア、すごいね。それみんな読んだの?」

「ええ、機会があったら、ここの全部読んでみたいわ。でも、この皮羊紙の本は千四百五十六年のグーテンベルグ聖書だよね」

「そう、三百七十年くらい後に買ったけど、かなり高かったわ」

「今、一千万USドル以上するんじゃない」

「へーえ、そんなに。蔵書は五千冊くらいあるけど珍しいものの一つね」

「五千冊と少し、司書を入れないので、一応発行年代ごとのリストは作ってあるわ」

「マーガ、ここの維持費は？」

「下の村の三分の一くらいが私のモノ、そこのささやかな賃料と…後は聞かないで。皆、同じようなものよ」

「わかった、聞かないけどわかった。改修などあるので私が少し寄附しようか」

「わあ、助かるわ」。実態化したときに置いたままにしたバッグを差し出した。

「この大型バッグ一個、二百五十万ポンド（約二億五千万円）くらいでどう？」

「正直、助かるわ。あの聖書、置いとくだけだし、マリアにあげるわ」


マーガと契約した人（バンパイヤではない）である名目上の母が到着。挨拶もそこそこに、その書庫に改めて入った。約四メートルの天井まで届く書棚。簡易中二階、下はガラス張りで、古いものから順に発行年代ごとに並べられ、日誌やメモの類は別に保管されていて例の聖書は、不足金を後払いで支払っていくことにして、いただくことにした。

ステニーとロージィ教授と相談のうえ、医学部教授の講義を一人で一回だけ聞いて、その後、午前中図書館で課題の捜出。火曜日の午後オックスフォード大・ロージィ教授と三人で研鑽。金曜日の午後、ステニー教授の研究室で三人と研鑽。土曜日、必要に応じスチワード城にて討論。またはクリルシティのアベ・マリア記念大学院に行き、必要な討議と実証実験。必要な経費は全てジョン持ち。これで双方の学長・医学部長から形式的に了承をとったが、曜日は仮定であり、ほとんどはジョンの主導による日程だった。

研究課題の人の脳と心の変化、原因究明をケンブリッジの医学部長がなかなか理解してくれず、医学部長室で説明することになった。図書館館長の時と同じように、所持した人の脳の解析図関連の医学書（五百ページ）を約十七分、プラス入力で十七分、約三十五分で読み切り、「自分のものにします」と宣言。例のクリルから持ち込んだ最新ハンド・コンピュータ（ＨＣ）に、人の脳の三次元立像が出現。

…かつて図書館長に示したものとほぼ同書物での医学部教授（著者）の記述の誤り部分をやわらかく明確に指摘し認めさせ、医学部長にも「天才」と言わしめた。

僕達の研究はここをスタートに、人の脳・精神の働きをＨＮ（ヒューマノイド）やＨ・Ａ（ヒューマン・アンドロイド）のキメラなどと比例し深めていくつもりと述べて終えた。

この前、予約したフォーシーズン・ホテルでリリーとディナー。

本名リリエル・シュナイダーは、ドイツ人の先祖を持ち、まだドイツに本家のあるスウェーデン人の学者の娘で別れ話が出ている彼氏がいた。しかしジョンに好意、いや恋をしていた。ワインの酔いも手伝い告白。すぐスイートルームを予約。ジョンはこのころから本能（！）の命ずるままに行う、このような秘のデートを用心するようにした。

三台ある監視カメラを故障させ、サインの字を変え、受付嬢の印象を変え、それをチェック。キーカードを持って入室。

リリーは淫気を入れるまでもなく発情して、自ら衣服を脱ぎ捨てた素晴らしい身体を慈しみ、裸になり、巨大に生え上ったものがリリーのを突き、「ハッ」として離れ、

「ヒャー、なんて大きいの、彼の三倍よ…私には無理」

「そうかい。では少し、短く、細く」段々そうなり、

「ストップ…それなら一・三倍くらいだし」。

跪《ひざまず》き、口を一杯に開き奉仕。ベッドにもつれ込み、美しく短い縮《ちぢ》れた茶の毛を分けるとヒクつくものがあり、舌を大きくザラザラ…さらに長くして挿入。段々硬くなり中で長くくねくねと動かし、両足をバタバタ、大声を出させ、悶絶。

毛布をかけ、スコッチを嗜《たしな》んでいると、椅子越しに裸のまま抱きついてきて、

「よかったわ。舌を入れられたSEXがこんなに良いものとは。離れたくないわ」

ジョンは座したまま引き寄せ、抱き合い口を合わせ、舌を絡め合わせ、また発情。

ベッドに移り、正常位で、濡れ具合を感じ段々大きく、太く、長く「痛い」で止め。少し小さく

し、その中でクネクネと意志を与え刺激し合い、絶叫、中に深々と放ち着床。

お互いに、フーッと息を整え、賢者のひととき。

「中へ子宮に直接放ち、たぶん受胎させたよ」

「えっ、そうなの、いいわ。明後日、彼氏がこっちに来るのよ。一回はヤラせるわ」

「托卵《たくらん》か、それ止めて、君はもう僕のもの。そのかわりリリー、彼と揉《も》めたり困ったことがあったら連絡して。リリー側でしっかり対応する。約束するよ」

「ありがとう、うれしいわ。あなたの恋人にして」

「うん、心も身体もピッタリで嬉しいけど、条件があるよ」

「へえ、何なの」

「このことを秘密にすること。理由があり正式の妻にはできないこと」

「何かと思えば当たり前よ。妻なんて期待してないわ」

「わかった。君の論文を一番先に見てあげるよ。早く修士をとってストックホルムに帰りたいのだろう」

「そう。でもあのF・Sを使えば五分以内で行けるよね。私の姉・バツ一だけど美人よ。私を捨てなければ手引きしてもよいけど」

この後二回、裸の戦い。女獣の咆哮《ほうこう》が続き、満足を与えあった。

もう一つのこと——モーガン教授夫妻のパーティは、体育（運動）系卒業生、三組の夫婦（六人）と教授夫人の妹、ニュースキャスターのエイミー・ブレラックとジョンの八人がゲストで高級ワイン四本持って訪問。

皆、ジョンの例のことを知って、クリルシティの訪問組であり、そのときの虹に輝く三次元立像が映し出されたり…。教授夫人の妹も金髪のスタイルの良い美女で、

「ジョンに取材を申し込んだら、久しぶりだけど断られショックだったわ」

「いや、それは失礼しました。あの時は英国に帰って三日目、それにたいした記録ではないし、大きなことを考えていて、静かにしていたかったのです。すみません」

「いや、謝ることはないわ。それで、あなたが考えている大きなことって何なの」

出席者全員が聞き耳をたてている。

——その時、脳内に「汝は人の十倍に近い能力を持ち始めた。心の中で持っているはずの二つを宣言しろ」が響いた。

「そうですね。僕はこの人間界で最強の人と放言し、モーガン教授に窘《たしな》められました。あれからかなりトレーニングを積みまた強くなりました。

連邦で公式に飼育されているヴェラキ・ラプトル・恐竜と戦って勝ちたいですね。もう一つは、マラソンの世界記録を破りたいですね」

——シーンとなった。

エイミーが沈黙を破った。

「うーん、これはすごいね。とくに前のほうは大金がかかるし。ジョンはどれくらいのパワーを持っているの。ここで見せられない？」

「分かりました。パワーと敏捷性《びんしょうせい》が必要でしょうけど。モーガン教授、杖《つえ》みたいなものありませんか」

モーガンは奥に引っ込み、黒檀《こくたん》の杖を出し、これを差し上げると意思表示。

コーチ二人（いずれも百Kg）を指名。丸椅子に座らせジョンは屈み込み、丸椅子の座を左手と右手で支え、ゆっくり肩の高さの上まで持ち上げ、室内を歩いてみせ、ゆっくり降ろし、息も切れずに、

「ご協力、ありがとうございました。さあ、本番ですね。少し空けて下さい」

ジョンは、ひょいと黒檀の杖を上げ、位置をスーッとかえ、「イエッ」気を入れ切り二つになり落ちてくる杖を位置を変え、左手と右手で切り裂き四つにし、空気が震え、床に落ちる直前に手に納め、何があったかわからないで呆然。しかしさすがモーガン教授は、

「空中に在る堅い黒檀の杖を二つに切り裂き、さらにそれが床に落ちる前に左手も加えて四つに切り裂いたのだ。君の手を見せてくれ」

ジョンの左・右の手は傷もなく、柔らかなまま。ジョンの回りに参加者が集まり、エイミーも四本の切られた黒檀の杖の一部を手で触ったりしていた。

エイミー、参加者のもう一人の女性から「秘」のコード紙片がポケットに入れられた。

少しして、落ち着いてきて…モーガン教授から誘われて室内のみえる庭に出て、秘を誓わされ意

外な申し出――

「わしら夫婦、子が無く、原因はわし。精子の数が極めて少なく自然分娩は不可能。人工受精も試みたが、ことごとく失敗。妻と話し合った、君とならいいと言っている」

室内から、ジーッとこちらを見ていたモーガン夫人が、小さく頷《うなず》いていた。

「五日後に三日間フランス遠征で出張。そこでな…頼む、子を授けて欲しい」

お互いに秘にすることで基本的に了承し、小パーティに戻ると、ジョンが手刀《てがたな》で切った杖の切り口が、刃物で切ったように切れており、質問が殺到した。

「そうですね、この中に空手をやられた方はいますか」

誰も応えない。

「それですと難しいですね。なるべくわかりやすく説明します。人の世は全て『気』と僕たちは呼んでいますが、空気、元気、病気…などでできています。これを目的に合わせて凝縮《ぎょうしゅく》すると、物理的な念、つまり目的を持った力《ちから》、フォースに変わります。

あの技は、僕の手に『気』を集中させ、杖が落ちるスピードと角度を一瞬のうちに判断し、直角に当たるように位置を変え、念力に変えた手刀《しゅとう》で瞬時に切ったのです」

シーンとなって、言葉もなかった。エイミーが発言、

「ジョン、もっとわかりやすいのを示してくれる」

「いいですよ。教授、またお願いですけど、このビールグラス一ついただけません」

「いいけど、それを割るんだろう。どうせなら厚めのグラスでやってみたら」

ジョンはそれに応え厚めのグラスを床に置き、周囲を片付け、心気を整え、「イェイ、イェイ、イェイ、イェイ」と鋭い気合いで四方向に空気を裂き念気を入れた。「さあ、どなたか、あのグラスをとって下さい」

まわりは、何の変化もない。誰も手を挙げない。

「そうだ、ここはUK王国・ロンドン。賭《か》けましょう。あれが、とれたら一ポンド差し上げます。オッズ（払戻金の倍率）は五で如何ですか」

さきほどの百Kgの体重で持ち上げられたコーチが一ポンド置いて突進。見えない壁にビョンと跳ね返された。エイミーが一ポンド置いて「優しくやれば、多分とれるのよ」手を差し込もうとするが、どうしても見えない壁に阻まれ、手が届かない。

ゲストの女性三人が話し合い、モーガン夫人も加わり、四ポンド置いて四方から探したり、引いたりするがビョンと跳ね返されていた。

「皆さん、見世物みたいでやりたくなかったのですが、これが『気』の集合体・念です。やったことなかったのですが、この二メートル四方、高さ三メートルの念で囲まれた立方体は、手榴弾や銃弾ぐらいでは破れません。さあ、これで終わりますので、触ってみて下さい」

皆が触り全員で押したが、ビクともしない。これが「結界《けっかい》」であること。三十五ポンドは、ディナー代としてモーガン夫人に寄附して終わった。

エイミーから取材の申込みがあったが、ある理由をつけて納得させ、少し待ってもらった。モーガン教授夫人が秘かにポケットに連絡コードをくれた。百Kgコーチと離婚協議中のローラ夫人には、この後すぐ腕輪通信機で連絡。自分のコードを教えたりした。

モーガン夫人とは、教授出張中の自宅で、二回目はお互いに裸でレスリングの大熱戦となり中出し。離婚直前のローラ夫人は薬学部の准教授で薬学博士だったが一日に三回交わり、いずれも大満足させ、二人とも双子を受胎させた。

少し時間があき、予告してF・Sでクリルシティに飛びミミ首相の相談に乗り、クリル、東京、東南アジア四つ計六ヵ所の公益財団に飛び決裁。自分の税引後の給与を全てそこに寄附（以後継続を指示）し異常なしを確認した。

［第二章］

戦いの事前準備

もと吉野太夫の二人

ジョンは、秘の「妻」である二人の女性教授との研究の合間、四人の修士論文の手直し、修正課題の指摘・その関連資料を渡したりしていた。

この間ニュースキャスターのエイミー・ブレラックと秘のデート。二回目で男女の関係になり、離婚しようとしていたエイミーの要請で太く長くしたものを子宮に届くようにし、失神させ大量に放出したが、この後をしっかり観て受胎させなかった。少しして、

「うーん、こんなに良かったの初めてよ。ねえ、姉とも、ご亭主・モーガン教授の要請でしているんでしょう」

「うーん、いや否定する。こんなことを話し合うことも秘密だよ」

「わかっているって。こっちもよ。着床させないでね。離婚協議中のフニャチン亭主がいるのよ。それより例の挑戦、あのラプトル狩りは危険だけど、独占取材・放映させて。資金集めにも協力するから」

何か心に引っかかるものがあったが、「秘」の恋人にした。

このころ、スチワード城の二つの庭園づくりの契約を締結。工事職人などに城の客間などを提供。

完成は一年後としたが、中村匠から、

「クリルシティで使った癌《がん》の特効薬サンパミミの副産物、あの肥料が土壌改善に役立ち、あれを用いますが、うまくいくと春に桜が見れるかもしれません」

ふと思い、ここから東側・ドーバー海峡沿いのマーガの城の植林なども依頼し、マーガとも連絡をとった。このとき、秘の回線に地球連邦大統領本人から「準備が整いました、是非ご出席を」
二、三点を確認して打ち合せ、出席することにした。

もと吉野太夫・初代の白川眞亜は、このとき六十歳。長命化遺伝子投与で若々しく、元気に例の仕事をし、子供六人とH・Aたちとクリルシティで時々海に入り光の洗礼を受けていた。二代・松田徳子は五十四歳。同じく元気に世界中を飛び回り、時々だったが六人の子供とH・Aたちと光の洗礼を受けていた。


このころ二人に、地球連邦大統領からNYロングアイランドの公邸に期日が指定され、十七時必着の呼び出しがかかった。思い当たることは何もなく、呆然。

F・Sで別々に訪問、駐車場で厳しくチェック。人のSPとH・AのSP三人に囲まれて、ぐるぐる歩かされ、私邸に入ったようだがわからない。

小さな部屋で女性上司の連邦産業省・長官がいて「立会う」が示され、ホッとした。

この若々しい日本人の女性長官は、マリアの秘の妻の中でも極だった切れ者で、F・L・CやF・

S航空機の権益をほぼ一人で創り上げ、世界各地に在る動物保護、アンドロイド・ロボット・動植物（A・R・A）管理局も掌握していた。

二メートル近い身長、鍛え上げた白い肌の身体、短い茶髪、綺麗に刈り込んだ髭面のフィデリオ・キング大統領が入室。三人が立ち上がって敬礼。

「やあ、お待たせして申し訳ありません。長官を立ち会わせますが、三人とも、ここで話すことは、公式行事から外れることもあり秘を誓っていただきたい」

大統領は、全くなまりのない日本語で喋《しゃべ》り長官を見た。長官は立ち上がり、

「れい子・クロダ・ジャクソン、産業省長官として、人として、これからの秘のお話の秘密を守ることを誓います」

「松田徳子、F・L・C管理室長も同じく秘を守ることを誓います」

「白川眞亜、F・L・C管理室長代行も、同じく秘を守ることを誓います」

「よろしい。では儀式から始めます。あっ、これは公式のもので秘ではありません」

—まず、全く予想外の辞令が交付。

「松田徳子、F・L・C管理室長の任を解き、A・R・A（A・R動植物保護）管理局長代行を命ずる。任期宇宙歴二十三年八月一日から二年間とする」

「白川眞亜、F・L・C管理室長代行の任を解き、管理室室長を命ずる。任期宇宙歴二十三年八月

一日から二年間とする」

二人とも呆然、しかし眞亜は昇格、徳子は…？

「もう一つ、重大な極秘の辞令があります」

「白川眞亜、特定H・A階梯向上管理官（局長待遇）を命ずる」

「松田徳子、特定生物（通称・β星人の弱点）検索管理官（局長待遇）を命ずる」

—それぞれ、辞令を交付。


「四つの部署などができますが、連邦産業法施行令を一部改正して、全てクリルシティをこれらを本部としますので、お二人はその準備にかかって下さい」

続けて、

「質問は、いっぱいありますよね。まず長官から、わかる部分を説明して下さい」

れい子長官は、立ち上がって、

「これから四つの役職などを簡潔に説明しますが、誤りなどありましたら、大統領閣下、その場で修正して下さい。お願い申しあげます」

大統領は軽く頷いており、長官は語り出した。

「一つ、四つの役割のうち、前の二つは、業務の二十％くらいにし、残り八十％は後の業務にしてほしいこと

二つ、松田代行には、まもなくヴェラキ・ラプトルに挑戦する若者が現れるが、規則通り対応しつつ秘で支援すること
三つ、白川室長には、Ｈ・Ａの例の処置、海の洗礼を一年以内に十倍にすること
なお、両名及びその家族、例の海の洗礼を一年で百回以上、実施すること
四つ、三つ目と関連するが、白川管理官はＨ・Ａの階梯向上を図り、最上位の人間兵士以上の能力付与をさせていくこと
五つ、松田管理官は、地球侵略が予測されるβ星人の弱点を徹底して調べること
なお、これに関しては、大統領閣下から直接お話があります」
β星人のことは、徳子も眞亜もマリアから教えられ知っていたが——。
大統領は、大きな机の隅の最新型三次元放映機を手元に引き寄せ準備、立ち上がって、
「これから見せたり発言することは、特に機密事項であり注意して下さい」

三次元立像でクリルが発見し、その地下に収納されているα星人の巨大円盤（Ｍ・Ｆ・Ｓ）を映し、収納され十分の一に縮小された人・青肌の小人・炭素系の生物・動物と黒い甲虫（雄・雌一体）カンブリアン・モンスターを映し、それを元に戻していた。

「この縮小、戻すという超技術は、諸君も知ってると思うが、ＮＡ１（バンガガ）の協力によってつい先ほど理論・研究レベルが出来て、実践化直前の段階だ。

一万二千年前の新石器時代の雄と雌から予測される現在のβ星人の男女の予測—生物学的には人

にほとんど変化がなく、β星人も同じ。その特徴を研究、松田管理官はこの責任者となる。白川管理官は、これに対抗できるようなＨ・Ａを海の洗礼により創りだし、両名とも家族をふくめて階梯を飛躍的に上げてもらいたい」

　現代人を百とした場合のデータが示され、あらゆる角度からのデータが映し出された。ほとんどβ星人が上だ。やや細長い固い甲羅、四本足と二本の手が小器用に動く、視力は不明、土の中にもぐり坑道をつくれる、水には弱いかも、パワーが二倍で繁殖力が強そう、雌の甲虫が実権？

　みな呆然。暫《しばら》く言葉もなく、この沈黙《ちんもく》に耐え切れなくなったれい子長官が手を上げ、

「私は政権の中枢《ちゅうすう》にいて、ある程度のこと、例えばマルダタ・バンガガＨＮ１が、冥王星の外側の準惑星エリスに二つの無人監視機を太陽系、外惑星軌道に合わせて機能させるシステムを作るため、長期間、地球を離れていたことや、火星の居住化の研究、大気・岩石の採取などは知っていました。しかし、クリルで、ここまで研究が進んでいたとは…大統領、奴等の侵略はいつごろと考えておられますか」

「うーん、難しい。早ければ二十一年後、遅くともその数年後でしょう。前大統領も、そう語っていたはずです」

　松田徳子が手を挙げ、

「私たち二人、そこにおられる長官も、前大統領の秘の妻だったはずで、私もそう聞いていました。しかし、ここでの本筋に外れるかもしれませんが、キング大統領、失礼ですが、貴方さまは、日本

人並みに日本語を使われますが、風体は全くの白人、貴方はいったい何者ですか」

「おや、そういうことですか。マリア前大統領は何と言っていましたか」

「血筋の者と」

「なるほど、誤りではないですね。皆さん、協議が長く二時間を超えましたので、別室で懇親の場を設けています。ゲストが三人いて一人は少し遅れますけど、その席で食べ飲みながらまた続けましょう」

妻たちの重たい任務

部屋の外に居たＨ・ＡのＳＰ三人が先頭。大統領・長官を先に前大統領が創った枯山水《かれさんすい》の庭のある和風二十畳くらい床の間風の黒布の額、ガラス引戸のある朱漆の机の部屋に入り、正面にジョン・スチワード、端に白人の若い美女がいた。

徳子と眞亜は、ジョンと美女を見て言葉を無くし、和装の接待Ｈ・Ａの指示に従い、れい子長官、徳子、眞亜、それに白人の美女が着座。その真ん前に大統領とジョン。

和服のＨ・Ａ三人が飲み物、シャンパンを開け、大統領が「乾杯」の音頭。

ジョンの前に朱杯の日本酒が注がれ一息で飲み干し、ジョンが口火を切った。

「うまい。今までの協議は、全てここから聞いていたよ。キングは正しく血筋の者だけど、まだまだ甘いね」

「お母さんにかかったら、わしも形無しですね」

「えっ…？」

四人の女性、いや三人から声が出た。

「お母さん、その姿では皆が驚いていますよ」

ジョンは盃を手酌で重ね、

「そうだね──あっ皆、見て。庭に白い鳥が」

大きく白い鶴が降りて、全員、H・Aまで見惚れたが、羽ばたき、スーッと消えた。


その間・五秒──大統領の左横に和装で銀髪に輝くアベ・マリアがいた。

出席者の全員が突然出現した美しい和服のマリアに驚き目を丸くした。

「ここにいるキングは、私が三番目に産んだ、れっきとした日本人で、旧氏名は阿部元《あべはじめ》。そこにいる白人は私の秘の妻で、知っているようで知らないはず──自己紹介して」

「わかりました。片言ですが日本語で喋ります。私は、ファンタスチック・ラブ・クラブ略称F・L・C・最大の受注会社、株式会社キングのCEO（最高経営責任者）で、秘のオーナーは夫のマリアさんです。F・L・Cを直接五千二百ヵ所、間接的に秘で三百ヵ所経営する世界最大の民間軍事会社で、正規社員二百万人を雇用。六つのA・M記念財団にもジョンの名でかなり寄附し、おっと氏名がまだでしたね。

本名は、ナタスタシア・ボルチェンコ。元ロシア国防軍特殊部隊、スペナッツの大尉で、子を産み引退した超能力者三人を率いていました。今はご承知のナタリー・クイン。つまり、マリアさんを頂点にするマフィア組織『クイーンズ』のトップでもあります。

アメリカのCIA、ロシアの旧スペナッツ、イスラエルのモサド情報機関と交流。重要情報は、私が掴み連邦政府に報告。つまり、連邦政府の秘密情報機関の役割も果たしていましたが、これから役割が少し変わるようですね。
例えば、少し前に英国の若き伯爵、ジョン・スチワードは、ロンドンAを一回利用。極めて健康
「A＋3」を貰っていますが、これは私のところで止めています」
マリアが苦笑、頷き。和食料理が運ばれ、皆が味わっていた。

「そう、わかったね。白川眞亜と松田徳子、お前たち二人は江戸初期に、初代・二代吉野太夫として天下の名妓で名を残し、私がこの世界で二度目の生命を与えた。

さあ、その黒布をとってごらん。その書家は二人が良く知っていた人物だ」

二人は席を離れガラス戸を開け、そっと黒布を外した。

その書は「死生一如」とほとばしる生気を示し、「寛永十七年九月　二天」という著名と花押があり、気づき、同時に「あっ」。

「さあ、名前を言ってごらん」

「宮本武蔵」

「二天でも分かるよね。さあ席に戻って、阿部元ことフィデリオ・キングは、私が『存在』に命じられて彼の死の四年くらい前に肥後熊本の霊巌洞で三日暮らし、不倫で産んだ子で、剣の素養も充分。身体も二回り大きいが、まだその父に及ばないとみている」

「そんなこと、この世界で言えるのは、お母さん、ひとりですね。具体的には」

「言い過ぎたかかな。時代が違うので何とも言えないにしといて。ただ、あの書をよく見てごらん。

生命の溢《あふ》れ出る活気が示され、見る人を圧倒するんじゃない。フィデリオ・キング、勿論、今の私にも、まだないものだ。

例を挙げるわ。ご縁を得て天台宗座主、当時の日本一の書家といわれていた豊道春海《ほうどうしゅんかい》先生に批評をお願いしたわ。彼はジーッと見て署名にも気付き『われらごとき凡夫《ぼんぷ》が批評すべきものではない。国の宝だ。大事にして下さい』と言われたわ。一方で、武蔵は書画のことは子供の芸事じゃ。剣の道の奥は深いぞ、と直接聞いたし、何かの書にも残しているわ」

―そこにH・AのSPに導かれ、美しく若々しい白人系の美女が入場。大統領の右横の席の後ろで立ったままマリアとハグ、片言の日本語で、

「遅れて申し訳ありません。フィデリオ・キングの妻、マリエッタ・キングです。どこまで…」

キングが席に着かせ、小声で説明…マリアが乾杯のやり直し。

「丁度いい頃かな！　さあ何か質問ないかな」

徳子が手を挙げ、立ち上がった。

「あなた…失礼、マリアさん。そんなにまでした元《はじめ》さんを、何故マリアさんの後継、阿部家を継がし、阿部元として大統領にしなかったのですか」

マリアが、苦々《にがにが》しく隣の夫婦を見たが、頷《うなず》いている。

「そのことか、私も徳子の言うとおりにしたかった。話は変わるけど、私は『存在』から長い年数をかけ創られ、そこで義務として命じられた『百兆円の資金づくりと、千人の子づくり』をふたな

りにさせられ忠実に実行。勿論、女なら誰でも良いではなく、美しく、健康で、頭と性格のいい女たちに了承をえて、次々に子を産ませたわ。

ブラジル・リオデジャネイロで夫を亡くし、実父の職業に悩んでいた美女と知り合い、恋をし娘が産まれたわ。父のマフィア組織・キングを大金を出して納得させ買い取った。

そこで産まれた娘は可愛くて、私の名前に少し似せてマリエッタと名付けたわ。

マリエッタと母を日本に呼び、いろんなところを見せたけど、マリは三歳年上の元《はじめ》に懐《なつ》き…これは危ない。ブラジルから出ないようマリの母と図った。

しかし成人した後、N・Yで出会い、恋人だと私に連絡、仰天。止めたが訊《き》かない。

私の能力は今と違い低いものだったが、このころロシア軍のスペナッツとあることで揉《も》めて、そこにいる超能力者ボルチェンコ他三人の超能力者と争っている最中——

やっと終えてN・Yに。マリのお腹には四ヵ月と少しの子がいた。それでも認めない——と主張。『存在』から強力な介入、頭痛があり七転八倒したわ——そこで取引。近親交配による負の遺伝子の完全な除去、了承され、キング・ファミリーから手を引くことを私が了承。

今、地球の裏社会はそこにいるナタリー・クインとマリエッタ・キング、つまりクイーンとキングに大きく分けて制圧されているわ。今この事を話したのは、これから後『地球歴史書』という、今のところ著者不明の本が出て、それに地球一千年余の歴史が示され、マリアとジョンの悪行とともに、そこにこれが記述されていることによる。

秘を誓ってもらったけど、それまでに洩らした者は、妻や子であろうとも私が殺す。

元《はじめ》にマリ、どうかな。省略したこともあるけど、この際だ。話してみることあるかな」

マリエッタが、それを受けた。

「マリアさんありがとう。一つだけ。あのとき私のお腹にいた子がリカルドという男の子で、今ブラジル大統領。その子、エンリケも負の遺伝子は出てなく──私たち、マリアさんから後で聞かされ、二人して、とても、とても悩んだことをご承知下さい」

マリアが頷いて、

「これは私を超能力者にし、過大な目標を達成させようとした綻《ほころ》びの一つ。『存在』は焦《あせ》っているとみてるわ。二十数年後の戦いで敗《ま》ければ、人はβの食料にされ、ここの『存在』はβ星にも居る『存在』の配下にされるはずだわ。フィデリオが見せたβ星人の一万二千年前からみての異常な進化、これはあの星の『存在（神）』の強力な介入があったとみている。

　ここの『存在』も、やっとそれに気づき、まず私を意図して創り、これからその能力を付与された者──その中核となる者がここに集まった人であり、急速な進化を促しているのよ」

マリエッタが発言。

「すごいですね。神々の星間戦争か。ここでは海での光の洗礼が準備の一つですね」

「マリ、よく気づいた。さすが私の娘だ。そのとおり、フィデリオから順に聞く。海の洗礼を何回受けた。さあ順に、正直に答えて」

フィデリオ大統領　二百十回／マリエッタ夫人（ほとんど夫とともに）　二百回／れい子・クロダ長官　百十二回／ナタリー・クイン　百二十回／白川眞亜　三十八回／松田徳子　三十五回／マリ

ア・アベ（ジョンもふくむ）　四百十回。

マリアがこれを聞いて、正直に話したことで頷《うなず》き、

「うーん、階梯の高い順かな。ただ二人…」

―突然、眞亜と徳子が立ち上がり「申し訳ありません」深々と頭を下げた。

「うん。お前たちはこの世界、特に虹の楽園に甘えている。徳子は死の直前に動態的な連続生命観を認識。眞亜も太夫の帯の前結びを心結びとし、それに近い認識を持った。

クリルで知能は高めたが、階梯は劣化させたかもしれない。

その証拠が、この洗礼の回数であり、私の十分の一にもなっていない。

それぞれの六人の子は、私の遺伝子を持つ優れた素材のはずだが、上の娘の『中の上』くらいの成績に甘んじており、楽な生活環境を与え過ぎたと考えている。

二人の管理局としての辞令に任期がなかったはずで、奮起が望めないと判断したときは、三ヵ月後でもこれまでの記憶を削り、生活は出来る程度の市民に戻す」

二人とも同じように、お腹から絞り出すように、

「身に沁《し》みました。まず百回以上、必死に階梯を上げていきます」

「よし。私はそれをジーッと見ている。ちなみに徳眞は、今のポジションから外し、新設する情報局のナタリー長官の直属の連邦特別調査官とするが、現段階で八十回の洗礼を二人の子たち、別なときもあるけど受けているよ」

二人は、ガックリと頭を下げたが、徳眞の娘トレイシーとクレアが一学年飛び級・特進で、しか

も〝上の上〟クラス。来年の大学進学がほぼ決まっていることを知っていた。
宴はこの後、徳子と眞亜の苦渋の反省の念を残しつつも、こともなく無事に終わった。

医学博士と運動競技

ジョンは、スチワード城の工事が始まったので、執事と相談。ケム川別荘で生活することになり、メイドと二人の家事使用人（少し後に、クリルから家事Ｈ・Ａに変え）を付けてくれ、ここから大学院にＲ・Ｒを運転して通った。

二つの修正工事見積書が出され納得し、契約書にサイン。二百五十万ポンドを例の現金から支払い、別荘と城の一年分の維持費と英国式庭園づくりを含め三通の小切手で全額を支払った。

大学院に通い、図書室にこもり、ステニー教授、ロージィ教授と脳の構造と精神の基本研究、この別荘に誘い夫妻となり交歓。終わって抱き合って例の海岸に飛び、海に入り、光の洗礼を受け、ジョンは海中の石が百五十Kgになり、少しして二百Kgにされたりしたが、二人の（秘）妻もさらに精気に満ち、活性化させた。

このころモーガン教授夫人の妊娠、しかも双子が分かり、お祝いしたが、夫人から、これで終わりを宣言。ローラ夫人も妊娠し離婚協議中で親権をとる支援を要請され、それを実現させたが心機一転、クリルに准教授として留学を望まれ検討を約束した。

リリーも妊娠が分かったが、論文がまだ未完であり、研究室通いが続いていた。

エイミー・ブレラック・ニュースキャスターとは恋人の関係が続いたが、秘のコードに通信があり、大学に訪ねて来て、茶の出るミーティングルームで会った。

「姉が妊娠したわ。あなたなの」

「いや、否定する。僕ではありません」

「口の固い人ね」

右手を高く上げ――おや、モーガン教授がニコニコ笑いながら、

「はい、一ポンドプラス三ポンドね」

何と賭《か》けで、義兄のモーガンは「否定」――本能の何かが！これは危ない、二人をそのままフリーズ。モーガン夫人の妊娠への関与のこと、記憶を削っていきエイミーに関心のあることを入れていった。

「おや、そうですか。何で賭けを？」

エイミーが、すぐ反応、

「うーん。ジョンはオリンピックの記録会なんか出ないよね」

「いや、僕でよければ否定ではなく肯定。出ますよ」

「うーん。ジョンとは仲良くなったのに、前の六ポンドと合わせて四ポンドの損よ。さあ持っていって」

四ポンドを義兄に差し出した。

「いや、キミが出てくれるとは。少し無理したけどマラソンと走り幅跳びをオリンピックの記録会

にノミネートし、記録は世界記録より少し下で出しといたよ」

少し辻褄《つじつま》が合わないが、ステップアップのために必要かなと考え、

「よろしくお願いします。そうだ、エイミーの損を取り返そうか」

「えっ、どういうこと」

「記録会でオッズを付けた賭けをしませんか。僕は二種目で世界新記録を出します。ただ、免許を持つブックメーカーの賭けの付け方を知りませんけど」

モーガン教授が、

「うん。それは俺がプロだ。まかせて」

エイミーがそれに乗り、

「面白いけど、ジョンでは二回敗けているのでね」

「エイミー、わかった。友人として僕の勝ちに賭けて。もしも万一記録が出ない場合、百ポンドだけ保証し、オッズ（倍率）を計算して賭けてみて。僕は自分には賭けないよ」

リリーのつわりが終わったころ、彼女の論文が約三百頁くらいで完成。ジョンの知識を注入し梗概《こうがい》を三十頁でつくらせ、自分のものにさせて、担当教授に提出させた。

三次元立像を使った発表も評価を得、理学修士号を取得した。

他の三人も順次それにならい修士号を取得。五歳年下ながら、彼等から「先生」と呼ばれ、もう一人の小太りのメキシコ人女性マリヤ・アンドレッティから、好意以上の「気」が発せられていた

が、気づかないふりをしていた。二人の男性の修士号取得祝いに、ジョン持ちであのロンドンBに登録。ナタリーの監視は承知して、金髪、細身のスラッとした美女H・Aを指名。二時間三十分独占し、二人の学生もそれぞれ大満足を得させた。二人のうち一人は日本から、一人はコンゴ共和国からの留学生で少し後に帰国した。

ジョンはその間、精神科病院に研究で六ヵ月、不定期に通い、ステニーとロージィ教授とも協議。入院患者の脳を「気」で解析。質問しながらHCに打ちこみ、脳はパルスの変化と心臓（魂）の変化を掴んでいった。その後、クリルシティに飛び、クリルの「該《がい》」スーパーコンピュータで分析し、その過程で「魂」が愛を感じたときにパルスが変化するのを発見。自らの名をとり「ジョン・スチワードの定理」とした。

眞亜と徳子は、クリルシティで例の連邦機関を開設しつつ、子供たちや人格を持ち出した子持ちのH・Aたちと海に入り、必死に階梯を上げていた。

クリルシティの家は、右端が白川眞亜、左端が松田徳子で、徳光徳眞の抜けた中の家にH・Aたちが生活。夜─皆が寝静まり、さらに子供たちの睡気を深くし、マリアの姿で眞亜の寝室に入り、夢を見させた。そして交わり絶叫をあげさせ、「ご褒美」の言葉を脳中に残し、後始末もしないで消え、徳子にも同じことをした。

クリルの医学者でノーベル賞をとった論文の仮説などは、すでに実証解析していたが、そこから定理に挑戦して、一部を解析し、ステニー教授、ロージィ教授の協力を得て論文を完成させた。

これは「精神疾患と心（魂）の相関関係研究、愛の影響について」というもので、博士論文は八百頁。梗概《こうがい》は、引用データ、参考文献をふくめ二百頁余のものであったが、例のH・A1、H・A2などの心の変化は、次の課題とし示さなかった。

七月一日が誕生日であり十九歳になって医学博士を授与され、研究室を与えられて講師になった。次を考え二人の教授とさらにあのH・A女性とキメラ（Chimera・異質同体。つまり同一の個体内に異なる遺伝子情報を持つ細胞が混じっている状態）に至る研究を進めた。研究室を思うように自費で改修し、医学系ノーベル賞の論文を紙ベース・電子ベースで集め出しはじめた。

久しぶりにエイミーと会い、別荘で大満足の交歓をしたとき、この恋人に言われた。

「来週の土曜日が競技会だけど大丈夫だよね。最低二ポンドの賭け金、オッズは百倍になっているわよ」

しまった、完全に失念。しかし海の光の洗礼は二日に一回は受けており、二百Kgくらいの石を軽々と持ち動かしており、次の日、大学の例の競技場で研究を休み、エイミーが立ち会い。ロージィとステニー教授も見学を希望し、やってみた。

運動靴を履いて、軽く飛び九メートル六。

少し休み、例の腕につける計測器で四十二・一九五Km走ってみたが、少し疲れる程度で一時間五十五分―これは全く秘のはず。二人の秘の（妻）教授とエイミーしか知らないはずだったが、三次元ＴＶに「超人伯爵」として出た。

これは花形記者エイミー・ブレラックが放送局を動かし、遠隔撮影したもので、高い視聴率をとっており、さすがのジョンも「絶交」を宣言しようとしたが、何かが「危険」──少し後を見てよく考えてみた。そのとおりであり、「最適《さいてき》の解《かい》」を探した。


入学三日目の走り幅跳びの記録は残っている。しかしマラソンはそこになく、自分の持っている計測器だけであり、これを少し修正加工し、れい子・クロダ長官に、例のラプトル狩りの期日を来週土曜日に実施。申込書と事前に既に申し込み済の書類を送らせた。

れい子から心配して
「本当にいいのね。あなたが死ぬことはさせないけど、大怪我を負うこともありうるわよ」

「わかっている。このまま進めて」

通信をして、ジーッと考え申込書を電子送信した。


エイミーは危険な女。自己の栄達、ここでは視聴率稼ぎと金のために手段を選ばない。切るべし──ただし、この流れを変えないでやるにはどうすべきか、結論が出なかった。

一方、エイミー・ブレラック三十二歳は勝ち誇っていた。十九歳の世間知らずの学究青年。否定しているが姉を妊娠させ、私を何にも知らない初心《うぶ》な恋人扱い。たしかに彼とのＳＥＸは、もう一人の中年男の編集長と比べ物にならないほどいい、最高だ。

亡くなった父母の事故加算をふくめた、無税の膨大な保険金がおりるはずだ。若い男と徹底して楽しみながら、むしりとってやる。モーガンも協力するはずだ。

ジョンを手中に収め独占取材を行うため、ラプトル狩りの申込金が要り、久しくご無沙汰の編集長を今日、ここに来るように誘ってあるので丸め込もう。

ジョンはエイミーのマンション近くで、それを確かめ、今まで出会ったこともない知能の高い美女の醜悪《しゅうあく》な心にふれ身震いした。


エイミーの夫は、モーガンの弟分の体育系の私大の講師で離婚の協議中。未練たっぷりで、ここから車で二十分のところのマンションに居住。

ジョンは、中年の男の声で、今日午後八時ころ「奥様の浮気、マンションに男を連れ込む」を秘のコードで通告。もう一本、エイミー・ブレラックの事故が起きること…

午後八時少し前、髪が薄い、少し猫背の中年男が、ワインを持って部屋に入る。

少し後、エイミーの夫が来た。まだ早い。フリーズさせ待機。

その少し後、ワインを飲み干し二人とも裸になり始まり、ジョンは姿を隣室住人の男に変え、夫のフリーズを解いた。

部屋の鍵を解除。夫が侵入、ジョンも近づいて中に入ったが、怒号…

エイミーの金切り声の「悲鳴」おや何か変！　ドアを開けたが、素裸の男女が繋がったまま下の男が苦しんでいる。女が膣痙攣《ちつけいれん》を起こしていた。隣室の男が三次元撮影、そこにライバル局のスタッフが来て、驚きつつも同じように撮影していった。

誰が呼んだのか、救急車が到着。しかし筋肉弛緩剤《しかんざい》の用意がなく、二人とも繋がったまま毛布をかけられ、ストレッチャーで運ばれ…しかし途中で、その毛布がとれ素裸をさらすことに。大勢のカメラの被写体になりすぐ秘の部分のぼかしを入れて三次元ネットに放映。救急車に二人を乗せるときバランスを崩し、車から抱き合ったまま転落。ここでエイミーと自分のこれまでのこと、モーガン夫人のこととの記憶を削っていった。

お互いの秘所を大開陳—これは裏のネットワークで有名な映写となった。

二人とも腰を強く打ち失神、仲良く全治一ヵ月で、一年のリハビリ生活となった。

ラプトルとの闘いの前

翌日、大学の広報を通じて記者会見。十三人の記者が来て、そこで、
・例のマラソンの記録、計測器の不具合で実際は二時間十分。努力すればもう少し記録は縮まること
・明日から大学院・七日間休暇届を提出。パプアニューギニアの基地の施設で五日間生活。次の日にヴェロキ・ラプトルと闘って、自分の力を試したいこと
記者たちが、後のことに集中して質問を浴びせた。
・寄附を募られたことを聞いていないが、実施費用USドル三億ドル（約三百億円）は捻出したのか？
――父と母の死亡保険金が少し前に出ました（少し後のことであったが）ので、既に振込みました。でも勝てば九割は返金されますので頑張ります。
・過去に一人だけ百三十Kgある現役プロレスラーが寄附を募って挑戦。三分持たないで左腕を喰われたことを知ってますか？
――知ってます。喰われないよう頑張ります。
・ジョンは五十七Kgですね。体重差が三倍以上ありますので、武器を二つ選べますね。武器は何で、

補助者を一人付けられると思いますが？

――日本刀一振りだけで、足手まといの補助者はいりません。
・遺言書は書いてますか？
――敗けることを前提にしたことは、してません。しかし万が一死んだ場合、債務もありませんので、残りがあれば僕が理事長をしている公益財団法人に寄附します。
・マラソンと幅跳びで、すごい記録を出したようですが、計測器の故障でしたか？
――ええ、お騒がせして申し訳ありません。

記録会は、ニューギニア基地の闘技場にいて出られません、賭けは不成立だと思います。


何枚か写真を撮られて記者会見を終えたが、モーガン教授をどうするか考えた。明日、パプアニューギニアに出発する前までに何とかしたかった。義妹のエイミーのこと知っていたのか、これからどう対応するのか、賭けの不成立の詫《わ》びをどうするか――。

案ずるより産むが易し、研究室へ移るため、石畳の庭を出たところで彼に呼び止められ、

「忙しいところ悪いけど、エイミーのことで少し時間をくれませんか」

この丁寧な口調で彼のことがわかり、心配もわかった。

自分の研究室に案内され、そこに夫人もいて挨拶。すぐ紅茶を淹れてくれ、

「ジョン君…おっと失礼。博士号をとって講師になられたのだね。これからは先生と…」

「いや、モーガン教授、とれたばかりで講座も十月からで、今までどおりにジョンで」

「うーん、君らしいな。わかった。エイミーのこと、知っているね」

「ええ、今朝三次元TVで見てびっくり。すぐ病院へお見舞いに行こうと思い連絡したら、今は安静中で頭も少し打たれ、記憶が定かでない状態。それに身内でないので拒否されました」

「あの夫は、ワシの三年後輩で離婚の協議中。エイミーのほうにあんな中年の恋人がいたとは、君は知らなかったの」

モーガン夫人が俯《うつむ》いて、

「派手好きでしたが、全然知らなかったわ。それより、ねえ、あのこと」

「そうだ。妻のお腹の双子の子のこと、君は知らないってエイミーに拒否してくれたよね。いずれワシのところか妻にも取材があると思うけど」

二人ともどうしていいかわからない状態。

「僕はお二人のお子さまのこと、何んの関係もありません。ただ、奥様はB型、教授はA型ですよね、僕もA型です。もっと突っ込んでDNA鑑定まで誰かが持ちだしたら、僕にすぐ連絡を。先ほど出ましたがケンブリッジの医学部の講師です。何とかします。

教授には、あの賭けを不成立にして申し訳なく、大きな借りができたと考えています」

「君は本当にいい男だ。ジョンではもったいない。J・J（ジョンブル貴族のジョン）がいいね」

七千万年の眠りについて

体高約二メートル、体長約五メートル、体重約百八十Kg。二足・二手の鉤爪《かぎづめ》、肉食。仲間と共調して鋭く動けるが、鋭い牙のある大口は一杯に開けると一メートルくらいの獲物は一飲みにできるグェグ。これが「グェグ」、わしだ。

あの寒い氷の大地のときには、羽毛が生えていたが、このくそ暑いところでは、それも抜け落ちて、どういうわけか、気が高ぶると、ネバネバした液が長い首筋にかけて出るようになり、少し冷やっこくなり、グェ、グェグ。

そう、あのだんだん少なくなっていった仲間たちは、癖《くせ》でグェ、グェと息を吐き出していたグェグ。ワシはどういうわけか、グェグとグが時々強く出て「グェグ」と呼ばれていた。

ワシの父の父、長老は、羽毛が真っ白になり、「グー」と吐き出すようになっていた。その「グー」が、大地が凍るずっと前に地の下から噴き出る温かい水に浸りながら、群で役割を決め、ワシらの首のもっと長い、草くらいの巨体を水辺に追いつめ、殺し喰ったりしたグェグ、の話も聞いた。その長老の前、ずっとずっと前…グェグ、氷の大地になる前は獲物はいくらでもいて、狩りの腕前を競い合ったそうだ。

短い二本足どもがティラノサウルスと呼んでいる巨体はいなくなっていたが、その前は群で戦いをしかけ、グェグ、食われたり殺されたりしたらしい、グェグ。

ただ、この温水の出るところから内陸に氷漬けになり死んだ巨体が二匹、それを食らおうとしたが氷の塊が破れないでいた。

「グェグ」は、特に寒くなった朝、少し沖に出て温かい水で身体をぬくめていたが、白い山が突然動きあたりが見えなくなり、氷の流れが陸にいた仲間を引き裂き、水の中にいたものを閉じ込め、あっという間に氷の塊の中に――

頑丈《がんじょう》だった身体が冷えていき、何かに包まれて、光る玉を見たようだったが、天に昇っていった。

――長老から聞いていた天に輝く星になった。

［第三章］J・Jの力量

ラプトルとの戦い・従属化

どれくらい後か、氷の塊ごと掘り出され、短い二本足どもが「七千万年ジュラ紀の終り頃」と言っていたことを、さっぱりわからなかったが聞いた。

「これは、ヴェラキ・ラプトルだな。やったぞ！」

わしは「グェグ」だ。白い部屋、頭から体全部が細い紐《ひも》で縛《しば》られ、白い衣の二本足が五匹ほどいた。

目をしっかり開き「グェグだ。この紐をとれ」と叫び引きちぎった。

五匹の二本足が驚いて、転がったりして、一番近くの小さいのに飛びかかろうとしたが足がうまく動かず、その二本足をやっと押さえた。良い匂い、雌だ。食ってやる。

このとき、三匹の黒っぽい衣を纏《まと》った二本足が、短い棒の先から何かを打ち込まれ痛い。大きな蜂《はち》（虫）が六匹食い込んでいて、また息ができなくなった。

長老が語ってくれたような長い時間ではないと思うが、眠らされ、目が覚めた。

隣の小さな部屋に「グェグ」によく似た小さなのが三ついて、ちょこまかと動き、首筋が赤い。これは雌。「グェグ」は雄だ。こいつらが大きく育てば、繁殖し数を増やそう。

その前に、大口の開け方、牙の擦《こす》り方での簡単な発声を教えて、大きいのから順に、「グェア」「グェウ」「グェオ」と名付けた。

餌として動物の死肉が与えられ、生きたイド（活性酵素）はないが、三つ子を育てる目標ができ、無理して食った。しかし、やはりイドが必要。だんだん痩《や》せていった。

かなりの日数、寝かされていたようで、三つ子が娘になり、赤が濃く、もう少しだ。

しかし暑い場所に移されたようだ。「グェグ」の場所も太い囲《かこ》いの樹々の生えた檻になり、娘達が隣に、相変わらず死肉だ。蹴っ飛ばした。頭の悪い二足たちだ。

そこに小柄な二足の長い黒髪の雌が、何やら命じているようだった。

少し後で、生きた牛が檻の中に入れられ、飛びかかり、木の陰でバラバラにしてイドを貪《むさぼ》り、隣の檻の娘たちにも分け与えた。黒髪の二足雌は、それをジーッと見ていたので、「グェグ」は一部の二足がするように頭を二回下げ、驚いているようにも見えた。

三回陽が変わるごとに、生きた動物が入れられ元気になった。

このころ黒い肌《はだ》の大男から、檻《おり》ごしの「グェグ」に、二足の間の小さな筒、たぶん男の性器から小便を引っかけられた。

「グェグ」は、それくらいで怒る馬鹿ではない。しかし、右手で自分のものを引き出し、頭からジャアジャアとかけ、二足どもから「馬なみ」だと言われたが、何のことか！

少しして、檻の間仕切りが取り外され、行き来できるようになり娘たちに交尾を持ちかけ、その「馬なみ」を見せたが怖がっており、娘たちのボスの「グェア」が一番小さい「グェオ」を押し出して、端に追いつめ、赤くなっている首筋を甘噛みして尻尾をずらさせ交尾しようとしたが、突然反転して「グェグ」の肩を噛んだ。

残りの娘たちも見ているので、見せしめのため赤い首筋を食いちぎり、同族のイドを久しぶりに貪《むさぼ》り、二人の娘たちにも分け与えた。食い終った「グェア」と「グェウ」は、檻の隅に固まっており、「今日は見逃す」ことを告げた。

翌日、「グェウ」と交尾。「グェア」は抵抗しようとしたが、「抵抗したら殺す」を告げ、女のボスにすることを条件に、やっと交尾。これで少しして四つ子が産まれ、群をつくれるはずだ。

二つの檻は一つになり、言葉を教え、狩りの仕方を教え、走り回り力を付けさせたが、この後、檻の外側の工事。二足たちの通路のようなものが出来、内側に反った屋根と四つの監視塔がとりつけられ、二足の人間（このころ、そう言うらしいと覚えた）の雄と雌、それに小さな子が通路でワシらを見られるように檻から出され、しばらく運動。

ときどき長い黒髪の雌…二回頭を下げ―黒肌の大きな雄…「馬なみ」でジャアジャア。これをやると、よい餌《えさ》が与えられた。

このとき「グェア」から「二匹ずつ、八匹しか監視がいないよ。今やらない」「いや、ダメ。そのほか監視塔に四匹、檻の出入り口に二匹いる」で諦《あきら》めさせ、機会をみることにした。

妻たちの腹が少し膨《ふく》れ、本能にまかせ木陰の土を丸く掘り、少しして四つずつ卵を産み、母の体で覆い保温。当然あの見物は中止。ワシも心配でウロウロ。やがて、無事に卵が割れ、小さな子が飛び出し、ヨロヨロと歩き出した。

ここには子を狙う敵はいないが、「グェグ」も父親になり、肉を小さく切り裂き与え、少しして、「グェグ」の生餌《いきえ》がなくなり不機嫌に。それが三日続き、檻から出された。広場に二本足・雄の人間が二匹いた。

一匹は、体が「グェグ」より高く、大きく長い棍棒を持っていた。もう一匹は少し後ろで、へっぴり腰に棍棒。二人の回りをグルッとまわり見物の人間を見たが、長い黒髪の女がいた。止まり二回頭を下げ、何やらドッとわいた。

大男が長い棍棒を振り回し迫って来たので、右に左に揺さぶり、棍棒の力が抜けたところで体に当てさせ、少し痛みを感じたが、空いている左腕に食いつき引きちぎった。

へっぴり男は逃げ腰に。千切れた左腕をかかえ血の噴き出ている肩に食らいつこうとしたとき「止めなさい」――。鋭い声が脳に響き、あの長い黒髪の女が睨《にら》みつけており、二、三歩下がり、イドの噴出する左腕を貪《むさぼ》り、すぐ監視人が例の棒（銃というらしかった）を持って構えたので、後ずさり左腕を貪《むさぼ》りながら檻に戻った。―また以前の生活に戻り、グェア・グェウの妻と生活、いろんなことを教えた。

ジョンは翌日昼前、少しの荷物と日本刀それに大量の本、最新型H・Cを持ち、ケム川別荘からF・Sで出発。行路をインプットし十分余で到着。れい子・クロダ長官が、接待H・Aとともに出迎えてくれ、ゲストルームに案内され、二人でランチをともにした。

松田徳子管理官は、クリルシティで研修中で不参加。すぐあの北極圏・永久凍土の氷の中、完全に近い形のヴェラキ・ラプトルの発見（少し知ってはいた）。

生命科学技術の最高の人材・施設のあるクリルシティに移し「冬眠に近い状態」と判断。

あらゆる生命科学技術を投与、活性化させ生き返らせ、少ししてここに移し、そしてクローン（雌）を三体つくった。第一生命体となる原種・ラプトルは、「グェグ」と言うらしく、言語を持ち、そのクローンの雌の子供三体に教えていた。

雌の成長、その一体と交尾しようとして拒否され殺したけど、後の二体とは交尾。

餌をあまり食べなくて、私が命じて生きた子牛を一頭を入れたらバラバラにし、驚くのは、私が命じたことを知っているようで、会うと、いつも頭を二回下げるわ。

そして自分の性器、男たちが言うように「馬なみ」…ほら、ここと ココ。

それにあのプロレスラーとの闘い、私が鋭い言葉を出して止めたのに従ったわ。

　ジョンは、その三次元動画を全て見て、ワインからバーボンウイスキーに移った。

　そしてシャワーを二人で使い、濡れた体を拭き合って、ベッドに移り、れい子に奉仕させムクムクと起き上がり、長く、太く、堅くなり、さらに大きく、れい子が悲鳴——

「無理、無理。これだって馬なみよ。私のが壊れちゃうわ」

　少し小さくし、期待でドロドロの熱い中にねじり込み、くねくねと動かし絶叫。失神させ毛布をかけ、そのままにした。

　ジョンは、ラプトルの「馬なみのもの」を三次元立像で出し、自分のものをそのまま三次元立像化して切り離し、少し時間がかかったが比較。そこにバスタオルを羽織ったままのれい子が起きてきて抱きつきながら、

「なんてこと、ほぼ同じね。でもあなたのほうが三百人以上の女の淫液にまみれ、赤黒く禍々《まがまが》しいわね」

「れい子、今論文でキメラ遺伝子を研究中。これは『存在』からふたなりとして与えられたもの。あの二匹のラプトルの雌…さあ考えてみて」

「わかった。私だって馬鹿じゃないの。できるかどうかだけど、人との異種混交？　仮に子供ができたらどう育てるのかしら」

「そこだ。やはりクリルシティの地下秘密基地しかないね。よし、『存在』に聞こう。この辺で綺麗な海辺の海岸、知ってるよね。イメージして」

れい子のイメージを読み、バスタオルを持って抱きつき、揺らぎ消え、二秒後、そこの絵ハガキのような白砂の海岸（以下、白砂海岸）に実体化。

すぐ海に入り、二回目で「存在」から海の中で二人とも回答を得ていた。

――ラプトルとのキメラ部隊をつくり、勇猛な兵士にしていくこと。ふたなりは、この「存在」にとっても偶然の所以が重なったものだが、汝、マリアの努力もある。

しかし、ジョンの巨大性器は、このことを意図したもの。れい子はキングに報告し、協力していくべし。少し後、秘でよいが、人の女性を母とするキメラを創るべし。ジョンは無意識に、その候補者を選定している――。


素っ裸のままバスタオルを敷き、一枚を二人で掛けて語り合った。

「『存在』が、こんなに明確な指示を出すのは初めてだね。れい子も聞いたよね」

「ええ、聞いた。驚いているわ。候補者って誰」

「うーん。まだはっきり具体化してないけど、連邦政府に関わり、子が二人いる女性」

「まさか、私のこと、止めて勘弁してよ。やりかけの業務が山ほどあるのよ」

「そうか。れい子ってこともありうるのか」

「違ったんだ。驚かせないで…さて、そうか徳眞か」

「うん、あの父が何というかもあるけど」

「ねえ、念のためだけど、キメラをつくる場合、性器交接つまり交尾ではなく、人の卵子とアレの精子の培養でもいいのよね」

「そう。あの巨大性器だと人の女性のお腹は裂けちゃうね」

冷気を感じ、抱き合ってゲストルームに飛び、シャワーを使い夫婦として楽しんだ。

翌朝、ジョンは三次元立像を何度も再生し、ラプトルの言葉らしいものを真似たが、うまくいかない。ラプトル並みに頭と口を大きく、牙を鋭くし擦り合わせる必要があった。

そして例の「小便のシーン」で、異なるユーモアのセンスを認めた。

午前九時から連邦政府のＡ・Ｒ・Ａ（動植物管理局）の規則に則った身体・体力検査。一日あり退屈そのもの。体力では重量挙げ百五十Kgを挙げ、他にも種々のものがあった。これも十七時で終わり。れい子が訪ねて来たので、檻の近くへ案内してもらった。

暫く、「グェグ」と闘う見世物は中止になっていた。しかし、またやるらしく、陽が落ちる前、痩せっぽちのひょろっとした青年が、例の長い黒髪の女に案内されて檻のすぐ近くまで来た。雌に向かって二回頭を下げ、「グェア」と「グェウ」を両脇に呼び寄せ、三匹で大口を開け雄を威嚇《いかく》した。

痩せっぽちの男は、正対しながら何かで顔を大きくし、「グェグ」の怖い父「グリグ」に近くなり、グェ、グェッ…とわしらの言葉で喋り出し、怒鳴りつけ、三日後に一対一で勝負…聞きとりにくかったが、たぶんそう言った。

ジョンはこの時、三匹の脳内の海馬の大きさ、記憶シナプスの量などを掴《つか》んでいた。「グェグ」の脳に直接伝えた。

「グェグ、その勝負で痩せっぽちの僕が勝ったら、そこにいるグェアとグェウに交尾させろ。子を産ませる」

グェグは仰天したが、ここではこんな奴に敗ける筈もなく、強さを示すべきだ。大口を開けて大声で怒鳴った。

「わかった、認めよう。グェグは勝つに決まっているけど、勝ったらその黒い髪の雌と交尾させろ。同じく子を産ませる」

ジョンの顔に戻って二匹の雌と一人の女性は、何のことか分からず、ポカーンとしていた。れい子が怒り狂うことがわかったため、誤魔化して「正々堂々、一対一でやる」ことを、グェグと確認したことにした。

れい子は、NY連邦本部に公用で帰ることになり、ジョンはNY五番街まで同行。近くのHN2アイリンとルームシェアしているHN3由美の大きな部屋に、ゆらぎ飛び驚かせたが、ウイスキーを酌み交わし話し合った。

アイリンと由美は、α星人につくられたが、その二人の子は全てジョンの娘。つまり娘たちはキメラであり、今ラプトルとキメラをつくるか実験中、協力を求めた。

二人は細身の美女だが「馬なみのもの」を納めうる機能を持っており、絶叫をあげさせつつ、それを二人で試し、自分も満足を得て、ＬＡ経由でパプアの闘技場に帰った。

早朝、一人で例の海に入り、光の洗礼を受け、何か少し変わるものを感じた。

朝食の後、契約書、誓約書、権利放棄書など十五種類の弁護士の立会による書類づくり。三次元撮影もなされ、読み聞かされ全てにサイン。これで一日かかった。

ディナーの後、ムンバイ経由で英国・大ロンドンのリリーのマンションに飛び驚かせたが、彼氏にはサセなかったが妊娠を自分の子か疑っている。彼のマンションに飛び、その記憶を元から消去した。自分の双子を妊娠しているリリーを気遣いつつ交わり満足を与え、ゆっくり過ごし、早朝に同じ経由で例の闘技場のゲストルームに飛んだ。

今日は一日、休養日。本を読み、キメラの遺伝子の構造変化を三次元立像で部屋いっぱいに広げていると、徳子管理官が訪ねてきた。

「ひゃー、あなたって、こんなときも研究しているの。明日は大丈夫そうね」

「徳子、おいで…」

抱き合い、熱い熱いキッス。徳子はかなり階梯を上げており、自分の持つキメラの情報を直接与えた。

「キメラの軍隊か、すごいわね。でも大統領、例の侵略は二十一年後、おそくともその数年後といったわよね。訓練もあったりして、間に合うのかしら」

「そうだ。でも、六歳くらいで成人になるから、十分と思うけど」

徳子は、所用で管理棟に出て行き、頭を切り替えキメラの短期間養成をジーッと考えていたが、徳子から通信「受ける」で、

「眞亜さんも、心配で来ているけど、二人で行っていいですか？」

「どうぞ、待っているよ」

少しして二人が来て、眞亜は徳子がいるのに飛びついて来て、口付けを求め応えた。

眞亜もしっかり階梯を上げており、キメラ兵士の情報を与え、H・Aの子たちがキメラになることも教えた。明日の闘いの見物にお客が集まりだしたようで、二人は管理棟に帰り、間もなく、れい子長官も来て、大食堂でのディナーとなることを受け了承。

大拍手で迎えられ、真ん中の丸テーブルの写真に、サインと日付を入れて丁寧に対応。

アメリカや日本などのマスコミも来ていて、盛んに撮影。記者の代表質問に答えた。

「僕が敗けることはありません。武器は日本刀一振りです。貴重な生物であり殺さないでと言われています。さあどう勝ち敗けを決めますかね。七分以内に勝ちが決まらない時は、ここにおいでの皆様の参加費、僕が全部負担します」

百人近い参加者が盛り上がり、楽しく会食を終えた。

ゲストルームに結界を張り、れい子、徳子、眞亜と乱痴気騒《らんちきさわ》ぎ。大満足を与え合って交歓。ソ

ファーと控えベッドを使い眠らせた。

当日早朝。三人を起こし、バスタオルを持たせ抱き合い、例の海岸に行き光の洗礼――シャッキリさせ、抱き合って部屋に戻り、そっと自分の部屋に戻らせ、朝食はパス。

この近くの基地や村々を見て回ったが、貧しい家の教育もない子供が多数いた。

九時三十分、警備Ｈ・Ａがノック、備前長船を肩越しにかけゆっくり出た。

大きな丸い回廊の中央からジョンは拍手に応え、広場の中に入り砂混じりの土を確かめ二十メートル進んで待った。ラプトルの檻が開き「グェグ」が出て、大口を開き威嚇《いかく》。

ジョンはいきなり右に五十メートル、ターンして左に三十メートル走り出し、少し砂煙がたち、三時の方向へ七十メートル先に居る「グェグ」にスピードを増し砂煙《すなけむり》を出すように走り続け、それを「グェグ」にかけ、警戒のポーズをとっていた「グェグ」が、砂まみれになり、目をシバシバしていて頭を下げた。その真上に三メートル近く飛び、勢いをつけ右手に念気を入れて、頭の後ろの急所を切り、血が噴き出た。

「グェグ」は頑健で、よろけながら立ち上がろうとした。

すぐ蹴り倒し、背中近くに両手を固く硬質水素化し食い込ませて、目の上まで持ち上げ…タイミングを図り檻の近くに十メートルくらい投げつける。それでもまだ立ち上がろうとしているので、素早く近づき右足で大きな顔を踏みつけた。

檻の近くで、雌の「グェア」と「グェウ」が仰天――

そして、背負った日本刀（備前長船）を引きぬき、朝陽にあたってギラッと光ったが、目立たぬように念気を入れ、フォースにした。

もがいている「グェグ」の目の前に突きつけ大きく化け物顔にし、二匹の雌にも分からせ「これから首を切り落とす。以後、従うなら助ける。雌との約束を果たせ」

――グェグは生き恥、死んだ方がマシ――かつて調べたグェグの脳（海馬）に、

「この痩せっぽちは、父の生まれ変わり。従って二匹を差し出せ」を脳に響かせ、さらに「こいつは父以上の天空の王者になる。従え、従え」を強く組み込んだ。

モゾモゾと動き出したので、備前長船を構え直したが、中に入っていた、れい子が、日本刀に手を置き、「殺さないで」。それを見てグェグは頭を二回下げる動きをした。

「父の生まれ変わり、天空の王には、もっとふかく両足を折って跪《ひざまず》け」――両足の筋肉に介入。ジョンに跪かせ、二匹の雌も同じようにさせた。

右手で切り裂いた傷が広がっており、これは危ない――両手を当て、念気で傷口を塞《ふさ》ぎ、出血を止め治療してやり、「グェグ」と二匹の雌もそれに気づき呆然。

「天空の王」から生命を助けられた。暫く跪いたまま。この間、六分三十秒。

日本刀を収め、れい子を従え、ゆっくり歩いて帰ったが、観客は砂煙が半分近くあり、よくわからない。やっとパラパラと拍手が起きた。

しかし、上空の超小型F・S二機と地上の三機の撮影機は、これを全て捉《とら》えているはずであり、大

顔の化け物顔にしたところ、治療のシーンは砂煙がまいているようにした。

「取材は明日、午前十時から大食堂で受けます」

シャワーを使ったが、右胸に十センチくらいの切り傷があり、自分で治療。明日の質疑がわかり、大きな治癒帯を貼った。

れい子、徳子、眞亜が来たが、夕食をパス——静かに過ごすことを告げ安心させた。

ジョンの夜は長い。あの時、咄嗟《とっさ》に「天空の王」と言ったことを思い出し、檻の銃を持つ警備員をそのままの姿勢で一時間だけスリープ。

檻の十メートル上空に光と白い衣をまとい実態化。ラプトルに強く働きかけ跪《ひざまず》かせ、静かに降り、「天空の王、ジョンがこれからグェアとグェウに子を授ける。まずグェア、真ん中に出て体を開け」脳に直接、働きかけた。

ジョンは「馬なみ」の禍々しいものをさらに太くし、クネクネと動かしてみせ、頭を下げ尻を高くあげ尻尾をずらした陰口に挿入。ゆっくり中と連動し、固い尻をつかみ、柔らかく締め付けてくる暖かい中を楽しみ、激しく出し入れ…グァー、グァーと声を出し気絶しそうになったのを許さず、大量に中に放ち、倒れるのを許した。

グェウはそれを見て発情、尻を振り出し、同じように時間をかけて中に放出し倒れるのを許した。

二匹の雌の体内の四つの小さな卵は流していてグェグは、呆然。

人と恐竜、いずれも地球種だが、初めて（？）と思われる異種交歓（尾）がなされ、ジョンはラプトル三匹と子たちに「天空の王、ジョン」への従順な僕《しもべ》になることを刻み込んだ。

そして、繋がっているときに分かった——「生餌《いきえ》」を好むのは、生命のパワーの源となる活性化酵素をイドと呼び、直接取り入れているからだ。


少し早めに就寝、午前三時に目覚め、簡単に仕度——例の白砂の美しい海岸の海に入った。光の洗礼を受け、二回目の洗礼の後、海中で「存在」と語り合った。

「あれで良かったのでしょうか」——。

——よくやった。汝は気づきはじめているが、汝らの次元年代で七千万年前、絶滅するラプトルのうち元気のよい雄と雌を二匹保護。氷詰めの冬眠状態にして、この年代で発見させ、ふたなりのマリア（ジョン）といき合うようにした。期待した以上のものだ、誉《ほ》めてやる。ただし、あの三匹、真に従っていない。天空からの降臨をあと三回以上実施せよ。

あの雌二匹は六ヵ月後、キメラとなる異形の卵をそれぞれ四個産む。その時、あの雄はそれを壊す、対応しろ。最悪殺してもよい。もう一度言う。期待以上の働きであり、それを伸ばすため、ある能力を授け、もう少し後でTレックスの情報も。汝は、この「存在」に頼もうか、どうするか珍しく躊躇《ちゅうちょ》している。二匹の出産後、雄も加えるかどうかだが、汝の判断に任せ、生き残ったキメラの子たちの海での光の洗礼を受けることを認める——。

朝食はゲストルームでゲスト三人を交え、四人で頼んでいたが、五人分がH・Aにより用意。おや？　すぐ徳子から連絡…了承、ナタリー・クインが加わった。

すぐ抱きつきハグ。

「昨日、到着したんだけど見物し…結界の中のお三方との騒ぎを知って遠慮したわ」

「そうか、気を遣ってくれたんだ。無事終わったよ」

朝食が始まり、食べながら、

「ええ。私、あの観客の中で目立たなくしていたけど、見事な戦術だったわね。それに夜、天空の王として降臨も見ていたけど、艦の中は思考がぐちゃぐちゃで、よく分からなかったわ」

ジョンは自分に次ぐ階梯の高いナタリーの思念を感じ、見られていたことを知っていたが、さらりと隠す妻の成長を見て、ぶちまけることに。

食事がすすみ、紅茶になり席を変え、まず三次元立体TVを皆で見た。

ジョンブル・ジョン（J・J）が素手で圧勝——あの六分三十秒が十五分くらいに伸ばされ放映。世界中に配信——。

ジョンは、上半身裸になり。

「さあ、僕の四人の奥方様、あの闘いの後の天空の王としての降臨、それに早朝の『存在』との交流を僕の視点から見せるね。リラックスして、心を無に。僕の上半身のどこでもいい、重ならないようにして両手で受け止めて」

静寂《せいじゃく》…十数分が過ぎ、皆が手を離した。――それぞれが異なる溜息《ためいき》。「イヤー」「ハアッ」「ホウッ」それに「驚いた」――これはナタリーであり、すぐ次のステップの対応を示した。

「クリルシティの地下基地も悪くないけど、あそこは高度技能研究と連邦の本部の一部。そこでロシアの極地、マリアさんご存知の永久凍土のプラドの大地下基地では？」

「うーん、あれか。ラプトルは氷河期の数千年を生き延び、羽毛まで持っていたよね。しかし、天無人か、少し考えよう」

この後の経過を読んだが、Tレックスの情報を得てもなあ…と思いつつ他の三人にナタリーが説明し、終わったので、

「ナタリー、ここの東五十Kmに連邦軍海兵隊の訓練基地と大基地があるよね」

「ええ、ありますし、訓練基地はよく知っています」

「今日の午後か、明日の午前に三時間弱、訪問のアポをとって。訪問者はナタリー情報局長官とジョン・スチワード。目的は精兵の訓練の見学とジョンの参加」

ナタリーが部屋から出た後、記者会見。素手で闘った誉め言葉ばかりで丁寧に答え、目的を聞かれ、僕は十九歳の学者の卵ですが、体力を試したかった旨を応えた。

ただ、記者たちが、J・Jと呼ぶのが少し気になった。

ナタリーとランチした、その後、夫婦になって激しい交歓。お互いに「イキ」あい裸で抱き合ったまま、

「あなた、例の訓練基地の司令官は大佐でロシア国防軍の私の五期後輩の元部下。バツ一の子なしで確かロシア・北方軍にいたこともあるわ。年食ってるけど美人よ。気に入ったら手をつけていいけど、押し上げてやって」

「君の五つ下なら、まだ若いよね。わかった」

「嬉しい。軍の基地なので私は少将の略装でいくけど、許してね」

「へえ。君は軍の偉い人なんだ」

「なんとねえ。大統領より偉い人が目の前にいるのに！　あっそれに、夕刻に例の檻で天空の降臨するんでしょう。隠れているから連れてって」

「うん、君には腹の中を見透かされてるね」

夕刻、警備兵二人を一時間スリープ。ナタリーがそれらしく入れ替わり、十メートル上空に光をまとって揺らぎ出現。グェグらが下で見上げており、ゆっくり降下。三メートル上空で停止。鋭く脳内に「天空の王ジョンの降臨じゃ、跪《ひざまず》け」、グェグの両脚の筋肉に介入。膝《ひざ》を折り、雌二匹も同じようにならった。

あれからグェグが二匹の雌を押さえこみ、ジョンの大量に放出したものに自分も挿入し混ぜて精液を無効にしていた。グェグを念気で転がし「馬なみ」を出させ、三ヵ所に念気で傷を入れ、当分使えないようにした。

白い衣をまとい、グェアを服従《ふくじゅう》の体勢から尻を上げ、ジョンの「馬なみ」をさらに大きく長くしまず体液で中を綺麗にし、赤黒いものを挿入し緩急。グァー、グァーと叫び失神しそうになったが許さず…。グェウも発情、同じように大量に中に放出した。

グェグは呆けたように呆然。その心を探ったが、まだ反抗心。

脳に直接「王の子を殺した罪、お前の片目を潰す」と語りかけ、左目を切り裂こうとしたが、れい子が悲しむと考え直し、

「長い黒髪の女、助言があって、グェグを殺すことを止められた。ただし、両眼を五日間だけ見えなくする。——ここの時間を少しとめ、大食堂にあった等身大の立体写真を壁にはり、取れないようにして——天空の王ジョンを二匹の雌とともに陽の上りから終わるまで跪き三回祈れ。そして言葉に出し『部下になり命令をきくこと』を発声しろ。それができたら、目が見えるようにしてやる」

天空王は、それをジーッと見ている。——揺らぎ、消えた。


ゲストルームで待っているとナタリーが帰ってきた。

「あなた、知ってはいたけど、とんでもない大役者で超が三つくらいつく超能力者だね。私はついていくから。捨てないでね」

「そうかい。お褒めの言葉として、受けておこう」

H・Aに紅茶を淹れさせ、楽しんでいると、ナタリーから、

「あなたは、超能力者で先が見えるよね。あのラプトルはどうなるの」

「わかった。ナタリーから秘密がもれることはないから話すね。言ってあると思うけど未来はコン

プリートされ確定したものではない。

いろんな因子、統計学上の変数因子と言ったほうがいいのかもしれないが、変りうる。詳しく語ると長くなるので、さあ心を開いて無心に」――情報が組み込まれ開かれ。

「さあ、言葉で纏《まと》めてごらん」

「わかった、やってみるわ。
・ラプトル「グェグ」は、しばらく大人しくしていること
・「グェア」と「グェウ」は約六ヵ月後、それぞれ異形の卵を四個ずつ産むこと
・「グェグ」が隙を見て三つずつの卵を潰し、母親が残り一個を必死に守ること
・「ジョン」が知り、半日かけ「グェグ」の目の光彩に黒幕を入れ、猛気を削り、鉤爪と牙をとり仮爪と仮牙をつけ、ここの「道化《どうけ》」にすること
・二匹の母親と二匹のキメラの子を、秘かにクリルシティの地下基地に移すこと
・「グェグ」に、猛気を削ったクローンの雌二匹を与え「道化」が上手くいった時のみ、イド（生餌）を与えること――こんなことでどう」
「そんなところだね、よく見たね。しかし、君の記憶・脳の海馬に接触したとき、少しだけどシナプスが削られた跡をみつけたよ。金髪の美しい娘と会わなかった?」

「いいえ、会ってない。しかし、ちょっと待って…」

ナタリーは静かに心を統一、考え込んだ。

「はあっ、居たねえ。金髪・十歳くらいかな。現代に合わない奇妙な、しかし高価そうな服。私の

横にいて一メートルくらい浮き上がってあの闘いを見ていた。

私がハッとしたので、この娘は口に指を当て美しいクイーンズ・イングリッシュで…」

「ナタリー・クインさんね。幸せですか」

「ええ、とっても幸せですよ。でも」

「あなた、ジョンというか、マリアの百十五番の秘の妻ですよね、それでも」

「ええ幸せよ。あなた…」フッと消えた。

ジョンは考え込んでいた。

「ナタリー、幸せに思ってくれててありがとう、僕も嬉しいよ。この世界は、まだわからないことだらけだね」

「あなたも、何か感じているの」

「うん。その少女、言葉を合わせなかったけど、僕も出会ったことある。この三次元世界の遠い未来、あるいは多元（層）、異次元宇宙があるのかもね」

「何か、異なる現象で、思うことあるのね」

「うん。NYのあの時、元《はじめ》を三番目の子と言ったけど、あれ五番目じゃ？　それに東大からエール大に進学、アイビーリーグの楽しい思い出もいっぱいある。しかしハーバードへの進学では、とも思うことがある。よし、このことはとりあえず終わりにしよう」

連邦軍・海兵隊

ジョンは、A・R・A（動植物保護）管理局・ラプトル管理の管理所長・職員たちの盛大な見送りを軍装のナタリー情報局長とともに受け、記念撮影、サインなどをしてナタリーのF・Sの先導で、軍の訓練基地にむかった。

ラプトルの頭を踏みつけ、日本刀が朝陽に輝く立体写真は高額で取引。ジョンの日付け入りサインは驚くべき高値を呼んでいた。返還される二億七千万USドルのうち、一億USドル（約百億円）は、ジョンが理事長をしている六ヵ所の公益財団の本部をクリルシティにつくり、本部基金と運用財産に分けて拠出。かつてのミミ・フロンダルのような児童の救済も加えて実施することをれい子・クロダに命じた。

軍基地、F・S駐機場というより、仮テントの張られた本部前の道路に三秒で到着。

ジョンは管理所で贈られた「J・J」のカラーTシャツに濃青のジャケットを着て、ナタリー少将の後ろに従い、歓迎の演奏――非番の大勢の隊員と幹部の出迎えに握手。

チトフ大佐が歓迎の挨拶をし、すぐ選りすぐりの三十人の男女精兵の訓練を見せてもらった。全員が迷彩服、三十Kgの背嚢《はいのう》に五Kgはある特殊銃、大型ナイフなど十Kg余はある装備品をつけ、二百メートルの楕円型《だえんがた》の運動場を一糸乱れず、歌声高く行進。

本部前で停止。休め。チトフ大佐が訓示。

「今日はナタリー長官閣下出席のもと、皆に伝えていたと思うが、あのJ・Jことジョン・スチワード伯爵のご希望により、諸君の訓練に参加される。

訓練難度は、「3A」（最高レベル・三時間）とする（どっと、湧いた）。

本官は連絡があり止めたのだが、公平を期するためJ・Jに教官を一人ずつ付け説明・案内はするが、支援・援助はさせない。J・Jより良い成績を出した者は、諸君の休暇に合わせて一泊二日、クリルシティかロンドンシティに無償で招待するとのことであり、所長として認めることにする

――では、解散。三十分後に訓練場に集合」

ジョンはF・Sの着陸をしたテント裏の本部・応接室に入り、女性用の小さめの身体に合わせた迷彩服を女性教官AとBに手伝ってもらい着装。装備品などを付け、キャップをつけた。ナタリーが来て、三人で服装等を修正。五十Kg弱あったが少し動き、Aに案内され最後尾の後ろに付き、まず二十Km早駆けが示され、それに従った。

前の方十五人が男性兵士。後の十五名が女性兵士で、教官Aとともに歩調を合わせて駆《か》けたが、特に疲れもなく、ラスト五Kmの自由競歩まで力を蓄えて、女性から一人ずつ人定。自分に合う兵士二人を見つけ探り、それに少し息が切れ出したバツイチ教官のA。

一㎞を五分くらい。しかし整然と隊伍を組んでおり、さすがに身体能力は高い。

ラスト五㎞になり、Ａが笛で合図し女性隊員が前に出て並び、もう一度笛が鳴り隊形が崩れ全員が駆け出し、ジョンはスルスルっと抜け出し、先頭近くに出てスピードを上げ、さらに引き離し、一着でゴール。

次、すぐに息を整える間もない中での射撃。

立射十発。五十メートル先の十センチくらいの黒点が的《まと》。念気で的に向けて軌道をつくり、弾を導き、全弾命中。伏射も同じ、全弾命中。

やっとＡが追いついたが、次は古い街の通りを想定した三次元の市街戦。（ジョンは、先が観えるのだ。まして二秒、五秒くらいの後など）全弾、仮想被疑者に的中。

やっと、さっき評価した黒人女性兵士と中国系ハーフの女性兵士と白人の男性兵士が、射撃場に来た。Ａに「少し待ちましょうか」。Ａは呆れつつも「いや、先に」。そこで少し離れたところの五メートルの十度くらいの傾斜角の煉瓦壁があり、両手を硬質水素化。爪を強くし、壁に爪を立てて両腕のみで壁の頂上へ。その上からロープで十メートルの池の飛び越えが指示――休む間もなくロープで十五メートルを悠々と飛び、回り込んだがＡが何かで転び、すぐ助け起こした。

Ａから特殊帽を被らされ、四十センチくらいの空間、鉄条網の上を実弾がビュンビュン飛び出したが、その下の百メートルをスピードをあげ匍匐前進《ほふくぜんしん》。次、四メートルくらいのアンドロイド大ワニのいる沼地、左腕を硬質水素化してわざと食いつかせ、大口を引き裂き叩きつけた。

教官Bと交替（Aはそこでへたり込んだ）。

次、二百メートルは人工的に造られた腰まで海水のくるコースの往復。

ジョンには五十Kgは軽すぎた。へたっているAを気で従わせ、Bの了承をとり背嚢《はいのう》の上にB（約六十Kg）を肩車。微密な箇所が濡れてきたが、構わずに走り出し、スピードを上げ走り出しUターン、さらに水しぶきをあげてゴール。

少し息が切れ、やっと到着した二位の黒人女性兵が仰天。Bはしばらく立ち上がれずにいた。Bの指示であと三コースをこなし、ゴール。

「訓練3A」の新記録・二時間十分プラスAであり、シャワーを使い紅茶をテントで飲み、ミリエリ・ペトロワ・チトフ大佐にシンパシー。ナタリーが気づいたようだが、黙っていた。三十分近く遅れ、リンダ・ゴルベス（以下、リンダ）黒人女性兵士が帰り、次にリッキー・ワイダー（以下、リッキー）白人女性兵士が、息も絶え絶えにゴール。

ジョンは、あの立体写真に日付とサインを入れていて、涼しい顔で拍手して迎えた。

幹部職員、帰ってきた教官A、アリス・ウェイン（以下、アリス）と教官B李春雷（以下、春雷）、非番の兵士たちが、この結果に驚いていた。

リンダとリッキーは二十歳代、アリスと春雷は三十歳を超えた独身であり、一時間以上もジョンからシンパシーを入れられ、この成績もあり、好意以上のものを持っていた。

今晩七時から大食堂で参加者三十人と教官二人と幹部三人を含め会食。酒も可と聞き、ここの店舗で冷えたシャンパン十本とビール三十八本の小切手を切り、例のサイン入り写真とともに差し入れをさせた。

ゲストルームで休憩、ナタリーとチトフが挨拶に来て、チトフは「勤務中と断る」のをシンパシーを強く入れ、備え付けの「スコッチ一杯だけ」……淫気を強くし入れていった。気づいたナタリーがそっと部屋を出て、H・A従卒兵士を連れ出した。

「なにか変…」

さらに淫気を入れられ、自ら制服を脱ぎだし、下着姿になり、ゆっくり口を合わせ、口からスコッチを入れ、スイート・スポットを探り、刺激を与え、抱き着いてきてジョンも裸になり下着もとり、シャワーも使わずにベッドにもたれこんだ。まだまだ若い張りのある身体に刺激を与え、ミリエリがジョンのものを握り「あれ、『馬なみ』と違う」と呟き自分に当てがって、ドロドロの中へしっかり腰をふり、絶叫をあげ倒れ込んだ。

賢者のひとときーではなく、ジョンは引き締まった真っ白い女体を反転させ、両足を大きく広げ「馬なみ」をみせ、ゆっくりドロドロの中に沈め、痛がったので少し短くし、激しく一体になり、また大きくなり放出した。

はあ、昼間っから――やっと私に合う男性と巡り会った――酒飲んでこんな若い男性と。

「ミリエリは、下の口の大きさで悩み、離婚もそれが原因だね。僕がこれからも『馬なみ』で満足させてあげるよ」

「ありがとう。『バルト海に掉《さお》さす』といわれたりしていたのよ。四十近く私が年上なのに超人伯爵とあそこが合うなんて。これ絶対に秘密よ。ナタリーにも」

「わかった。でも、ナタリーはこの外に来ているよ」

ミリエリは、神速で下着をつけ、制服をつけた。

「ふっ、いいわよ」

「ナタリー、どうぞ。入って」

ナタリーは部屋を見回し、軍人女性用の靴下と髪留めのピン…

「終わったようだけど、ミリエリ、うまく彼のもの収められたのね」

「えっ、なんのこと」

靴下とピンを差し出し、制服のボタンの食い違いを—

「いや、お願い。変に高ぶり、つい、久しぶりに…」

「ミリエリ、あなたとはサンクトペテルスブルグの少女時代から親友じゃない。ジョンは私の秘の夫で娘も二人つくったんだけど、よかった。彼のと合ったのね」

「えっ、そうだったわね、相談していたんだ。娘って、今大学の先生だよね!?」

ジョンが「ミリエリ、それはもう少しあとで話すね」

ナタリーが割り込み、

「あと四時間以上あるわ。私はここで留守番するので、あの海へ。ミリエリ、これからすることに従って。嫌なら軍法会議にかけるかもね。私は恐い一面もあるのよ」

ナタリーの指示で、また制服を脱ぎ下着もとらせ、ジョンも素裸になり、抱きつきシンパシーを入れながら、バスタオルを掴み揺らぎ消えた。


白砂の海岸、現地人の男女がいて仰天させ、三十分だけスリープさせた。

ミリエリも仰天。お互いに素裸、少し気を入れゆっくり海の中へ。抱き合ったままもがいたが、安らぎに包まれ二メートルくらいの海底――呼吸が出来ること、少しして海上に光が現れ、光の洗礼を受け、海辺の白砂に戻り、バスタオルで身体を包んだ。

簡単にこのことを説明――少しして海に沈み、また同じように光の洗礼を受けた。

お互いの身体を拭き合ったが、ミリエリは黙っているので、抱き合って、揺らぎ消え、すぐゲストルームに実態化――ナタリーが待っていて「どう…」

「ジョン、ナタリー、ありがとう。私は何て馬鹿だったのだろうか思い知ったわ」

「存在」から『ジョンに委ねるべし。秘の妻になり子を二人産み、ジョンがこれからやる大事業を軍人としてサポートすべし』だったわ、納得よ。

千人の子づくりの支援も了解。ここで女性四人に目を付けたわね、支援するわ」

今までと少し違っていたが、

「あと三時間強あるわね。教官の二人、仲良くって少しレズ気味。ここに呼ぶわ」

すぐ二人平服で、ジョンの部屋に行くことを指示。ナタリーを誘い外に――

教官Ａ・アリスと教官Ｂ・春雷は、アリスの部屋で平服のままジュースを飲みながらジョンのことを語り合っていて、

「ジョンは凄いよね。私が蹴躓《けつまず》いて倒れそうになったとき、すぐ抱き着いて助けてくれたけど、まるでしなやかな鋼鉄って感じね。別れた夫とは、まるで違うわ」

「私もあの肩車。私って六十Kg近くあるじゃない？　走ってる間に、頭で丁度あそこを無意識かな、ぐりぐりされて軽くイッちゃったわ——気づかれなかったと思うけど」

そこへ二人に所長から通信。顔を見合わせ、それに従った。

ジョンは、通信コールの音を辿《たど》り五分前に戻し、二人の頭脳からそれをしっかり聞いていた。

アリスと春雷が来た。ドアが開き、念気で閉め——

紅茶を淹れつつ、淫気を二人に入れていき顔が火照って、

「アリス、僕のしなやかな鋼鉄の身体、触ってみる」

すぐ上半身裸、おずおずと肩・胸を触り「ヒャー」、それにつられ春雷も触り。

二人とも抱き寄せ、淫気を強くし、上衣をとらさせ、ブラジャーもとり、形の良い二つの乳房を擦《す》り合わせ、二人はたまらなくなり、口を求めアリス、春雷の順に触りつつ発情させ、自ら脱がせ、ジョンも脱いだ。二人の下の口から淫液が溢れ出た。

ジョンは「馬なみ」を見せ、二人ともまじまじと見て「無理、無理」であり、小さくして、ベッドに移りアリス、春雷交互に入れ、空いた口は指で奉仕。絶叫を上げさせた。

少し後を観て、ジョンに奉仕させ、交互に中に大量に放ち双子を着床させた。

海の洗礼のため白砂の海岸に抱き合って飛び、一回目で「己の階梯の低さ」を悟らせ、二回目で使命が組み込まれた。二人とも同じような内容。

「ジョンの秘の妻として四人の子を産み、母子でジョンがこれから行う大事業を軍人として支援すべし」

二人とも「妻」になり、ジョンと係わることに大喜びを示した。

後・二時間あった。二位になった兵士・リッキーを気で探した。

リッキーはシャワーを終え小さな個室でウトウトしていた。

ジョンはそこに飛び、部屋に「結界」。ジョンとＳＥＸする淫気を入れ強くし、着ているものを夢うつつで脱がし、陰口に指を使い出した。

三分先を見て、もう少し待ち、乳房を舐《ねぶ》り、高まってきたところを普通サイズでゆっくり入れ、動き、リッキーをイカせて狭いベッドに添い寝。

ハッと気づき、好意を持ったジョンとＳＥＸをしており、今、別れ話が出ている彼氏と別れることにさせ、もう一回二人で楽しみ皆と同じ双子を受胎させた。

海での洗礼はほぼ同じ――「今の男と別れ、ジョンの秘の妻として…」

あと一時間弱になったころ、思いがけず通信があり、十五人いたなかで目立たず八番目だった女性兵士からであり、この部屋に呼んだ。

白人で二十三歳。化粧はしていないが、目鼻立ちのよい美女といってよかった。

「私、不思議な能力を生まれつき持っていて、母に言われ隠していました。今日少し前に女性棟のリッキーの部屋で「結界」が張られたわ。その中までは見えなかったけれど、リッキーが部屋から出たとき輝き、幸せそうな顔をしていたわ。中でSEXしたのね。

間違っていたら許して下さい。告発するとかいうんじゃなくて、私も超人伯爵の仲間に入れて下さい。できればここを出て勉強に戻りたいわ」

ジョンは脅迫ではない。この娘は二年飛び級のエレーヌ・ジェランド（以下、エレーヌ）。UCLA（カリフォルニア大学ロサンゼルス校）大学院医学部食品栄養学の大学院生だったが、奨学金返済でここに。博士号は今一歩。あと軍に一年勤務が残っていた。

それを指摘し驚かせたが、時間が無く、あることを感じ明朝・午前四時三十分、ここに来ることで了承させた。

ジョンとの非公式な打ち上げの懇親会は、予定通り四十名弱の参加者。所長の挨拶、三次元動画大画面に先頭を走るジョンの勇姿が映されていた。

差し入れのシャンパンで乾杯。

挨拶を求められたジョンは、所長以下に感謝を述べ、サイン付き写真を贈呈。配らせ、

「その三次元立体写真は、ネットでかなり高値をよんでいるようです。所長の了承を得てお世話になった皆様に一枚ずつ差し上げます。さて僕は先日、ここから近いところでご承知のラプトルと闘いましたが、その体験から一言。――今日、訓練に参加いただいた三十名とお二人の教官、今の身体能力では全員ラプトルに食われています」

会場が冷気を浴びせられたようにシーンとなった。

「しかし、闘いを一対一でやることは極めて稀《まれ》であり団体戦だと思います。三十名の連邦海兵隊員の規律ある強力な体力を基にする、勇猛な行動力には感服しました。参加させていただきありがとうございました。

優れた軍人の皆様との、このような出会いができたことを感謝しております」

大拍手が起き、記念撮影――同じテーブルでジョンを除き一番だった黒人女性のリンダと目が合い、少し探り、あることをくみ込んだ。

宴が進み、隊員の楽団の演奏。その中に二胡（胡弓）を弾く春雷を見つけ、「おや」。

終わって手を挙げ春雷と話し、椅子《いす》を出してもらい、ジョンが二胡を預り、今から僕の好きな「蘇州夜曲」という詩を北京語と日本語で歌い、弾きます。

――ここまでは完全なキングズ・イングリッシュの発言、次に北京語で。

投君懐抱裏無限纏綿意
般歌似春夢流鶯宛轉啼
水郷蘇州花落春去
惜相思長堤細柳依依　（以下、略）

君がみ胸に抱かれて聞くは
夢の船歌　恋の歌
水の蘇州の花散る春を
惜しむか柳がすすり泣く

………　（引用…西條八十作詞・服部良一作曲　中国語歌詞・フェイ・ユイチン）

静寂、ゆったりとした女性の高音のような歌声が二胡に合わせ、皆がこれに酔った。

ジョンは、昨日と今日、愛を交歓した「妻」たち「ナタリー」「ミリエリ」「アリス」「春雷」「リッキー」それにこれから激しく交わることになる「リンダ・ゴルベス」…それに明朝四時三十分のエレーヌ、これは君のことだよと直接脳内に伝えていて、それぞれの女たちが、何とも言えない至福の表情を浮かべていた。

私的懇親会が終わり、ゲストルームに戻って一息つくと部屋をノック。リンダ。気で開け、閉め「おやっ」という表情――結界を張った。

すぐ淫気を入れ、だんだん強くしていき、たまらなくなった彼女は服を脱ぎだし、筋肉のついた黒光りする素裸をさらし、ジョンも裸。「馬なみ」にして、まじまじと見て逃げ腰に、

「自分には無理、ムリ…」

淫気を強くしながら、柔らかい鋼鉄《はがね》のような身体で抱き寄せ口を合わせ、歯磨きとシャンプーをかいだ。

強力なパワーと身体能力。しかし、それに似合わない繊細な心を感じた。

リンダの筋肉のかたまりのような身体ともつれ合ってベッドに。例のもの、二分の一くらいにし、お互い高め合い、ジュクジュクのものに充てがい、一深九浅、絶叫を上げさせたが、ジョンのものはまだ元気。反転して上に乗らせ、腰を振らせ、温かくなって締め付ける中をクネクネと動かし絶叫――体位をかえ、引き締まった左足を抱え「馬なみ」に近い、赤黒いものを見せつつ、空いた右手でスイート・スポット乳首を転がし、激しく動き絶叫――リンダは気絶――活を入れたが、朦朧《もうろう》としており、少し休ませた。

「あなた、凄い。男は五人くらいで、ここに彼氏もいるけど、みんな見掛け倒し。あなたが超人なのはわかっていたけど、自分をこんなにするなんて」

「リンダ、三回イッたね。僕はまだなんだけど」

「馬なみ」より、小さくしたものに奉仕させまた始め、絶叫を二回、ジョンも放出。着床させたが

完全に伸びてしまった。

裸で抱き合ったまま、リンダの持つ秘密をシンパシーを入れ、聞き出した。

「リンダは、テキサス州立大の女子レスリングの選手だった。そのとき彼氏と寝て、激しくやりすぎ、胸骨を骨折させたのか」

「えっ、なんで。いやあね、あなたは超人、バレちゃったね。これって内々に済むはずが、逃げ腰の彼氏の父親に訴えられ…」

「『禁錮一年で罰金十万ドル、又はここの五年勤務を選択する』の二択を迫られ、こっちに来て二年目で伍長か」

「ええ。あんなことで前科がつくの嫌だし、お金もない。あと三年軍歴が残っているわ」

「リンダ、僕のこと君はどう思っている」

「年下の超人伯爵様、強力なパワーと『馬なみ』の持主。離れたくないわ」

「ではね。このまま僕を信じてついて来て」

ジョンは素裸になるよう指示。バスタオルを二枚もって抱き合い、ゆらぎ消え、例の白砂の海岸へ。リンダは仰天。信じることを強くし、そのまま海に入り抱き合って浅い海底に。呼吸ができ、少しして光の洗礼――自分は二十二歳で何という馬鹿だったのか――が感想であり、「存在」のことを話した。

二回目、海に入り光の洗礼、リンダは考え込んでいた。

「ジョンの秘の妻になり子を四人産み、軍人としてジョンの大事業を助けるべし」

これは納得。超人伯爵の仲間入りね。でも自分に勤まるかしらを心配していた。

実はジョンも、何か変わった指示をもらっていた。

「氷詰めのラプトル、七千万年、よく生きていたと思わないのか―」

リンダとゲストルームに戻り、紅茶を嗜みつつ、受胎・着床させたこと。秘の口座番号を聞き出して罰金などを送金することを話した。


ミリエリ・ペトロワ・チトフ大佐二十万USドル。教官Aアリス・ウェイン中尉十万USドル。教官B李春雷中尉十万USドル。リッキー・ワイダー伍長十万USドル。エレーヌ・ジェランド一等兵十万USドル・プラス二十万USドル。リンダ・ゴルベス伍長十万USドル・プラス十万USドル。一日おいて六人の「妻」に五万USドルを秘で伝えた氏名で振込むようにした。


午後十時を過ぎていた。ジョンは決断。

しかし、F・Sで行くが、ワームで飛ぶか少し迷ったが、F・Sは痕跡が残る。

場所を特定。あのプラドの北西五十Km。探検し発見した男の一人はクリルシティに居て、その脳から聞いた「赤い旗」がある。

気を集中、念にして強くし、自分の身体をそこへ運んだ。いつものこと、何かが騒ぎクルクル回る感覚。十秒後、そこに居た。赤い旗は強風で倒れ、冷気が襲った。寒い。

熱帯の部屋着であり、自分自身の体温を上げ四十三度。これ以上は危ない。停めたがまだ少し寒

く、そこに気を集中。一ヵ月前、一年前の過去を見ていき、四年と少し前で、五人の重装備の探検家が、

「これはヴェラキ・ラプトルだな。やったぞ！」

はっきり聞いた。彼らには見えないし触れない。ラプトルを収容している箱舟が透《す》けていった。

「存在」から示されたTレックスの死体を半径二百メートルで探したが、見つけられない。五百メートルに延ばし氷の塊となっている二体を発見。しかし用い方がわからずそのままにした。

体温とマイナス四十度の外気温との差で蒸気があがり、発見者の一人が不思議そうに薄着のジョンを見たので、その記憶を削り、パプア訓練基地の元のゲストルームに飛んだ。

氷が全身を包んでいたが溶けだし、温度を上げ床の水気を蒸発。


はっとした。「存在」から与えられた新しい能力は、五年が限定のようだが、過去の一部を近くで見る力。それに、あの透明の箱舟は時間機か。あのグェグは「存在」の時間帯に入るか、この次元の時間を停められていた、どっちか。Tレックスはまだ理解できなかった。

長距離を飛ぶ（ワープ）振れで熟睡。午前四時前に目覚め、身支度、座禅を組んだ。


午前四時三十分少し前、ノックの音——念気で部屋を開き、ハッとしたエレーヌがおずおずと入室し、閉めて、座禅をとき椅子を勧めた。

「エレーヌ、早起きは苦手で、よく起きれたね」

「ええ。私が低血圧であなたに試されているのがわかり、ずーっと起きていたわ」

「そうか、そこまで」

「もっとあるわよ。ここに結界が張られたこと。その後、あなたの実態、意識が約一時間ここから消えたことを掴《つか》めたわ。あなたはやはり超人ね、ついていくわ」

それを聞き、淫気を入れたが、

「待って。私、この歳で経験がないの。優しくしてね」

ゆっくり着ているものを脱ぎ合い、抱き合ってベッドにもたれこみ、処女の身体を慈《いつく》しみ、優しく卒業させ「女」にし…後始末のしかたを教え、例の海岸に飛び海の洗礼。

階梯が低いことを認識させ、二回目で、

「ジョンの「秘」の妻として子供を四人産み、医学などの領域でジョンの大事業を支援すべし」

「存在」のことを話し合い、必要な資金のことをつかみ、ゲストルームに戻り、二回戦。

一時間余の間、ジョンの腕のなかで眠らせ…シャワーを使い活精気を注入。Ｕ・Ｃ・Ｌ・Ａで博士号をとり、クリルシティで研究者になることを命じた。

この基地で六人の女性を得たことにより、少し後、ロシア基地とブラジル基地を探ったが、一人ずつの適格能力者を見つけ出すに止まった。

午前七時三十分、チトフ大佐らとゆっくり朝食。一時間余の後で大佐らの見送りでＦ・Ｓで出立。大ロンドンシティ・ケム川別荘の前に十分で着き、少し休んだ。

若き超能力者たち

通知はしてあったが、午後二時執事が室内の居間で待っており、家政、スチワード城の改修の報告と写真家のスズキ氏の来訪がなされ、特に異常なし。

ロンドンシティで発行されている三次元カラー新聞が六日分あり、それを見た。

四日分が超人伯爵J・Jの活躍。すぐR・Rで大学院・研究室に向かい、ここも改修が終わっており、紙ベースと電子ベースの研究論文をサーッと見たが異常なし。

大学院に飛び、休暇の終わりを学部長に挨拶。十月上旬から大学院の修士・研究コースを一講座のみ担当。シラバス（講義内容など）の提出を十日以内に出す指示を受け、キメラの研究のため、クリルシティ行きを認めてもらった。モーガン教授にも研究室で挨拶。ハグをした時点でわかったが「なにもなし、妻も順調。それにエイミーも病院のICUから出たが、身内のみの面会ができ、ボーッとしている」であった。

「ロンドン市長のアポが、やっととれたよ。ワシが付き添うことが条件だけど」

三日間の日時が示され、一番早い明日午前十時三十分から三十分間を選択し、教授とはその十五分前にシティ・ホール玄関で待ち合わせる。

ロンドン市長は、次期首相の有力候補であり、その服装は？　ほかに説明用に例の図面がいる。ジョンは執事に説明。Ｆ・Ｓに同乗させ、スチワード城にむかってすぐ到着。

執事が図面等を揃えている間、陽が落ちかけていたが改修を見て回り、中村匠たちやガーデニングの作家、スズキ写真家たちが気づき、拍手で迎えられた。

執事が出してきた中村匠たちから提出された三次元の虹のドームの絵図面は、ハッとするような美麗なもの。しかし日本の古城とは異なる石塔がくすんだ色で脱落もあり、相談して石工を呼ぶことにし、見積書の提出も依頼。執事は二着の準公式服も用意していて、写真家と中村匠と打ち合わせをした。

少し遅く、クリス名誉教授に説明して連絡。それらを持ちＦ・Ｓで訪問。クリスは待っていて部屋に入るや否や抱きついてきて、口を合わせ合った。

ジョンを求めているのがわかり、寝室のベッドでまだ若い身体のスイート・スポットに触れて発情させ交歓し、満足を与え合った。

非公式の会見であり一着を選んでくれたが、若々しいネイビーブルーの上下と、例の基地「Ｊ・Ｊ」のカラーＴシャツ。さらにロンドン市長の秘の情報を脳内から読み取ることを勧めてくれ、それを実行。

ステニーとロージィ両教授は、それぞれ午前中は講義、終わってから研究室。約十五㎞、五十㎞離れていたが読み取っていて、午後四時、ジョンの研究室で会うことを発信。

クリスと朝食をともにし、紅茶を嗜《たしな》み、ゆっくりとした時間を過ごした。

F・Sで荷をもってケム川別荘にいき、R・Rに乗り、シティの中心にある石造り重厚なロンドン市庁舎のホールに赴《おもむ》き、ほぼ同時にモーガン教授も来た。

秘書室を経て、市長室前で少し待たされ教授を先に入室。

初老の女性秘書Aと若い、いかにも切れそうな感じの男性秘書K（おやっと思った）にはさまれて亜麻色の髪をショートカットしたスラッとしたカレン・アッテンボロー（以下、カレン）市長がいて、教授が紹介。当然知っていて、

「いや…よくいらっしゃいました。超人伯爵として、有名になられましたね」

「おそれいります。あれは僕の力を試してみたくって。時間が限られていますので、お願いのことを──」

「教授から少し聞いてはいますが」のやりとり。

すぐ丸い机に移動。小さな鞄から、例の絵図面を三枚出して広げ、隣の小部屋にいたらしい建設局長を呼び込んだ。

「スチワード城の改修で、半径十㎞または十五㎞をクリル共和国が開発したバリヤー・ドームを自費で覆いたいこと。環境への悪影響はゼロです」

三枚のカラー三次元立体図を並べ、平面図、立体図それに完成予想図を示した。

市長にシンパシーの気を入れ、クリスから言われたことを探ったが、そのとおりで、もっと深刻

な悩みがあった。国、全体だと国防の問題があるが、小規模で環境への影響がなければ、特に規制はなく「認可」に向けて積極に考える、であった。

お土産として、例の「ラプトルを踏みつけ日本刀が輝く」立体写真、四枚にサインを入れてそれぞれに渡し嬉しがらせたが、三人をフリーズ。市長には裏に秘のコード番号「ご連絡をお待ちします」と、秘の「驚くような情報」を短く書き、フリーズを解除。

市長は、それに気づいたが、何も言わず「ありがとう」と言って受け取った。


教授にも例のサイン入りの写真を渡し、大学研究室に送った。

予定どおり時間が余り、リリーのアパートに飛び、ゆらぎ実態化。まだお腹の膨《ふく》らみのないリリーを驚かせたが、求めてきたので、無理のない体位で交わり満足を与え合った。

ストックホルム郊外の実家に帰るので「送って」であり、日時を決め、お土産に例のサイン入り写真を与え喜ばせ、海の洗礼を受けるために、近々また来ることを知らせ、三時四十分、ジョンの研究室に飛び、準備。

少し後、ステニーとロージィがノックして入室。その順に抱きつかれ同じように、

「心配したのよ。ナタリーが付いていたから大丈夫とは思っていたけど、あんな獣《けもの》と素手で戦うなんて」

「いや、心配させてご免。でもあのラプトルと絡んだのでキメラの研究が飛躍的に進みそうだよ。言葉では大変。全ての情報を開示するので、探ってみて」

室内に結界をはり、三人で抱き合った。

とび抜けて階梯の高いジョンからのラプトルの膨大《ぼうだい》な量の情報の注入に二人は息が切れ、顔色が青くなり休憩。ジョンが活精気を入れ、二人が輝き出した。

少しして、また注入。また休憩。ジョンが紅茶を淹れ、三人で嗜《たしな》んだ。

「あなた、ラプトルの雌二匹と交わったの。人類として初めての異種交配じゃない」

「いや。それは少し違うよ。ギリシャ神話に数多く、それに日本の南総里見八犬伝など数多くあるよ」

「その二匹、グェアとグェウは着床して、六ヵ月後に異形の卵四個を産み、三個ずつが潰され、二個が残り、その二匹の雌の母子とともにクリルシティに移すのね」

少しやりとりがあり、

「ねえ、『馬なみ』ってどんな一物《いちもつ》なの、私たちにも使ったの」

ジョンは、二人の妻の好奇心に応え、ズボンを脱ぎ縮《ちぢ》こまっている一物を取り出し、禍々しい巨大なものにしてみせた。

「ヒャー、無理、無理、壊されるわ」が二人の意見。そして、

「グェグほか二匹を、あなたが操り、海の洗礼も『存在』が認めているのね」

「そう。あそこは連邦政府のA・R・Aラプトル管理所であり、百八十Kgの雄と百五十Kgの雌二匹をどう海へ連れていくのか…ナタリーの協力は絶対必要。それを処置するだけであと二人くらいの超能力者が必要だけど、いない」

その計画を示し、キメラの研究に加え、クリルシティへも行くことを告げ了承を得た。二人は、先ほどの情報収集で祓れが残っている「ご免」であり、結界を解除。

予定が狂ったが送り出した。


ジョンは、少し前、結界を張った後から、何者かがこの内部へ入りこもうとしていることに気づいていたが、途中で停止もできず、結界の層を厚くしたりしていた。

そして、二人の「妻」と交歓する予定を変更。祓れを加重させ帰したが、それを解除したときにはドアの外に誰もいなかったので、気で探った。

二人が帰った方向からその意識があり「しまった」と思った。悪意ではないが、大きな意識がドアの前に立ち、少し躊躇《ちゅうちょ》しており、こちらから念気でドアを開いた。

小柄な、美しいというか可愛い感じの娘がいた。

「どうぞ。何か僕に用事があるのでしょう」

すぐ心にバリアを張りつつ、椅子を勧め、その娘は物怖《ものお》じせず座った。その時にはおおよそのことを掴んでおり、紅茶を淹れ、嗜《たしな》みだした時にはしっかり掴んでいた。

「マリコ・マナベ・ジョンソン（以下、マリコ）さん十九歳、本学の飛び級（年）で三回生。沖縄・宜野湾《ぎのわん》市の出身ですか。優秀ですね」

「いいえ。あなた様、教授に比べたら」

「ちょっとストップ。僕は講師になったばかりのかけだしで、医学博士号は与えられましたが、教授ではありません」

「わかりました。ジョン先生、私を仲間に加えていただけませんか。そしてできれば、お金を貸して下さい。決して脅すようなことではないです。

先生の心、バリアがありいま読めないけど、私のは全てお見せしますので」

突然現れたマリコをリラックスさせ、その心の中に入っていき、情報を引き出した。

この娘は、あの二人が秘の「妻」であること、「千人の子づくり、百兆円の資金づくり」を全て知っている。危険な一面もある。

「先生、あなた様が何を考えておられるか、今は読めません。しかし推測はできます。

私が反旗をひるがえしたとき、脳の血管を破り、重度の障害者にする能力、お持ちですよね。私にはとてもそんな能力はありませんが、それを受けます。そして―」

「うーん。実家がグループの詐欺にあい倒産。君も連帯保証で約二十万USドル、それに学費などで十万USドルか。担保は？　保証は？」

「私の能力の提供と生命。それに痩せっぽちですけど、この身体を…私の能力は近づけば心を読め、深く眠らせること。弱いですけど念動力」

「わかった。君が言ってることに嘘はないとみた。じゃ、ここで服を脱ぎなさい」

「いやよ…いえ、やります」

この娘、脱ぎ出した。たしかに痩せっぽちだが、引き締まり、出るところは出ている。ショーツまで来たので、

「わかった。ジョーク、ジョーク。ごめん、さあ着て」

着衣しながら、「先生は、良い人ですね」

「いや、そうでもないよ。三十万USドルの借用証をつくって、あと別に当座の五万USドルを明日渡すけど、これは君の裸をみたお詫び金」

二口の振込み先などを聞き、明日実行する。

そして頭の脳の中に介入。血管に目にはみない細工をし、「カチッ」と音を出させ、その意味「裏切ったり、秘密を洩らしたとき」十秒後にその血管の破裂を認識させた。

「やはり先生は恐い人ですね。今まで何人がこれにかかったのですか」

「大勢いるけど『妻』にした女性では、一人もいないね」

「わかりました。先生を信じます。私も秘の『妻』にして下さい。そうして心を読まれて分かられたと思いますが、もう一人、私と近い能力をもった娘がいます」

「ああ、そうだったね。今呼べる？」

「ええ、オックスフォードの三回生、十九歳です。連絡していいですか」

頷いたので、気が発せられ、少ししてドアをノック、念気で開け、ハッとした。

マリコとそっくり。一卵性双生児の妹。その娘は、

「キリコ・マナベ・ジョンソンです。よろしくお願いします」

二人から色々聞き出し、借金はあの二十万USドルのみ、例の保全の措置。

午後七時を過ぎていた。

「僕は住まいの古いお城が改修中で、今この近くの別荘住まい。帰ってもH・Aの家政婦しかいないので、どこか気のおけないところでディナーでも如何ですか?」

二人がハモったように、「うわ、嬉しい」。お互いに顔を見合わせケラケラ笑っていて、世間ずれしていない、その辺のスターを見て騒ぐ小娘そのもの。

R・Rを運転し少しドライブ。街道に最近できた評判の日本人経営の「寿司レストラン・寿」に。予約はしなかったが、キャンセルがあり、檜板のカウンターに通された。

カレン市長が奥の四角に囲まれたボックスシートに若い男性といたが、気にせずジョンを中心に二人が脇に座し、ホットオシボリ。

「さあ、まず乾杯。そして好きなものを注文して」

「先生、ここ高いんでしょう」

「いや僕も初めて。友人が良かったって言うんでね。勘定は心配いらないよ」

ここまで三人の会話は、すべて日本語。ビールで乾杯。付き出しが出て、それぞれ飲みだしたが、目の前の日本人、握り職人が、壁の例の写真を見て、ジョンを見て、

「お客さん、あの超人伯爵J・Jさんですか」

「いやあ、超人ではありませんが、ジョン・スチワードです」

「ご来店ありがとうございます。しかし完璧な日本語で、この刀は日本刀ですか」

「ええ。僕は八年近くクリルで勉強し、それはある方から遺贈された備前長船です」

ビールが終わり、飲み物は二人はビールの追加。ジョンは、この後を見て九州・阿蘇・高森の銘酒「霊山《れいざん》」を冷で頼み、ぐいっと一息に飲み「うまい、もう一杯」で重ねた。

寿司ネタも新鮮で心地よく酔い、写真にサインを頼まれたりして時を過ごし、チップを含め、ブラックカードで支払いを済ませた。

少しほろ酔い、二人が心配そう。

Ｒ・Ｒのエンジンをかけ出したところで予測どおり、飲酒運転・取締中の制服警官に停止させられ、免許証の提示。少し手間取り、体内のアルコール分を消し、最新型検知器も異常なし。二人はあきれていた。ジョンは運転しながら、

「さあ、どうする。折角の良いアルコール消してしまったけど、これからの選択はＡ．僕のケム川別荘にいき誰もいないけど飲み直す。Ｂ．マリコとキリコのそれぞれの寮に送って、今日は終わり」

二人は考えもせずＡと即答。ケム川別荘に到着し、地下ワインセラーを見せながら、好みのものをとり出させ、ゆったりと飲み始めた。

そこに腕輪機に㊙の通信があり、発信者を見て、すぐ取り「ＯＫ」で少し離れた。

「さつき、寿司バーで会いましたよね。ジョンから気になるショート・メッセージ頂きましたけど、明日、会えませんか」

「ええ、いいですよ…」日時と場所を決めて席に戻った。

心は、会った時からクローズ、閉ざしており、

「さあ、飲み直そう、スコッチ・ウイスキーのいいのがあるよ」

ラプトルのことなど愉快に語り合い、飲み、少しして、

「こんなに飲んだの始めて、先生、シャワー使わせて」

マリコとキリコが言い出し、淫気を入れつつ二階の寝室に案内。

「僕も一緒、いい」二人が頷いたので、服を脱ぎ、まじまじと下腹部を見て
「馬なみじゃないわ、壊されると…」

「そんなの、デマかな。どうかな」

と言いつつ、小柄で細身ながら見事に形の良い乳房と、しっかり腰の張った丸い尻に手を伸ばし、温水の下に二人が抱き付いて来て、引き寄せ、興奮、ムクムクと大きくなり、こすり合わせ、ハッとさせ、二人が同じに、

「むりやぁ、『馬なみ』。怖い、壊されちゃうわ」

少し小さく、まだ離れていて…もう少し小さくし引き寄せ、気で示した。

「君たちに合わせるよ、心配しないで」

ずぶ濡れになり、身体を拭き合い、高め合って寝室・ベッドにもたれ込み、愛撫。

マリコから小さくしたものを挿入。キリコは指で刺激させ、動き大きな声を出し、身体が硬直。隣のマリコに替わり、同じように優しくサービスし、頂点にのぼらせた。

「私、初めてなのに、良かったし、イッたのね。これで貴方の妻のひとりね」

二人とも同じ発言、少し出血があり後始末のしかたを教えた。

少しして二回戦、二人とも激しく動き絶叫、失神。ジョンとのSEXの凄さを体感させ、ジョンに従うことを強く組み込み身綺麗にさせ、バスタオルを掛け着衣を許さず「存在」のことを少し知っていることがわかり—。

その「存在」から、海で洗礼を受けることを示し、バスタオルで身体を包み、抱き合い強くし、ゆらぎ、一瞬の後、例の白砂海岸に出現、二人は呆然。

「これ、ワープ（瞬間移動）だけど、私たちも少し持っている念動力（念気による物体移動）の極致ね。あなたは、やはり超人よ」

ジョンは、今まで、そのような考え方をしたことはなく「ハッ」とした。

三人で海に入り、光の洗礼—二人とも、

「私は、なんて馬鹿な、低能女だったんだろう」

二回目で「存在」から与えられたこと、

「ジョンの秘の妻になり、子を四人産み、母子で超能力を極限まで高め、ジョンの大事業に参画、これを支援すべし」

一方、ジョンも何かを受けたが、二百Kgの大岩を担いで、少し時間をとらされていた。

「あなた、大きな石を持って、海の中を動き回っていたけど、海から上がって来なくて心配したのよ」

「心配かけてご免ね。海で僕が考えたこと、心の一部を開くので読んでごらん」

二人が声を合わせ、ハモっているように、

イ・ラプトルは雄で百八十Kgある。しかし海中であるが二百Kgまでは持ちあげられること―それに、あの闘いでも持ち上げたこと

ロ・これは動かない眠っている状態がベスト。スリーピングを強化できる二人の「妻」の協力が不可欠なこと

ハ・光の洗礼により、ラプトルの雄と雌の二匹を、従属化できうるようにすること

「うーん、そうですか。私たちの能力アップと支援も必要となるのですね。私たちへの『存在』からのメッセージは聞いていていましたよね」

お互いに身体を拭き合って抱き合い、揺らぎ一瞬の後、別荘の居間にいた。

少し話し合い、休むことにし、それぞれの寝室で眠りにつき――午前四時、まだ暗い。明りもつけないで、座禅――無に近く…少しして、マリコとキリコがパジャマ姿で抱き着いてきた。

「二人に頼みがあるのよ」―「わかりました、外に出ましょう」、これで通じ合った。

二人は庭の隅でソフトボール大の石を見つけ十メートルくらい離れ、両手でパス。石はゆっくり平行に飛びキャッチ。あと十メートルくらい離れ、同じくキャッチ。あと五メートルが限度。

ジョンは黙って石を受け取り、二人と同じように念気を入れ、両手で飛ばし三十メートル先まで平行にゆっくり、ブーメランのように回転させ、手元に戻した。

「うーん。今までこんなことができる人がいるって知らなかったわ。あなたのような超人がいるのね。私たち、まだまだ。でも少しはお役に立つのね」

「僕の役に立っているよ。あの海の洗礼…」

一日二回の洗礼を五回受けると、それ以降自分たちで「存在」と交流ができることを説明――居間でタオルを掴み、三人が裸になり抱き合って例の白砂海岸に三人で海に入り、今日の初回の洗礼――二回目の洗礼により二人は、

「人を眠らせる能力とともに念動力と変化を伸ばせ。そのためキリコは大学と住まいを変え、姉妹で同居し能力を伸ばすべし」

ジョンは、

「二人を、その子たちも含め片腕となるような者を育成すべし。今日、午後に会う女性は、汝のこれからのキー・ポイントとなるので心すべし」

二人ともそれを承知したが、あの「存在」の詳しい説明を求められ、

―多元融合複合生命体・地球人には四十五億歳と言っている。この地球の唯一の神または悪魔。人の知れたる歴史でモーゼに十戒を与え、キリストを荒野で導き、釈迦に悪神となりためした、いわゆる「在りて在るもの」―三つの質問が出た。

ａ．多元ということは、異相次元にまで、その力が及んでいるということですね
ｂ．四十五億歳ということは、太陽系の他の惑星には、その力が及んでいないですね
ｃ．私たち、あなたに導かれて子を産み、その子とともに片腕になるのですね―嬉しい

ジョンは最後の問いかけだけ、やっと笑顔で頷いたが、前の二つは概ねわかっていたが、明確には答えられず、追加の質問がひとつ—

「今日、午後に会う女性って、あなたの「妻」にするんですか」

「いやそうではない、秘だけどロンドン市長。あるトラブルを解決しようとしてね」

ジョンは違うことに閃《ひらめ》いた。

「マリコとキリコのこれからの住まいに予定するところ。ここの東北・ドーバー海峡の近くの古いお城だけど見に行かない」

二人が了承。マーガに連絡。三人分の朝食を用意してくれることになり、抱き合って別荘に戻り、身なりを整えF・Sで向かった。


マーガの城も一部だが改修中—お城の正面玄関に着船。相変わらず若作りのマーガが出迎えてくれ「あなた」抱きついてきて、おおよそのことがわかり異常なし。

マーガには、既に伝えてあったが、

「いらっしゃい。私、マリア…おっとジョンの妻の、マーガよ。二十歳プラスα。ジョンとの間に娘が二人いるわ。あなた方がジョンの新しい妻ね、歓迎するわ」

二人がそれぞれ自己紹介し挨拶。例の資金で子供部屋、個室などは綺麗に整備されており、どっちでも使って…であった。

「六人増やすっていうから、あと四部屋も見て。ほとんど同じ造りの四ＬＤＫ…それにコンピュー夕室、図書館も綺麗にし育児室も用意したわ」

「私たちがここに来るの、分かっていたのですか。それに、あと四人も増やすの」

マーガが、地をむき出しに
「あんた、何言ってるの。ジョンは三百人以上妻がいて、千人の子づくりを命ぜられているのよ。知っているでしょう」

「ええ。表面的に、ですけど知っています。それでマーガさんは何番目の妻なんですか」

「えっ、そうきたか。二十年くらい前だから…ええい、わからない。ジョンに聞いて」

「はあっ、こっちも全然わかりません」

「あんたたち二人、ジョンとＳＥＸして、種付けされたんでしょう」

「ええ。後のほうはまだだと思いますが」

「そうか、まだ付き合いが浅いのね」

ジョンがたまらず、

「二人には示していないことがある。もう少し後で教えるね」

これで幕引き。小食堂の楕円形のテーブルで朝食をゆっくりとり、マーガだけに出された小ビールグラスの赤い液体（人工血液）が二人の目を引いたが、三人は紅茶になった。

マーガから城の後方、岩のゴツゴツした細い道が辿れる海岸が見える岩場に案内。その下は外からは見えない巧妙な岩の配列、間に小さな小屋が新築されており、海の洗礼のための部屋だった。

「マーガ、よくやった、見直したよ。そこでもうひとつ。先程、僕との関係で少し食い違いが出た。この二人は今日は二回目であり、啓示は出ないと思うけど…」

「わかった、皆まで言わないで。さあ、マリコにキリコ、先に行く。歩いて降りてきて」

マーガは揺らぎ消えた。二人は仰天しジョンを見たので、下の小屋を示し、頷き…二人は恐い、恐いと言いつつ、おそるおそるの素振りで岩石に掴まり降りていった。


ジョンは一人になり、自分の研究室に腕輪通信機で通信。ちょうどステニーとロージィ教授が来ていた。

「今日、急用があり行けない、ご免ね。二人に研究課題の整備を依頼する。電子データボックスBXZZAに、例のラプトルの遺伝子・DNA構造モデルがあり、人との比較・特異点の立体モデルはつくってある」

「わかったわ。それで」

「三匹のラプトルのDNAは、二匹はコピーであり同じはずだが、果たしてそうか。それに私の雄DNAもZZBにある。二匹の雌との受精でどのように変化するか」

「わかった。そのモデルをつくるのね。とても一日や二日では無理よ」

「わかっているって。次のステップは、私が子を産ませているあの二人のHN（ヒューマノイド）とH・A（ヒューマン・アンドロイド）の四人の娘はキメラになるのよ。すぐにできるはずないわね。でもお願いね」

長い付き合いの「妻」であるため、最後はつい女言葉になっていたが、ジョンの姿のまま。この少し後を見て、あることを決めた。

歩いて海の洗礼の小屋の見える岩場につくと、マーガがゆらぎ実態化した。

「あっ、マリア、あの二人、経験不足のお嬢ちゃんだけど中々いいわ。ここに住むんだったら大学もあるけど、鍛えがいがあるわね」

「そう、マーガもそう見た。それにこの前に徳眞が来たよね。何だったの」

「ええ、父の天無人からの伝言で、血筋と言っていたけど、手を付けた女の娘、二人とも十七歳、ここで住まわせて。できればあなたに頼んでケンブリッジかオックスフォードに入れて、だったわ」

「天無人は私のこと知って言ってるのよね。直接会いに来ればいいのに」

「私もそう言った。どうもその二人、能力は高いけど、やんちゃなお転婆らしいの。あっ、それからもし気に入ったら手を付け妻にしていいって。その娘も六人に含めてるの。そしたらあと二人だね」

―マリアはあの時、ジョンとして六人の若い妻をここに住まわしてくれ、何気なく言った。間違いない。「存在」から組みこまれた枠の中で動かされていると考えた。

その間、数秒であったが、岩陰からマリコ、キリコが元気よく飛び出してきて―

「あらっ、ジョン先生。イコール、マリアさん。全て海の洗礼を受けて聞いたわ。何故そうされたのか、α星人のこと、β星人と星間戦争、ステニー、ロージィ教授のこと、徳子さん、眞亜さん、徳眞さんのこと、それからエリザ（ベス）、シャスラ（コーワ）、リリー（エット）の元バンパイアのことも、やはりあなたは、この世界の超人ですね」

――マリアは、マーガ本人はα星人、β星人のことを何も知らないはず。「存在」の介入とともに、やはりこの二人の能力アップが大事―と悟った。

「そうか。二人は重要な仲間だね」

「嬉しい」

身体全体で両手を広げ、それをジョンに抱きついて表現。

「マーガの妹たちとも会いたいけど、連絡とれる」

「ええ、近々来るわ。その前に知らせる」


「ところで、マリコとキリコ、三回生だったよね。授業の単位は大丈夫」

「ええ、二人とも前半で殆ど単位をとり、全て「S」です。悩んでいたのは、例の突然の借金とその返済です」

このときジョンの腕輪通信機・秘の通信コードが光り、少し離れてとった。

相手コードは？……少しして、思い出した。超能力者を探すために、姿・かたちを変え、ナタリー長官に指示させ、連邦軍ブラジル基地とロシア・モスクワ基地で格闘技の実施。

そこのモスクワで発見した二十歳の女性上等兵イリーナ・カガノヴィチ。

ジョンからの連絡がなく通信も通じず、脱走。

いまＨ・Ａのラブ・クラブ（Ｆ・Ｌ・Ｃ）モスクワＡにいてＨ・Ａに化けているが、捜索が迫っており「助けて下さい」であった。

「なるべく目立たないようにし、すぐ手を打つ」

としてナタリー長官（ナタスタシア・ボルチェンコ）に秘の連絡、処理し、徳光徳眞特別調査官がよく知っている英国の「マーガの城」に連れてくるよう依頼した。

ジョンは二人にロンドンシティで「あること」の手伝いを命じ、Ｒ・Ｒを運転しながら、心で通信、後半の部分で二人を仰天させ、言葉が出た。

「それって、泥棒じゃないですよね」

「いや、全く違う、悪の資金の活用で、『存在』も認めている。これも百兆円獲得のひとつに過ぎない」

二人はよく分からず黙り込んだ。

ジョンは、この二人の秘の妻、とても素直な性格の娘たちだと評価、それを伝えた。

一時間くらいで、ロンドンシティ中心街「ザ・シティ」のテムズ川近くのロンドン・ナショナル銀行本店に着き、セキュリティの専門家によって取り付けられた、自分たちを見ている監視装置は十五機。コントロールルームは三階に在り五人が勤務。

ジョン・スチワードは大金持ちの有名人であり、入店してすぐ付添いの若い二人の女性とともに一階、三方が囲まれた半個室に通され、マネージャーが対応することに―

マリコとキリコに一ポンドずつ与えてここに口座開設。

自分の口座に二百万USドルがあり、二人の沖縄の実家の母宛に二十万USドルを送金。できたばかりの二人の口座に十五万USドルずつ振込み。

A・R・A管理局・ラプトル管理所のチトフ大佐に二十万USドル、アリス・ウェイン（教官A）以下秘の妻にした五人に十万USドル、エレーヌ・ジェランドとリンダ・ゴルベスには約束どおり別に二十万と十万USドルを送金。一日遅れて六人にそれぞれに五万USドルを送金し、全てで百三十万USドル、この口座の残高は残り二十万ドルとなった。

ジョンは、入店五分前に遡り、監視機器に介入、空回りさせ、五人の担当官のチェックを怠るようにさせ三十五分だけスリープさせた。そして、かねて開設してあった貸金庫室に案内させた。ここにも監視機器が、個室部屋を除きコンピュータ制御されており、二人をその個室で休ませ、同じようにセキュリティに介入したが、自分の暗証番号と顔認証させ、中型ボックスを引き出し、二人に預け開示して待つようにさせ－

ジーッと保管ボックスを見て、大型で一つ、中型で三つ、小型は中身を見て二つに絞り、大型からコンピュータに介入。暗証番号と顔認証機を出させ、番号をインプット。

すぐ顔を認証されていた顔に作り替えてコンピュータの判断を誤らせ、大型ボックスがコンピュータの指示に従ったアームで出された。

大型ボックスを抱え、個室で大布袋三があり二人の前の机に大量の紙幣等をぶちまけ、詰め替えを命じ、空の大型ボックスをアームに渡し収納。すぐ中型ボックス三箱、小型ボックス二箱を同じようにしたが、小型ボックスの一つは書類と紙幣であり銀行の封筒に入れ大事に鞄に入れ、残りを大布袋に収納。

大布袋三つを一つずつ持ち、店外に出てR・Rに乗り、ちょうど三十五分。

ジョンの顔と二人を見たマネージャーほか三人の記憶を削った。

監視室の係員の一人が「何か変！」騒ぎ出しそうになったので、そこの五人をフリーズさせその記憶を徹底して削っていった。

車中でマリコとキリコから、ハモるように同じ質問。「これはやはり泥棒では？」
ジョンは頷きながら、この世間ずれしていない「妻」に丁寧に答えることにした。
「そう考えるのも無理ないね。しかし僕はあの貸金庫・千五百あるけど、全てを見て、次の条件に合うものを探した。
一つ、詐欺、麻薬のマネーロンダリングにより、資金が黒い瘴気となっているもの
一つ、三年と一日以上経過、出し入れのない忘れられたもの
一つ、それを大きな資金ごとに順位付け、コンピュータ認証した「顔」に変えられるものを聞いて応えたもの
一つを除いてね、わかったかな。放っておいても、損も苦情も出ないもので、三条件に合うものだけを選別していただき、正しく使おうとしているのだよ」

「うーん、そういうことですか。それは三条件を守るという厳しい倫理観に基づくもので、『存在』から付与されたものですか」

「いや、違う。これは超能力者にされた僕が、自分自身に課したことなのだ。

あの中に残した二つの金庫に、一億USドル（約百億円）と七百億ポンド（約七百億円）のものがあった。条件に合わないのでこれには手を付けなかった。しかし、仮に秘かに持ち出したら騒ぎになり、この銀行に迷惑をかけ金融不安になるね。

僕にまで手が及ぶか、仮に及びそうになったら能力を発揮し『なかったこと』にしていけるけど、そうする必要もないだろう。僕は、ノーブレス・オブリージェ（noblesse oblige）一般に高貴なる者（貴族）の矜持といわれているけど、そんな『上から目線』でなく、こういうこと、自己規律に使われるべきと考えている」

「わかりました。あなたのような人の妻にしてもらい一緒に仕事ができそうで嬉しいわ」

マリコがそう答え、キリコと目を合わせ「頑張ります」とハモった。

移した鞄から十万ポンドを取り出し、二人に半分ずつプレゼントし、喜ばせ、R・Rを出し、女性服専門店で一式ともう一式さらに靴・バックなども揃えさせた。

大布袋三つはUSドル三億（約三百億円）、五千万ポンド（約五十億円）、二千万フラン（約五億円）あり、少し後で二千万ポンドを自己の小切手用の口座に入れた。

ロンドン市長・大騒動

R・Rを飛ばし郊外レストランで三人でランチ。これからカレン・アッテンボロー・ロンドン市長の広大な屋敷に行く。

車はなるべく屋敷近くに停めるので、カレン以外に五人の秘書たちがいるはず。隣の別部屋にいる二人の部外者を三十分間スリープ。できれば情報をとって欲しいこと。

二人は目を輝かせ、頷いた。

少しして鉄筋の扉、監視装置の屋敷の門に顔を見せ「ジョン・スチワードです」で門が開いた。道路に設置された誘導標示に従い、大木の並木道のような意図的に曲がりくねった道を進む。三階建の母屋と右側に小さな平家、左側に大きな家があり、母屋の入口の三段上った上に執事がいて、指示した駐車枠（四台があった）近くに停め、執事を制圧しその案内でジョンが中に導かれ、三階まで天井の高い吹き抜けの大広間を通り、道路脇の会議室用の部屋に通され六人がいて、隣の小部屋にあと二人いた。

（これだ―R・Rの二人に気で通告した…OK…）

すぐカレン市長から紹介。

離婚協議中の夫、その弁護士。市長室であった秘書二人、それに建設局長—

「ご承知でしょうが、超人伯爵と言われだしたJ・Jことジョン・スチワード先生です」

夫と離婚協議中のその弁護士の紹介。あと三人の紹介は略—夫からもすぐ発言。

「J・J伯爵とお会いできて光栄だけど、さっきも言ったけど僕たちの離婚協議の最中に何故、来ていただいたのかな」

弁護士と例の若いK秘書。それに建設局長が頷いており「黒」を確信。

「あなたたちに言ってなかったかもしれないけど、あの話あっているグランチェスターにジョン・スチワードは三十エーカーの土地をお持ちで、伯爵位の認証が終わり、間もなくJ・Jの名でご両親死亡により市の仮登記になっていたのが変更されるのよ」

「えっ…」

ここで初老の女性秘書を除き（執事は別室）四人の心に介入。スリープさせソファーと座椅子に座らせ、だんだん深くさせ六十分熟睡させた。市長と女性秘書は仰天。

すぐ自分を信じること、シンパシーの気を入れ説明。例の銀行貸金庫から持ち出した「カレン・アッテンボロー」の封筒を鞄から出して、ここにいる彼らの作戦を示した。

第一ステップ　カレン・アッテンボローの不倫・離婚の勝訴…その偽造された五枚の立体写真、K秘書の宣誓証言書

第二ステップ　土地の売買がらみで、秘の斡旋料十万ポンドをカレンが受領。現金とK秘書の証言
第三ステップ　市長の自発的辞任。離婚慰謝料としてこの屋敷をとりあげ、市長選は下院議員Bを推挙
第四ステップ　K秘書の下院議員立候補・正義と不正追及をスローガン

呆然としている二人を連れて、次の小部屋でスリープさせている二人の男は、建設局長の懇意の建設会社の幹部社員だったが、現金三十万USドルと合成麻薬を小分けにして十袋所持して、この家のどこかに置く予定。うまくいけば、下院選と連動させていく。

この裏には、夫とイングランド・アセッツ総合建築会社（以下、E・A社）がいる。

市長に政治献金一万ポンドもあるはず。それに三年前カレン市長が夫にすすめられ、クリルシティで長命化遺伝子治療を受け、その資金三億USドルは夫から出たことになっているが、実際はE・A社―これらを追求する予定。

これらの話によりカレン市長と女性秘書は「へたり」こみ、市長への政治献金一万ポンド確認。女性A秘書が現金で受け取り秘の領収書発行を認めた。クリルでの治療はF・Sで迎えに来てくれ三日間休暇をとり、問題はなかったと思いこんでおり、夫から三億USドル現金で受け取って支払った。

「市長、これだけ大掛かりになると、貴方も無傷とはいかないかもしれませんね」

「ええ、それは覚悟してるわ。しかし私は子を産めない身体で、クリルの斉藤院長も同じね。慰められたわ。その代わり夢が、できればそれを」

「僕にも夢がありますよ。お互い、落ち着いたらそれを秘で交換しませんか」

――了承をとったが、ジョンはその夢の内容も分かっていた。

「もう一つ、あなたの夫を含め六～七人の人がこの陰謀《いんぼう》に関わっています。白はそこのA秘書さんと執事だけ。他は徹底的に排除。特にご主人もですけどいいですね」

「ええ、いいです。夫は子の産めない私を慰めてくれ、少しならいいかって浮気を容認…段々つけあがって、ここの左隣に女を同居させてる。そして私にも男をあてがおうとした。あの写真の男がそう。あの写真は、少し作ってあるけど許せないわ」

――黙って聞いていたマリコとキリコが首を竦《すく》めていた。


「マリコとキリコ、車から三億USドルと一万ポンド、ここに持って来て」

そして封書を市長の前でまた改め、十万ポンドを示し、

「これが彼らの斡旋料の証拠となるはずで、三十万ポンドと合成麻薬はしばらく僕が預ります」

少しして二人が麻袋に入れた三億USドルと一万ポンドを持って来た。

A秘書に一万ポンド。市長個人名で。三億USドルのほうは、夫名でE・A社に振り込むことを指示し、二人に付き添うよう命じ送り出し建設局長、弁護士、E・A社の二人の脳の海馬にあった

この関連の情報を徹底して調べ、その記憶を消していった。

四人はこの件に関し記憶を失ったが、この弁護士は「悪」と認定。不正、脱税ほう助などで資金を蓄え、増やし、局長、弁護士、それに酒好き二人のＥ・Ａ社の社員には、スコッチを飲ませ背広にかけ、それぞれの車で帰ること。途中で三台の車にあることを念気でした。

市長に信頼できる市警の幹部クラスの人―「いる」ということで、ここに呼んでもらったが、三十分余かかるとのこと。

あとは一人、仕掛人の中心と思われる市長の夫、しっかり見るまでもなく、

「市長、この家の正面から左隣、かなり大きな別邸《はなれ》がありますが、それが、例の…」

「ええ。この男が私に無理矢理承諾させつくり、女を囲っています。この本邸と全ての土地は、先祖から受け継いだ私のものです」

「わかりました。お前え、すぐ案内しろ」

夫はふらふらと立ち、Ａ秘書を置いて、三十万のうち三万ドルを掴《つか》み夫のあとを二人でついていったが、その間カレンの心を探りまくり、シンパシーの気を入れていった。

その別邸は三メートルくらいの通路で結ばれた二階建の色ガラスをふんだんに使った現代風の大きな中庭を囲む大きなパーティのできる居間と小部屋が四つ、二階は三寝室であった。

「お前のコレクションはここだな。見せろ」

一階の小部屋に入り、ソファーのある応接室だが壁際の隠しボタン。若い女性、白人、黒人、アジア人の全裸立体写真と三体のＨ・Ａの立体全裸写真。その中にラプトルの「馬なみ」と、ジョン

のようなぼやけた「馬なみ」があった。

カレンはまじまじと見ており、濡れてきて、

「このぼんやりしたのは、貴方なの」

「そう。カレン、あとでだけど本物を見たい？」

「見たい――」

まだ用事があり、二階に若い女がだらしなく昼寝中。すぐ気で支配し「ここから出て行くように」激しく抵抗しようとしたので、ここで記憶を削った。

私物を纏《まと》めさせ、三万USドルを渡し白紙に夫宛に領収書、「あなた様と別れることについて、手切金三万ドルを受け取り、以後一切関わりません」。今日の日付け、本名でサイン、彼女の名義の車で追い出した。今後を見て時間が取れず、あと二十分しかなかったが、カレンに淫気を入れ、充分に濡れさせ「馬なみ」を見せ驚かせ、少し小さくしてソファーに押し倒し挿入。ぴったりと合い激しく動き大量に中に出しすぐ始末させた。

カレンは、あのミリエリ・チトフと同じように、下が「大口」であり、その悩みを持っていたが、この夫は普通サイズというより「親指なみ」。

大きな居間でボーッと待っていたこの夫をどうするか先のことを考え、この建物をカレン、スチワードからの借入金弁済として譲渡する書類をつくりサインさせた。カレンと相談することにし、ここでとりあえず一日眠ることを命じた。

カレンに今日、ここの自宅での会議の性格、私用公用どっちか聞いた。

「離婚協議を公用とするわけにいかず、秘書室長に一日休暇（体調不良）書を出しておいたわ」

カレンはさっきのSEXで声が踊り身体が興奮しており、気を注入。鎮めていき、先ほどの会議室に戻ったが、振込みに付き添って戻ってきたマリコとキリコが興味津々—

メイドから紅茶が出され嗜んでいると、カレンの机の電話が鳴り、声が少し漏れた。

「ご免なさい。市内で大きな交通事故が二件、自損と正面衝突事故が起き渋滞。あと十五分くらいかかりそう」。若い女性、カレンの姪のキャリアの警視からだった。

ジョンは事故の内容・当事者がすぐ分かったが、この時間の活用—E・A社の二人のいた小部屋を借り合成麻薬十袋を使い、持って二人の頭脳から聞いたシティのE・A社の位置、二十階建自社ビルの最上階、会長（CEO）室を特定し飛んだ。

揺らぎ実態化、ボブスというCEOと三人の社員がいて仰天させたが、すぐスリープさせ、椅子に座らせ、情報をとりまくった。宝の山—

合成麻薬はそこら中にあり、どうも作っていたのか？　持って来た十袋の指紋をとり、そこにまぎれさせた。カレン夫の秘の書庫にあった写真もあった。そこと同じようなボブスの屋敷に親のいない六歳と七歳の娘三人が閉じ込められ、逃げようとした娘の死体が埋められ、なんとF・L・Cの白人、黒人、アジア人の女性器を持った三体もあった。

しめた—これで連邦軍が関与できる。

ちょうど、まさに図ったようにナタリーから秘の腕輪通信。モスクワAZで逃亡上等兵イリーナを保護。天無人の娘二人もF・Sに乗せ、徳眞監察官の操縦でマーガの城に到着。すぐこの状態を知らせ、応援を求め、ここと屋敷に一斉に立ち入り。ただしロンドン警視庁のキャリア警視が動いており、共同捜査を命じた。

ボブスCEOほか三名をゆるく拘束。証拠品を机の上に置かせ消えた。

小部屋に実態化。目の前にマリコとキリコがいて、まず残った二十七万USドルをF・Sに収めさせた後、ロンドン警視庁刑事部の警視が到着。エリス・アッテンボロー警視は、さかんに遅れたことを詫《わ》びていたが、J・Jを見るや、十歳年上の離婚協議中なのに、

「ヒャー、超人伯爵のJ・J閣下ですよね」

ハグを求められ軽くハグ、ほぼこの女性のことをつかんだが、

「いや、恐れ入りますが、せめてJ・Jと呼んで下さい」これで打ち解け、

「ご承知のカレン市長のご夫君との離婚協議で相談を受け、そこの助手二人も手伝わせ調べた結果、こんなことが出てきました。連邦軍・中央情報局とH・A管理室も調べており、一時間以内に強制監察がありそうで、長官は丁度ある用事でこの郊外に来ており、キャリア警視も調べていることを告げ、共同捜査をお願いし了承を得ました。

市長とは何の関係もないが、ご夫君が…これも名前は困る。わかって下さい」

「そのことたしかにわかりました、自分も本庁の上司に…」

「待って。まず市長から、首相に報告。カレンをサポートして下さい。私どもはNYの連邦本部か

らすぐ公式通告しますので」

　そうこうしている間に、小型F・Sが一機、到着。白川眞亜H・A管理室長が少佐の制服で技術者三人、警備H・A二体を乗せて到着。二体は電磁波銃を持ち、さらに危険を感じると防御バリアを発生できた。ジョンは、眞亜と気で交流し説明。

　もう一機のF・Sが到着。H・A技術者三人と警備H・A三体が降り、駐車場の間に強化テント・最新型（本部AIと直通）のコンピュータを設置しテスト開始。地上設置型防御バリア機を設置し稼動――ここでロンドンAとロンドンBの全ての情報が見れる。

　警備H・Aが三ヵ所に分かれて警備。

　小型ながら、三機もF・Sが市長邸に着陸し大騒動になった。


　ロンドン市内であった大渋滞の原因となった、建設会社社員二名の酒酔い自損事故は、車が炎上し二名とも即死。一方もう一つは、猛スピードを出した二台の車が正面衝突。火災が起き手がつけられない中で大火傷を負い、救急搬送先で二名とも死亡。

　これらH・Aにからむ大事件は、連邦政府とロンドン警視庁、少ししてパリ警視庁にも飛び火、連日、三次元TVのネタになり、交通事故は小さく扱われ、この事故のあと、カレン市長が市長庁舎で指揮をとっている昼頃、その夫が階段を踏み外し転落。

　頭を強く打った、一時間後、メイドが発見し救急車で病院に搬送、一命はとりとめたが寝たきりとなり、半年後に死亡。

このH・Aのからむ事件の概要は、次のとおりであった。
（ボブスCEOのE・A社と自宅の屋敷をふくみ）
・自社ビル最上階、合成麻薬・約十Kg発見・押収
・その顧客名簿らしきものと「秘」の子供たちの裸の立体写真・押収
・自宅の別邸《はなれ》で合成麻薬の製造所を発見。差し押さえ、その関係者五人の逮捕
・八歳の少女二名の死体発見。係わった二人の逮捕
・六歳と七歳の少女二人（後にマーガの城で養育）、別の場所に三人の人身売買秘密クラブの経営。関係者名簿、この中にカレンの夫の氏名があったが、少しして完全に消去した後に押収・この中にB下院議員の氏名があり取り調べ。後に議員辞職
・ボブスCEOは在宅での取調中に、ピストル自殺し真相は不明
・四体のF・L・C用のH・Aは、ロンドンAとBのE・A社が請け負った建設中のモデル肉体で、「消去したはず」であり、真相は不明
・E・A社は、F・L・CパリAとパリBの建設も請け負っており捜索。やはり四体がボブスCEOの別邸にあり、パリ警視庁と協議して差し押さえた
・当時のH・Aの松田管理室長は、減給二十％・六ヵ月、白川室長代行は減給十％・四ヵ月という処分になった
現室長（白川眞亜）による、この監査が全ての施設で実施、他には出なかった。
この大事件を指揮したロンドン警視庁のエリスは、少し後で警視正に昇進した。

資金調達

ロンドン・ナショナル銀行からいただいた大布袋三つは、USドルで四億ドル余（うち三億は、カレン市長の返済に当て）、残り一億二千万USドルと三千万ポンドは、ジョンの預金口座に小分けにして入金、活用することにし、少し先をみて、その口座からパリのセントラル銀行本店に三千万USドルを移した。

ジョンはボブスと、その弁護士の頭の中から「隠し資金等」の在り場所、暗証コード、本人認識方法を秘かに聞いており、まずボブスの貸金庫と自宅の大金庫から七千万USドル、五千万ポンド、金の延べ棒一千Kg、ピアジュなど高級女性用宝飾時計五十個、ダイヤ宝飾五点セットの十点をいただいた。パリ市十六区の高級アパルトメント六LDKの四戸の権利移転は後日とした。弁護士からは、一千万USドル、百万ポンド、それにシティ中心街の新築二十階建ての権利証、それと新築六LDKのペントハウスをいただき、少し後、借用証を偽造。別の無関係の弁護士に所有権の移転をしてもらった。

それらの現金七千万USドル、五千万ポンドや二十七万USドル、さらに金塊九千Kgも見つけ、それらをケム川別荘地下のワインセラーの奥に隠し戸をつくり小部屋にし、少し後を観て宝飾時計、ダイヤ宝飾五点セットをF・Sに残して収納した。マリコとキリコなら泥棒というかなとも思ったが、心に痛みを全く感じていなかった。

［第四章］

超能力者部隊の編成と育成

連邦軍特殊部隊

この少し前、あの事件の発生の時。ナタリー、徳子、眞亜、徳眞、ロシアから来たイリーナ、マリコにキリコ、それにこれから妻にする天無人の娘二人、さらにマーガの十人と顔合わせの宴会をした。

マーガとナタリーの了承をとり午後七時から、お城の大食堂になった。

「あなたの古手の妻と、新しい妻の初顔合わせね」。マリコとキリコには食材を買わせ、R・Rの運転でマーガの城に向かうことを命じ、すぐ寿司レストラン・寿に十一人分のにぎり寿司と二十二人分の天ぷらなどをジョンの名前「とりにいく」で注文。早くても一時間はかかる。少し時間が空き「一時間もかかるのか！」独り言。

カレン市長の部屋で腕輪通信しており、カレンがそれを聞きつけ、近寄ってきて目が潤んでおり濡れだしたようで、二階の寝室に黙って歩き、淫気をいれながらついていった。

薄いブルーとピンクをコラボさせた小さな四つの柱の間の美しいベッド。

「シャワーを使わせて」頷き服を脱ぎ、念のため部屋に結界。

シャワーキャップをかぶり、二人でシャワー。下の例のものが「馬なみ」。カレンは嬉しい、こんな男の人探していたの。右足をあげそのまま。しかしやはり無理、少し小さくしたら中へ吸い込まれだんだん締めつけられ、放出、初めての経験であった。

身体を拭きあった。ベッドでお互いの身体を確かめあったが、ジョンはカレンの陰口から膣・子宮口・子宮・骨盤の位置を確かめ、子宮口から子宮膣部に至る肉壁が襞《ひだ》になり動き、一般人より長い。それを告げたが、カレンは「子宮に着床が難しい。仮に着床しても子供は子宮から出られない」と告げられていた。もう一戦し、お互いに満足しあった。

大きなバスタオルにくるまって紅茶、まだ二十分くらいあり、

「カレンは僕の恋人、いや『秘』の妻だね。心と身体がピッタリ」

「ええ。二十歳も年下なのに、こんなにＳＥＸが合うなんて。そうだ、二人とも将来の望みがあり、明らかにしようと言ったよね」

「うん、間違いなく言ったね」

「まだ時間あるでしょう。今どう」

「いいよ。では提案―僕がカレンの望みを紙に書く。君が僕の望みを別の紙に書いて、ふたりの相性をみてみようよ」

「わかった。ちょっと待ってね」

カレンがＡ４の用紙と二本のペンを用意し、少し離れ背を向けて、ジョンとカレンはその紙に書

きベッド脇の丸テーブルに伏せて置いた。

カレンが示したもの。

〔J・Jの望み　地球連邦大統領〕

「うーん、恐ろしい。当たっている」

ジョンが示したもの。

〔カレンの願望　UK王国首相〕

「キャー、当たっているわ」

カレンは大興奮、回り込んでバスタオルが落ちたが、構わずに抱き着いてきて口を合わせ――そのまま首相就任の楽しいイメージを送り込み、和やかにスリープさせ楽しい夢を見せて、いつものように目覚めるようにしてベッドに運んだ。

これはジョンから見れば実に簡単。

――カレンに連邦大統領のイメージを与え、心の願望を読んだのだが、何という心の清い、真っすぐな女性か。一生大事に――そして可能なら受胎させようと考えたが、カレンの心を探ったとき、姪のエリスがジョンに好意以上のものを持っていることがわかった。

寿司レストラン・寿の裏口に揺らぎ実態化。気づいたものはいない。玄関入口まで歩き十一人分のにぎり寿司と二十二人分の天ぷらなどを受け取りカードで支払い。揺らぎ消え、ケム川別荘の玄関前に実態化。地下ワインセラーから白ワイン二十本、スコッチウイスキー五本を運び、F・Sに積み込み、一瞬の後、マーガの城の玄関脇に到着。

マリコとキリコが野菜やハムなどの食材を城の勝手口に入れ、F・Sに積んだものの搬入を指示。

マーガが気づき抱き着いて来て、「十人の「妻」を満足させるの大変よ！」

苦笑いしたが、

「ジョン、言ってたと思うけど、私の妹たち、エリザ、シャスラ、リゾリも今日あたり来るかも。久しぶりだし期待しているから、公平に満足させて愛してやってね」

言葉に出し、「うーん、十三人か…」ジョンが言葉に詰まっているのを見て楽しんでいた。

大食堂の真ん中、長楕円の丸テーブル、ジョンが真ん中、右横にマーガ、左横にナタリー、徳子、眞亜、右のマーガの横に徳眞らが座し、メイドが料理を並べ終って、ジョンの合図でナタリーが乾杯の音頭。

「皆、久しぶりに十一人揃い、といっても四人の新人がいて、あとで自己紹介してもらいますが、J・Jの活躍、みんなの健康を祈って乾杯」

皆が乾杯しながらシャンパンを飲み、ジョンが、

「僕はともかくとして、四人も新人がいるのだから飲みながら全員が自己紹介するのはどうかな」

賛成の声が多く、ジョンから、

「僕は皆知っていると思うけど、ジョン・スチワード。今はJ・Jとも言われ出したが十九歳の青年、大学の講師です」

ドッと沸き、マーガ、ナタリー、徳子、眞亜、徳眞が当り障りのない自己紹介。

イリーナ上等兵は、ナタリーが与えた服に着替え美しくなっていたが、立ち上がって、

「イリーナ・カガノヴィチ、二十一歳のロシア人です。マリア…じゃなくてジョンの秘の妻にしてもらい、お腹に双子がいます。特技は顔と姿を変えることと、念動力です。皆さんに示します」

目の前のビール瓶を浮かせ、ツーッと反対側十メートル移動、Uターンして戻し食卓に置いた途端、屈み込み、少しして立ち上がり、女装のＪ・Ｊが窮屈《きゅうくつ》そうに立っていた。

大拍手が起き、屈み込み立ち上がったときは元のイリーナ。

マリコとキリコが、二人で立ち上がり、

「マリコ・マナベ・ジョンソンとキリコ・マナベ・ジョンソン。一卵性双生児の姉と妹で十九歳、大学三回生。ジョンの秘の妻にしてもらいましたが種付けはまだです…ワー恥ずかしい（これがハモッて、ドッと沸《わ》いた）。特技はイリーナさんと同じ、少し弱いかな、念動力と変化。少し後の未来を見ることとです」

二人はテーブルの端から端、二十メートル離れ、ジョンが一人で飲んでいた日本酒の大瓶を借り、ゆっくり空中を往復させた。

「もう一つ、ここで示すのは…」

あたりを見回し、

「あっ、ターニャにアーニャ、そんなこと止めた方が良いよ。Ｊ・Ｊは違うって。あんたたち大恥をかくよ」

黙って座り込んでしまった。もっと先が見えるナタリーとマーガが、今のことをはっきりと予測していた。Ｊ・Ｊとマーガが頷くのを見て、

「おや、何かあるようだね。さあロシアの姉妹、二人とも遠慮なく」

ナタリーに言われ美しく着飾った二人が立ち上がり、

「ターニャ・イシコフ、アーニャ・イシコフ、十八歳の一卵性双生児の姉妹です。ここへは父に言われて、軍の偉い人ナタリーさんに説得され嫌々《いやいや》来たけど、後悔しているわ。父からジョンには決して逆らわずに、何でも言うこと聞けって言われ、あの三次元動画を見せられたけど、ラプトルって大口だけど人速の三倍くらいのスピードじゃない。私たちは北極圏を飛び回って白熊と氷の上で闘って勝ち、そいつを食ってやったわ。そこのナヨナヨっとした青年にできるの？　偉そうに真ん中に座って、自分だけ日本酒飲んで何様なの。こんな服いらないわ」

脱ぎ出そうとした。

ジョンは苦笑。一瞬その場をフリーズ、そのフリーズが効かないマーガとナタリーから…（相当な跳ねっかえり。ガツンとやるべし）フリーズをとき、

「そうか。三倍速で走れ、服はいらないのか」

立ち上がり楕円丸テーブルを回り出し、加速をつけ「これが三倍速」さらにスピードを上げ、これが「五倍速」、Ｊ・Ｊの身体が揺らぎだしスピードを増やし、「これが十倍速」―影が動いていて、

ターニャとアーニャ姉妹の美しい衣服が剥《は》がされていた。

「お前たち二人、飛ぶのが好きなようだな、飛ばしてやろう」

楕円丸テーブルの真上一メートルまで頭を下に移し、それも邪魔だな、下着を剥《は》ぎ取り、二人は必死に抵抗したが、白いショーツ一枚の裸にされ、空中に浮かび泣き出した。

「マリア、このへんで」

ナタリーが助け舟、ジョンは頷きつつ、その下の料理を片付けさせ、

「じゃ、降ろしてやろう」

いきなりフリーズを解き、すぐフリーズ。二人の身体は片付けられたテーブルの十センチメートルで停止。「ヒィー」と声にならない声を出し小水をもらして、机の上が小便であふれた。ナタリーが指揮。テーブルを綺麗にした後で、食べ物を並べジョンが了承。ナタリーが「気」を解いて二人を横に移し、マリコとキリコが肩を抱いて奥に導き二人に着衣、下着をつけさせたらしいが、固まって泣いており、ナタリーが近づいて、

「最初に会った時に言ったはず。お父さんも気づいていて、決して逆らうなって。この世の中には常人で図れない人がいるの。彼の能力は、まだ半分も出してないのよ。大恥かいて負け犬で過ごすんだったら、明日の朝まで私のF・Sを貸すので、ロシアのお父さんの許に帰っていいよ。ただし、私たちと一切の関わりを持たないことが条件よ」

「わかりました。ナタリーさん、ありがとう――負け犬にはなりたくないわ。少し考えさせてください」

二人をとりあえず席に戻したが、隣のマリコとキリコが服装を直していた。

ジョンが何事もなかったように立ち上がり、

「皆、よく聞いて。ここにいる十人は二人を除いて、僕の妻だ。通常の業務のほか、やるべきことを示す。

一つ、徳眞、パリのF・L・CのAとBにからみ、あのCEOは自殺したけど、二ヵ所に二千万USドル以上が、それぞれに在るので秘で押収して。半分をフランス・マリアの会の会長・エレーヌに渡し、後は任せる（徳眞に鋭い気が発せられた）。

一つ、ナタリー、これは徳眞もからむが、例のプラドに訓練基地をつくる準備を。この件で天無人と会うセッティングを。基地は連邦政府の正式施設とする、そのつもりで。

一つ、ナタリー、クリルシティ地下基地を整備させるので君に加重がかかるが、例のチトフ大佐以下六名と、ここにいるイリーナ・カガヴィチを軍籍に戻し、七名プラスαで。そこの司令官にチトフ大佐を任命するかどうかはまかせる。

移送には、マリコとキリコを手伝わせ、しばらく同基地勤務をさせること」

ナタリーが質問、

「例の軍訓練所のチトフ所長以下、入れ替え人事をいじることでいいんですね（ジョンが頷いたので）移送日を何日と考えておられますか」

「十月一日十三時三十分」

「そうすると、海の洗礼はその前に。ラプトル雌のクローン二匹は急ぎますね」

「そうだ。クローン化は既に指示してあり、小さい娘が産まれているよ」

「さあ、このへんで仕事の話はやめて、元に戻そう。皆に迷惑をかけ、ろくなこともしてやれないのでプレゼントするよ」

マリコとキリコに合図。食卓を少し片付け、日本酒五本と女性宝飾腕時計ピアジュ、カメリアコレクション・ジュエリ、ブルガリなど十点が並べられた。

「これらは、腕輪通信の最新機能がついていないダイヤモンド、ルビーなどの宝飾、ファッションに属するものだけど、一人一点プレゼントする。さあマーガから…」

それぞれが選び、ペアのものが二点残った。マリコとキリコがターニャとアーニャと腕を組み、ターニャがカルティエのペアをとり、マリコとキリコがハモッて「いやあ、好きなものが残っていてよかった」パティック・フィリップのペアをとって、

「ジョン先生、ありがとう。大事にします」

宴が続き、ジョンが秘に退席。マーガが少し後、そしてナタリー、徳子、眞亜、徳眞の順にここから消え、徳眞とは、父・天無人のことで突っ込んだ議論もした。

イリーナが心の通信で誘われ消え、残りは四人になった。

ターニャとアーニャが、マリコとキリコに、

「ありがとう。二人のくさい芝居、あっ、ごめん。ついこんな発言に（二人は深く頭を下げ）…助けてくれたよね。二人はジョンとＳＥＸしているの」

「ええ、処女だったけどしたわよ、とてもよかったわ。受胎は多分これからだと思うけど、私たちは妻のひとりよ」

「そう。皆、いなくなったけど、ジョンとＳＥＸしているの」

「ええ。次は私たち、そして多分、楽しい夢を見させて寝かせてくれるよ」

そのとおりになったが、ジョンはそれを寝室から聞いていて、マリコとキリコを気で呼んだが、ターニャとアーニャはまだ早い。呼ばなかった。

二人はメイドに案内され二ベッドで悶々《もんもん》として寝れないでいた。

クロエ特殊部隊

ジョンの夜は長い。徳眞との隠し資金で名前が出たパリ在住の「妻」エレーヌ・ソクルーフと名前を出して共働すること。パリ市のエレーヌを気で探した。

二十年近くの妻で、娘を四人(今は独立)つくり、長命化遺伝子治療を受けているエレーヌの気の動きは熟知。以前のコンドミニアム・ペントハウスに居たが男はいない。

そこに覆面を付けて実態化。毛布をはがし、絹の寝間着越しに美しい、以前とほとんどかわらない艶《つや》のある白い肌、成熟した美しい容姿。

ハッとして目覚めたエレーヌはすぐ立ち上がり、回し蹴り。かろうじて避けたが、左右のフックがきてガードし、鳩尾《みぞおち》に正拳、ベッドに吹っ飛ばし気を失わせた。

寝間着をはぎ裸にし、知りつくしているスイートスポットを刺激。両足を開きゆっくり挿入しようとして、「イヤー、止めて」。顔を引っ叩かれたので覆面がとれ、ジョンの顔が現れ「あなたなの」両足を強く絡めてきて楽しみ…お互いに満足を与え合った。

賢者のひととき、抱き合ったまま。

「さっきナタリーからジョンのことや徳眞のこと、もっと親しい人が近々、訪れるよって通信。どうしてこんなことを」

二人起きて、まだマリアの寝間着があり、それを着てワインを酌み交わし、

「やっぱり生きていたのね。あんな小事故でマリアが死ぬなんて絶対ないと思っていたわ。クリルのミミ首相、斎藤院長もほとんど動揺せず、何か違うことがーって。まさかロンドンにいて、あの超人伯爵J・Jとはねぇ」

「うーん、ごめん。ロンドンの方向付けができつつあり、あとはヨーロッパ。特にパリの君とルジェの二人、フローリアは大事にするつもりだよ」

「フローリア・クロエ・モローか。彼女、あなたが死んでおかしくなり、一時、精神病院に入院。少しよくなり、今は例の邸宅で療養中。親しい親戚のルジェ家のドロシーとヘレナの二人が、交替で見舞っているよ」

「そうか。『存在』と図ってやったが、罪づくりをしたね。今、この時間寝ているよね」

「たぶん、そうだと思うけど、事を急いだら駄目よ」

「わかっている。マリアで少しね…ジョンのことは内緒で、この後で連絡するね」

パリ市十六区・シャンゼリーゼ通りの先、ブローニュの森近くのモロー家の大邸宅の庭をマリアの姿になって少し歩いた。フローリアを知ったのは彼女が十歳いや二十六歳のとき。このへんにあった元の三階建てゴシック風の邸宅はフローリアが火を点け姉とその夫が焼死。

私が助けたとき、フローリアは遺伝的な理由もある下垂体機能不全で、脳にある下垂体の前葉か

らホルモンの分泌を促し、それが臓器を刺激する甲状腺刺激ホルモンの成長を促進するソフトメジンが不全になっていた。病名は、下垂体前葉機能低下症と診断され、ホルモン剤を内服し十歳で成長が止まり、他は異常なし。外見は少女のままであった。

その時点で既に五人の男たちを殺し、日本にも連れていき興奮すると手がつけられず「大顔の化け物」になったりした。そうだこれは私が意識して用いている「化け者顔」だと気づいた。今夜はゆっくりマリアとして安らぎを与えようと考え、フローリアの寝室にゆらぎ実態化。光を纏い、優しく語りかけた。

「フローリア、寝ているところご免ね。私、マリアだよ」

ハッとして、目覚めたのはわかった。

(これからは、先を見なかった全く予想外のこと)

一挙動で立ち上がり、ぼさぼさ髪が逆立ち睨《にら》みつけ、例の化け物顔になり、

「なんだと、マリアだと。マリアは死んだのだ。何者だ」

いきなり三メートルくらいを飛びかかり、殴り出した。強力な力であり、ジョンの顔に変わり「やっぱり」。また三発くらい殴られ、たまらず消えて庭に出た。

そこからロンドン郊外・マーガの城の自分の部屋に飛び実態化して逃走。大きなベッドだが、二人の娘が裸になってウトウトしていた。

ターニャとアーニャだ。毛布の中に入ろうとして、二人が気づいた。

「ジョン、ご免なさい。深く反省したわ。未経験だけど妻にして」

「後悔しないね」

「ええ。絶対」

言葉は少なかったが、二人に淫気を入れ固い身体をほぐし興奮させ触り合い、ターニャの新鉢を割り、次にアーニャ。最初から頂点をつかませ卒業させ、少し考え着床させなかった。

しかし疲れが溜まり抱きあって寝た。

三時間後、二人の処女の証を始末し、それが終わって海に入る準備をしていると、二人が目覚め抱き着いてきたので「信じること」。洗礼を受けることを知らせ、バスタオル三枚を掴み…マーガが作った洗礼所に実態化。仰天させ、すぐ抱きあって海に入った。

(初回)—二人は、皆とほとんど同じ。

「私たち、何と馬鹿で我儘《わがまま》、世間知らずだったのか」

(少し休み二回目の洗礼)

「二人ともジョンの「秘」の妻になり子を四人産み、超能力を共働して伸ばし、ジョンの大事業を助けるべし」

ジョンにも、具体的に示された。

「方向に誤りはないが、もう少し体力を与える。ただし昨晩のことは終わっていない。汝は誠意をもって対処すべし。この『存在』を活用してもよい」

ジョンはまだ暗いなか二人をまた寝かせ、城の裏側・ドーバーの海の上で五十メートルほど空中に浮き、座禅を組み、だんだん深く、無に近くなった。

・近い未来、自分のことは、やはりぼんやりして出ない
・あの二組の双子、うまく使えば相乗倍の効果を出す
・エレーヌに連絡を忘れ、フローリアがここに来る
・フローリアには二つの対応がある
一つ、拒否　　心が壊れ・死が近い
一つ、受容　　このチームのトップ超能力者として全く違う人生―さあ始まる

えっと思い目を開けると、目の前十メートルに個人用F・Sが空中に停船。

軍の個人用、各国の限られたリーダーへの贈与、極稀《ごくまれ》に多額資金で売買をしたものがあり、これは後者であり大富豪のルジェ家当主、フローリアが買ったものと直感。

すぐマリアの姿になり、知り尽くしている船内にワーム―操縦者席にフローリアがいて、一瞬驚いたようだったが、向き直って、

「やっぱり…あなた酷《ひど》い人ね。私がどんなに苦しんだか―エレーヌを問い詰めたけど、信じられなかった」

「ご免。何とも言いようがないわね。伝言は残したつもりだけど」

「うーん、信じられない。ロンドンにいたなんて、私は悲しみ、苦しみ、心と頭がおかしくなり、

別の能力があることがわかり、死の世界に探しに行き、この世界がいくつもの次元・多重次元というらしいけど、生きている母、私が殺した姉、何かちょっと違うあなたとも会った。しかし言葉をかけようとすると、何かが邪魔する。何回も何回もよ。

とうとう狂ったらしい――

疲れて諦《あきら》めたとき退院―お金はいくらでもあるわ。超能力者を探し、十人を雇い、それを探求。エレーヌにも迷惑をかけたけど半分は偽物。まだ諦めてなかったのよ。

もう生きていくのに疲れた―一緒に死んで、隣か横にある別次元にいこう」

「わかった。一緒に死のう。私には使命があるけど誰かがやるわ。そこの赤と黒のボタンを一緒に押すと、このF・Sの磁力線が切れて十秒後に墜落し海の中よ」

フローリアは、それを押し抱き着いて来て―

海面との衝撃、F・Sは海の中を動けず海水が侵入、抱きあったまま、逃げないように心を制御―海水の塩分が息を詰まらせ、フローリアと笑みをかわしあい、暗くなり―はあ、アベ・マリアとしてこれで三回…ん、いや四回目の死だ。

これだけ自分を愛してくれる妻と死ぬのならいいわ。だんだん暗くなり、離れないよう、お互いに抱く力を強め―苦しくはない。意識が遠のいていった。

ハッとして目覚めた―はあっ、また生かされた。抱きあっていたフローリアはまだ目覚めておらず、身体が冷たく、気を入れたが通じない。『存在』に呼びかけた。

「私を生かすのなら、フローリアも生き返らせて」

「駄目じゃ」切り捨て、断定するような発言があり、

「わかった。知ってるはずだけど、私の脳内に仕掛けた超小型爆発装置を点火する。二人ともバラバラになるはずだ。もう生かせないよ」

「待て、待つのだ。どうして汝らの短い人生を、さらに縮めようとするのだ」

「あんたの欠点がそこ。高みから理詰めで判断する苦労知らず。β星の『存在』の配下になって苦しみ、悲しみを何億年にわたって味わうといいわよ」

「うーん、それを望んでいるわけではないが、制約された条項があるのじゃ。来たるべき防衛戦の計画を示せ」

「わかった。ジョンが大統領として、最高指揮をとり、まわりに予知能力を高めた超能力者…三つの少数精鋭の超能力者実行部隊、ロシアのプラド、フローリア・クロエのロンドン郊外の士官学校に併設する特殊部隊、あとはブラジル基地か、パプアニューギニアの基地―もちろん本隊の一千万人余の軍隊の戦力と機動力アップをキメラを中心とした、ラプトルとH・A軍団を…」

「うーむ、そのためにフローリアをクロエ軍団の部隊長にするためにも必要なのか」

「そう。でもフローリアは、それ以上のことを…」

「わかった」また意識が遠のいていった。

フッと気づいたが、フローリアの船内。赤と黒のボタンには安全装置がかぶされていて、押され

ていないーフローリアがいた。

「マリア、ありがとう。夢うつつだけどしっかり聞いていたわ。一緒に死んで生き返らせてくれたのね。これからは離れないで協力していくわ、覚悟して。あっ、心配しないで。私を捨てないのがわかるので千人の子づくりには協力するわ」

「ありがとう。超能力者のクロエ軍団か。近いうちに皆に会わせて。さあ、マーガの城へ行こう」

「待って。マーガの城に行くのね。皆、あなたの妻だね」

「そうだけど」

「じゃ、ちょっと、うーん。五分ね」

個人用F・Sの中は特注で改造されており、座席は三人。残り三人分はクロークに、衣裳、靴、スカーフなどと化粧品、女性H・Aが何とマリアの好んだ桜小紋散らしの和服・紅色帯一式があって、すぐ意図を察し、髪をつくり下着を変え、和装美女になった。

フローリアも、マリアとともによく着た桜・江戸小紋散らしのワンピースに真紅の帯紐、濃青の薄いガウンに、幅広の桜が浮かぶ大きな帽子に遮光サングラス…顔もモデル時代と同じように濃い目につくっていった。

「うーん、驚いたわ。スーパーモデルのクロエ・ユキだね」

「嬉しい」―身体中に湧きたったもの、本心であった。

マーガの城、正面入り口前に着船。

マーガが出迎え、その妹、エリザ（ベス）、シャスラ（コーワ）、リゾリ（エット）もいて、ナタリーたち妻もいた。二人が降りて来て、皆、仰天。

ジョンとは全く違う和服美女、それより背の高い際立ったセンスの洋装美女。

シーンとなり見つめ合った。ナタリーが、進み出て、

「J・Jことアベ・マリアさん。それにスーパーモデルのクロエ・ユキさんですね。よくいらっしゃいました。歓迎します。こちらが城主のマーガさんです」

マーガは、それを表情に出して言い、

「うーん、驚いた。ジョンがいなくなったと思ってたら二人の美女か、大歓迎よ。マリア、皆に話してやったら」

城内大食堂で話をすることになり、ナタリーが先導。クロエ・ユキ…慣れたモデル歩き—マリア…久しぶりの和服・白足袋の女物草履で裾が気になった。

裾が乱れ、マリアが躓《つまづ》こうとし「クスッ、クスッ」と笑いがハモった。マリコとキリコであり、そこに固まっていた若い妻たちがジロッと睨《にら》み、気が入っており凍った。

この娘たちは和装したこの美しい女性が、恐ろしい力を持っていることを知った。

フローリアは、複数以上のH・A（時々着せ替えていたが）を亡きマリアに見立て、その前でモデルになってポーズをとったりしていたのだ。

何ということだ—これに気づいたのはマーガとナタリーだけ。二人はフローリアに近づき「辛

かったね」慰めていた。フローリアも気づき「ありがとう」。

大食堂でフローリアを横に座らせ、マリアが立ち皆を座らせ、見渡しながら、

「みな、驚かせてごめんなさい。ここにいる私は、八年と少し前に死んだアベ・マリアです。この横に居る美しい女性は、フランス人のフローリア・モローこと、スーパーモデルの『クロエ・ユキ』(マリアが、ユキの華やかなモデルのときの画像を三つの動画を念気で出し、皆が別世界の美しさに暫《しばら》く魅入《みい》った)。

さて…(少し俯《うつむ》き、ジョンのいつもの姿に変えていき—ドッと声が出た。和服が下に落ちたので、目にもとまらぬ早業で整えて、草履、足袋を下にして着物を畳み置いた)

僕はジョン・スチワードとしてクリルシティで復活しロンドンに来たことを諸君はご承知だろう。フローリアは、モロー家の当主でフランスで有数の大富豪。ここにいるマーガとナタリーと同じくらい高いレベルの超能力者であり、これから僕のやる大事業に協力してもらう。今、話したことは、秘密な問題を含んでおり決して洩らしてはならない。皆、秘を誓ってもらいたい」

「全員が誓います」であり、全員の頭の脳内にある仕掛けをつくり、それを告げ、フローリアに挨拶を求めた。

「私、いまマリア、おっとJ・Jから紹介されました彼の妻のひとり、フローリア・モローです。ここにおいでの女性の方々は、皆J・Jの秘の妻だと思いますが、よろしくお願いします。私の能

力は、この三次元世界を超え、多次元へ旅すること。不完全ながら何回か成功。他の次元にいるマリアとも会いましたが、交流はできなかった。不完全なもの―もしかこれが完全にできれば、距離は原則として関係ない、アンドロメダ銀河へもいけるはず。つまり、自由に時間を操りワームできるはずね」

ジョンが手を挙げ立ち上がり、

「いま、僕と異次元で会ったと言ったよね」

「いいえ、違うわ。マリアと会ったのよ、聞きたいの(ジョンが頷いたので)、あの次元ではマリアが二十四歳だったころ、あなたはハーバードの大学院でMBAを目指していた真面目な学生。ところが処女なのにお腹が膨《ふく》れ出し、病院で診断。処女証明と受胎証明をもらい、悩んでいたわ…でも近づけないの」

「うん。私はエール大学の大学院出だけど薄い記憶の中にそれがある。君は海の洗礼を何回受けたの」

「そうだよね。マリアが死んで、私は悲しみの持っていき場がなく、元の凶暴なパワーを出し狂ったわ。親戚のルジェ家の二人とエレーヌが親身になってくれ、お金は腐るほどあり、近くの最高級の精神病院に一年間、拘束衣で拘束。

入院中に娘二人もよく見舞いに来てくれ、二人が泣き出したので「ハッ」と我に返り、正気が戻り、ドーバー海峡沿いのカレーの白砂海岸近く、美しい療養所に転院したわ。

かつてマリアと十二回、海の洗礼を受けていたので、海が近くなり深夜一人で海に入り、『存在』と交流した。―何回も…何回目か忘れたけど近い距離は気を集中すれば飛べ、ワームでき、やることもないので二年くらいかな。毎日海に入り光の洗礼を受けたわ。

―死は、他の次元への心《こころ》・魂《たましい》の転移であり、マリアを探し超能力者を集め、話したかもしれないけど半分は偽物。

今いる者五人と一人は、百五十回以上、光の洗礼を受けている本物だと思うわ。

あっ、私の海の洗礼の回数を言ってなかったね。正確にはよくわからない。ただ二年弱毎日だったので六百回以上にはなっているはずよ。これでいい」

「うーん。私は四百二十五回、フローリアは私より階梯が高くなっているのかな」

ジョンは、マリアの姿に変わっていた。

「いいえ、何を言うの。マリアは長い長い年月をかけ『存在』が創り上げ、何か特別な意志も加えられた稀有《けう》の人、基盤が違うのよ。あなたは回数でも私を超え、全く異なる次元の地平を見るようになることを予言できるわ。そうだ、あの娘はマリアだったのかも」

「えっ、金髪の十歳くらいの少女かな?」

「やっぱり知っていたのね。マリアを探して異なる次元を彷徨《さまよ》っていたころ、多分その娘だと思う。あちらから声をかけられたわ」その娘が言ったの。

「フローリアさんですね、まだマリアへの執着、とれませんか。あなたが強く求めれば相手は逃げますよ。心を広く、マリアが求めていくものを、あなたも求めていったら」

「そうすれば会えるの？　約束して」

その娘は哀《あわ》れみ、憐憫《れんびん》の目で悲しそうに、小さく頭を振り、

「約束はできません。ただ言えること━海の洗礼は一時期辞めて、少し前のスーパーモデルとして衣裳を整え、楽しみませんか」

「たしかに、そういう時間はとれるわね」

「そうすれば、時間は特定できないけど、マリアとあの頃の衣裳を着て会っているわ」

「えっ、会ってるの…ありがとう。お名前は？」

「それは言えない決まりなの…ご免ね」

「英知に輝くその美しい娘はフッと消え、私も晴れ晴れとし━大きな青い空の広がり、白い雲、雲の群れ。その向こう側にある希望を見られるようになったわ」


少し遅めの朝食をフローリアをふくめてとり、ティータイム━━隣のフローリアからある気がマリアに発せられ、頷いてフローリアがフッと消えた。

ジョンは、マーガにある気を入れ、立ち上がり、

「皆、心配かけた。ここにいた女性は、今帰ったが、ある用事をするためだ。このフローリアを含め全て僕の妻だ。ナタリーは公務があり、階梯も高いので免除するが、マーガの指揮により全員で海の洗礼を受けて欲しい」

そう指示し消え、F・Sに実態化。大学研究室に向かおうとした時、秘の腕輪通信機が鳴った。自

分が妊娠させたスウェーデン人のリリーで、「すぐケンブリッジ大・医学部病院・救急病室に来て」という伝言―であり、二時間後を約束した。

ジョンの研究室では、二人の教授がクリルの「該」ＡＸコンピュータのＡＩと接続。ジョンと自分たち二人、ステニーとロージィの遺伝子配列を三次元立像で立体化。盛んに議論―Ｙ染色体へ雌の五・二〇〇万塩基対をX染色体（雄）に特徴化―哺乳類獣亜綱動物の亜種（？）

考えられるラプトルの精巣から分泌される男性ホルモンアンドロゲンの順次投与。

三人で検討―原種ラプトル（雄・グェグ）には、二人の女性研究者、ＨＮ２と３のアイリンと由美、人格を持った（！）Ｈ・Ａの１、２、３と４の女性四人にはさらにジョンのものを投与し変化を時系列的に比較し映像・データ化

二人が夢中で集中…ジョンの名でデリバリーのランチＡを二人注文し部屋を出た。

ここの医学部附属病院救急（Ｅ・Ｒ）棟は、研究室から少し離れたところにあり、何かに役立つかと思い、自分のＨ・Ｃを鞄に入れ急ぎ足でリリーのもとに向かった。

リリーが気になり、少し後のことを見た。

―リリーは元気。あの五人組のメキシコ系小太りの同級生マリヤ・アンドロッティ（以下、マリアとの峻別のためマリヤＢ）の昨夕の交通事故、入院に付き添っていた。

マリヤＢは命はとりとめたものの、頭を強く打ち、何やら意味不明のこと―

近い未来のこと—一時的なものか異なる能力の開発か、三分くらいで到着。

この救急病棟の救急医師や救急看護師など、新しく講師になったJ・Jは有名で、すぐE・R隣の監視病室に通され、リリーがいてジョンを見て「ほっ」としていた。

患者情報として、メキシコの留学生の二十五歳、理化学研究コース修士課程、修了したばかり。交通事故で頭部打撲で脳に損傷、他は極めて健康などが示され。患者との関係を示し、担当教授に断わり、医学博士の担当医師も十九歳の講師に敬意をはらいつつ、マリヤBの頭部の三次元立像を示した。

（人の脳の平均的なシナプスは、四・七ビットの記憶容量があり、約一ペタバイト〈一・〇二四テラバイト〉の情報の記憶が可能。それが最大で、八％か十％くらいしか使われていないと言われており、脳は神経細胞・千五百億個からなり「樹状突起《じゅじょうとっき》」で他の細胞とつながり神経回路と呼ばれ、シナプスが伝達機能を持っていた）

一見して、異常なし—担当医師に断わり研究室から手持ちした最新式H・C（ハンド・コンピュータ）を操作。秘のコード№を入れクリルAIに接続。かつて医学部長に示し暫く使わなかった脳細胞の前頭葉から脳幹までの千五百億個の細胞—樹状突起を抽出。少し時間がかかり、担当医師から、

「いま、そのH・CはAIに接続して、何か操作しているようですが、これは何に…」

「ええ。クリルシティのAIに接続。どうも神経回路の此処とここ、シナプスに異常があるようで。

神経細胞と樹状突起のつながりの異常を探しています」

「えっ、千五百億個のですか」

「ええそうです。これは「該《がい》」の最新クラスですが、もう少し早くないとね」

少しして、ピーッという音――ジョンが操作。異常を示す箇所が五点、バラバラにして示され、そのシナプスの一部が長くなり回路が脳幹の一部に奇妙に食い込んでおり、最新マイクロサージャリークラスの手術でも今の技術では困難――

二人で話し合いジョンが了承。何枚も立体映像化――このまま安静にさせ様子を見るという平凡な結論。この二十七歳の俊才をうたわれた女性脳外科医師は、ジョンのことは図書館の読書見学を評判で聞き親友の女性医師とともに見て知っていた。この医師は、のちにジョンの紹介でクリルシティに留学し研究陣に加わることになる。


リリーに、そのことを説明。マリヤBは略語を交え次のようなことを呟《つぶや》いていた。
・モデルの部下五人いい、六人目もいいが、私とくむかも
・A・C市長、危ない。政敵Yが汚い手で画策する
・A・Cの夫、まもなく死ぬが、隠し子出現、相続で危うい
・獣の雌は氷のなかで死亡。この「包み」でJ・Jは飛躍、もう一つ大きいもの
・愛しき妻たちが目覚め、しくみが少し変わるが、二都市で事件
・リリーと姉、J・Jのそれぞれ四人の子が(祖)父・母をたて北欧をまとめる

・二匹の獣の移送は成功、マとキの協力
・コピーが出来て、母子を海の洗礼に
・J・Jがノーベル賞をとる、もう一度あるかも
・……×○□××……パット王女が
・オリンピックに参加、二種目でチャンピオン…
リリーが「どうも私と姉のこともあり、何んだろう。大好きなあなたのこと、A・Cって人、獣のこと話しているようだけど、さっぱりわからない。ジョン、私は三日後の土曜日にストックホルムの実家に帰るつもり…どうしよう」

「わかった。君はその準備をして、約束どおり送るよ」

ジョンはマリヤBの当該部分を除いて活精気と自分の知能の一部を入れ、あの女性医師と相談、容態が落ち着いたら養護病棟に移すことで、とりあえず身許保証人になった。

すぐカレン市長に秘で連絡。市長執務室の横の小部屋で会うことにし揺らぎ飛んだ。

マリヤBのことを話し、少し後の未来を見てる。
・政敵Yの「汚い手」のこと　・夫の隠し子のこと
カレン市長は驚いたが、Yは、次期市長選に出馬準備中の、あの下院議員の仲間、ヤンダー下院議員かな。汚い手、さて例の紹介された男のこと。雰囲気にのまれ無意識に「キッス」はした。それ以上はない。夫の隠し子—知らない。この近く、ピカデリー・ソーホーの王室御用達の「紅茶の

家」を弟が継いでおり、そこで分かるかも。

ジョンは、パリでランチの約束があり時間はかけられない。ここから近場のところ、カレンの頭の中から読んだ。ソーホーの有名紅茶専門店の実弟・店長の目の前に揺らぎ出現。驚いた三名の使用人らをフリーズ、記憶を削り店長に兄の隠し子のことを聞いた。

「もと店員だった娘に手を付け、ここで働き、子供ができ、その子は十二歳。兄が死亡であれば私が保証人。兄の証書もあり相続請求するつもり」

であり、店長に隠し妻・子を呼ばせ、証書等を廃棄。二人のその記憶と周辺のこと全てを削った。


次も考えたがパリでフローリア邸でのことが読め、そこからケム川別荘に飛び、F・Sを引き出したが、フローリアのことを考え、和装の着物にかたちを変えた。

カレンの秘の通信機に「隠し子のことは片付けた。これには触らないように。そして㊙でYの情報をエリス警視正を使ってとること」を連絡し出発。

一分くらいで、パリ十六区のフローリア、モロー屋敷の大きな駐車場に到着。監視機器に見られている中、午後一時ピッタリにかつて自分が造らせた屋敷に入った。


正面・天井の高い大広間に、ランチの支度がしてあり、その前の小スペース入口にフローリアがモデル衣裳で待っていて、抱き着いてきてハグ。「ありがとう」が心で伝えられ、右手をとられ案内。室内の六人の娘たち、年上の女性が一斉に立ち上がって拍手—

「皆、ありがとう。この人が探してもらっていたマリアよ。私の二人の娘の父親で、このモロー家の全財産の所有者でもありますよ」

（えっ、ママさんのものでは？　綺麗だね。私たちクビ？　様々な思念が五人から出ていて、次のことをするので…）

フローリアが頷《うなず》いたので、マリアとして語り出した。

「六人の仲間の皆様、私がフローリア・モローの夫で二人の娘の父親です。でもこの和装ではご理解いただくのが大変ですよね。さあ目を瞑《つぶ》って三つ勘定して下さい」

アン・ドゥ・トロワ　皆が数え、目の前に例のネイビー・ブルーのジャケット姿のＪ・Ｊが立っていた（クサい芝居とは思った―フローリアと六人目フラン・ダイディグが笑いをこらえていた）。

「諸君、驚かれたかもしれないが、マリア・アベは死に、ここにいるジョン・スチワードで復活し、いま十九歳。そう、長女マロリアと次女マリリアより年下の父親だ。

いまロンドンにいて、ケンブリッジの講師で医学博士。最近はＪ・Ｊとも言われ…」

フローリアからストップがかかり、

「皆、知っていると思うけど、私の夫は見た目痩せっぽちの青年だが、こんなことも…」と言いつつ、例のラプトルとの戦い、十五分間を三次元動画で示した。

ランチしながら話し合うことになり、イギリスとは異なるトリフィなどが入ったランチを味わいつつ―フローリアが自己紹介をさせようとしたが、ジョンが、

「知っているから、いいですよ」

「へえ。ママから聞いたの」

「いいえ、フローリアからは五人プラス一人の優れた本物の超能力者、とだけです。では左端から、これから僕の希望・コード名も示します。
A　栄蓮《えいれん》（中国人　二十歳）　クロエA
B　ベルゲ（ドイツ人　二十歳）　クロエB
C　カンニャ（ベトナム人　二十歳）　クロエC
D　デマンボ（コンゴ人　二十歳）　クロエD
E　イクコ（日本人　十九歳）　クロエE
それに
F　フラン（ギリシャ人　三十歳）　クロエF
黒っぽい仕事着を着たクロエチームです、間違ってませんね。

貴方たち五人の娘たちで、この三次元にしっかり穴をあけて行き、その次元を検索するのですね。でもどうするか、さっぱりわかりません」

Fがそれに答えた。

「たしかに難しそうですが、ジョンというか、マリアさんは、さきほどから無意識にしていますよ。和服からスーツに変えるとき、三つの数を要求されましたが、実際は一秒くらい。しかしこれは、この次元での変化であり他の次元に男物スーツ等で三十着、和服で十着くらい存在が命じ、あなたが無意識に用意されているものがあり、その次元の時間帯は、一万倍近く遅く、この三次元では目に見えない行為となっていると思いますよ」

「なるほど、無意識に違う次元の遅い時間帯に入り、着替えたのか」

「ええ、多分！」

「他次元に行くっていうことは」

「私たちも大きなこと言えません。しかしあなたは、ここの次元で目的地・場所を特定してワームしてますね。それですと他の次元にはいけません。目的地ではなく、具体的な事件、年代、特定の人を選定して、この次元に鋭いキリ（念気）で穴を開けて入りこむのです。この部屋でやるのは、危険ですね。そしてこの次元に帰ってこれるため私（F）と念気でつながりを残すことです」

「五人で切り込み、Fがサポート。しかしアベ・マリアを見つけ出すのは、できたはずですよね」

「ええ、先ほども、ママが説明したように、死去を前提に異次元のマリアは見つけていますが、会話・接触はできないでいました。

死が仮装され、ジョンという名で生きておられたのなら、この目的をクリルシティの海難事故、あるいはあの死亡証明を出した女性医師を起点に、あの大学・病院を基にして三十くらい特定していけば、もっと前に会えたかもしれませんね」

ランチは終わっており、異次元移動を見せてもらうことになり、裏庭に出て、念のためマリアが大きな結界を張った。

AからEが半円型に並び、F・フランがすぐ後で何やら意思疎通。

五人から気、だんだん強くなり、前方五メートルで念になり集中。強くなり丸く赤い炎、その中に五人が頭から吸い込まれるように消え、Fは足を踏ん張り荒い息で立ち尽くす。

少しして、五人が揺らぎ実態化。五人とも荒い息遣いで跪《ひざまず》いてぐったりしていた。


Aが何か書類らしきものをジョンに差し出し、フローリアも見た。

━阿部眞理亜　二十四歳・処女証明・妊娠証明書…検査の方法が細々と示され、ボストン・ウエスト郡立病院長と産婦人科部長の連名のサインのコピー一枚。

ジョンはマリアの姿になっており、呆然。フローリアが抱き寄せ肩を叩いていた。

証明書コピーが風も火もないのに燃えだし「ハッ」として強くフリーズ。火を吹き飛ばしたが斜め半分くらいになり、大きくはないが鋭い気で。

「やめなさい」━火はパッと止まった。六人をねぎらい屋敷で厚紙二枚をもらい、斜めに半分くらい残った証明書コピーをその厚紙に挟み、大事に保管することにした。


フローリアから別室に案内、そこに長女　マロリア（三十四歳）　次女　マリリア（三十二歳）がいて、ハグを繰り返し、長女は結婚して二人の子持ちであり、孫に会わせてくれることに…語り合い、ダイヤ宝飾五点セットを二人にわたし喜ばせた。

ふっと思い、フローリアとFのフランの二人を誘い、心の通信で驚かせたがF・Sでロシア北極圏・永久凍土、ラプトルの発見された場所に行った。

三人が体温を上げ気でそこを中心に百メートル探し、三十メートル離れた場所に透明な箱状のものの中で氷固している死んだラプトル雌を発見。マリアがF・Sの近くで動きながら「これは念気で包んだと思われる七千万年を予定した時間機。しかし雄のみ成功。失敗したもの—存在も失敗することがある実例だね、今後に生かし取扱いは…」

——マリアは、話しながら足がもつれて倒れ頭を打った。そこに鈍い光の輪、「存在」がいて、

——マリア、この「存在」は汝を助けてきたはずだ。この失敗例が広く公開されると困る。自らの研究用に絞るのなら大事なポイントと、もう一つを加えるので秘にしてほしい。

——わかった。私とフローリア、クロエチームだけにする。

——これは汝の世界で念気の小型立方体化つまり結界を五層以上に重ね合わせたものじゃ。それに、この奥に大きいものがある。これはもっと後で—「存在」はフッと消えた。

「マリア、マリア、どうしたの起きて」

フローリアの悲鳴にも似た叫び声。Fが人工呼吸を…「うーん、寒い」目が開き、自力でゆっくり起き上がりF・Sに乗り込み、二人に心を開き、今起きたことを読ませた。

「小型結界の多層化か、考えたこともなかったね。大きいもの、もうひとつって何」

「それは今わからない。ただ、フローリアにフラン、このことは私が『存在』と約束したのよ。とりあえず二人、後でクロエチームに止めて。秘を守ってね」

フローリアの屋敷に午後三時すぎに到着—部屋で三十分ほど一人にしてもらい、あの斜めに半分

くらいになった証明書の記載部分を別紙に移し復元に成功させていた。

フローリアは身綺麗にして待っており、その寝室で十年ぶりに愛の交歓。そのスイートスポットに刺激を与え絶叫…二回、満足を与え、そのままベッドで休ませた。

次にF（フラン）の部屋、一緒にシャワーを使ったがなんと処女であり、柔らかく豊かな乳房を中に、全身を舐め回し…発情させ多量の淫液を出させて、イカせまくり中に放出…少し休み、同じように絶叫。着床させ、そのままベッドで休ませ、次にAからEまでの若い五人の個性的な娘たちと、それぞれの部屋で少し経験のある美しい身体を慈しみ、それぞれ二回ずつ天頂に至らせ双子を着床させた。デマンボ（D）の身体能力の高さを認め、マリアの秘の妻になったことを刻み込んだ。

フローリア以下、五人の秘の妻に宝飾時計を一つずつ贈り喜ばせた。


マーガの城にF・Sで飛んだ。マーガが出迎えてくれ、

「妹たち三人が放っとかれて怒っているよ、私はラストで」

エリザ、シャスラ、リゾリたちは、それぞれの部屋でシャワーを使っており、エリザにまず「淫気」を入れ、強くしていき、悶《もだ》えだしたところで出現。

何もいわずエリザのスイートスポットをさらに刺激。抱き合い激しく求め合い、二回放出。睡気を入れて休ませ、シャスラ、リゾリにも同じように。マーガはシャワーを使い待っており、時間をかけ交わり、お互いに満足をえ、マーガを除く三人に宝飾時計を与え喜ばせた。

パリで七人、ロンドン郊外で四人の妻たちと、それぞれ二回ずつ交歓――六人に双子を授けたが、疲

れはなかった—これが、もう一つの力、能力だと確信した。

マーガの城の裏側、下の海辺近くに四百二十六回目となる海に入り「存在」と交流。

F・Sでフローリアの屋敷にいき、二回の交わりにより疲れて熟睡しているフローリアのベッドに入り寝間着のまま抱き合って寝た。


午前四時に目覚め、ソーッと起き身綺麗に。

ベランダに椅子を出しガウンを羽織り、まだ明けやらぬパリの高級住宅街の大木の街路樹の静謐《せいひつ》な気をとりくみ、静かに瞑想《めいそう》。だんだん深くして。

十一人の妻たちと交わったが、特に疲れもなく、私は性豪。しかしフローリアの肉体の衰え—今すぐではない。まだ気の張った状態だが、これが緩《ゆる》んだ時に急激な衰弱・老化が妨げられないこと—さて、どうすべきか。アレしかない。

しかし自分より階梯が高いと思われる誇り高いフローリアが、治療を認めるか？

気配はなかった。いきなりパジャマ姿のフローリアに後ろから抱き着かれ、前に回しながら膝の上にのせて抱き合い、口を合わせあった。

フローリアが、マリアの目を見ながら、

「あなたって本当にいい人ね。心の中のことを聞いてたわ。クリルの長命化遺伝子治療を受ける。ただし、あなたも付き添ってね。それより、ねえ、まだ時間あるでしょう」

昨夜の熱戦により乱れたベッドで、マリアは少し衰えかけた妻の肌に活精気を入れながら、この妻の好む性器に調整し体位を変えつつ夫婦の交歓をして大満足を与えた。

朝食の小食堂。六人の妻たちは、何か華やぎ活き活きとしていたが、マリアとフローリアが登場。フローリアは、マリアの活精気を十分に受け輝いていた。朝食の前、マリアは、

「ここにいるAからFの六人の超能力者たちは、分かっていると思うけど、昨晩、妻にして着床させた。六人は十か月後のころ、双子の子を産むはずだ。

出産・保育は整備し育児の準備とともに、母子で海の洗礼を受けてもらいたい。

さらにこの六人を中核とする超能力者のクロエ軍団をつくり、恐れられる集団にしていくので協力してもらいたい。妻たちに、資金面の心配は絶対にかけない。目的は知ってのとおり二十数年後にくる異星人の侵略の防衛である。質問はありませんか」

リーダーのFが手を挙げた。

「二つほど啓示というか、教えて下さい。ロンドンの病院の患者から盛んに私に好意的な気が来ていますが、受けていいんですか？　二つ、クロエ軍団の基地はどこですか。超能力者を増やして連邦軍の一角になるんですか？」

「最初の質問、フランに情報を送るわ（気で情報が送られ、Fが頷いた）。二つ目ね、基地は決まっていないが多分ロンドン郊外になり、超能力者を増やしていくことになる。通信して来ているロンドンのマリヤBが第一号となるかもね、次に黒人の女性かな。貴方たちは、連邦軍特殊部隊の一角というか、主要な特殊部隊になっていくはずだわ」

午前十一時に、F・Sでそこを見に行くことになり、執事にケム川別荘八人分のゲストなどのランチとお寿司の出前を、例の「寿」に連絡させた。

時間が空いたころフローリアから質問、マリアは言葉に出して正直に話した。

「フローリア、怒らないで聞いてね。

あなたに夫の勤めを三回して、心と身体で結びついたわ。でも私に心配かけたくなくて、あなた隠しているのね。資金のこと…西アフリカの大農園三つあったけど安く売却し、国内に資産はあるけど資金がつまりかけ、この後、その切り売りを考えているのね」

「うーん、そうか、やはりマリアに隠しておくのは無理ね。私の五年近い療養費、それにあの超能力者の詐欺に引っかかったのもあるわ」

「フローリア、その詐欺師は後で、言葉だと長くなる、私の心を読んでみて、さあ」

マリアは、カレン市長、自殺し遺書もなかったボブスCEOのこと、その隠し資金の一部、多分USAドルで一億くらいあることを告げた。

「それでそのアパルトメント・ラ・フランセーヌの四室はこの近く、セーヌ川の向こう岸だけど、どうするの」

「しっかりして、これから二人でいただくのよ。まだあるわよ。今日は水曜日、今度の日曜日にこの先のブローニュの森・ロンシャン競馬場があり…」

「わかった、みなまで言わなくてともわかった。マリアほどの超能力者、資金で苦しむことないね。

それで心の痛みはないの」

「全然ないわ」

すぐ二人で、マリアは男の普段着に着替え身体を男にし、歩いて約十五分の豪壮なアパルトメント前に着き、監視カメラが十機ほどあり、マリアはボブスに変わり、フローリアは身長を低く、顔を変え白髪の老女にし、気づいて仰天しているアベック二人の記憶を削り、関連する監視カメラ五機を五分前から故障。

H・Aの守衛にボブスの仕草を真似、警備員室前の最上階、A×—八八—××の暗証番号を押し、エレベーターでペントハウスに上がり、もう一回キーに介入し部屋に。

少しかび臭く、窓を開けゆったりと流れるセーヌ川を見下ろしたがすぐ仕事。大金庫に介入、難なく開け、キーも念気で開けた—そこは宝の山。

一億一千万USAドル、五千万ポンド、一千万マルク、宝石など、それにここの六LDKと同じような部屋が三室分あり、その権利証、合成麻薬もあり、別袋にした。すぐそこにあった大型キャスター二台につめかえ、指紋・掌紋を消しエレベーターで降りた。

木陰で扮装をとき、監視カメラの故障を直し、合成麻薬はゴミ箱に。

マリアが念気で軽々と運びフローリアの部屋に納め、マリアが一千万ポンド、一千万マルク、一千万USドル、権利証の全部、それに宝石・金銀細工ものをいただき、残りの一億USドルと四千万ポンドをフローリアのものとし大喜びさせた。

フローリアは言葉もなかったのでクロエ軍団をつくるため、日曜日にまた—

午前十一時、F・Sで新しく妻にした五人と、フローリアと分けた荷を乗せ、帰路を考え、フローリアは自分のF・Sでケム川別荘に到着。二機のF・Sがそろい。

すぐケム川、グランチェスターの自然の景観を散策。ここを残しつつジョンが三十エーカーの土地を寄附予定を説明。別荘に戻ると、ここを知っているマリヤBが外出許可をもらって来て、クロエFを見つけ出し、ハグを繰り返して心の交流をしていた。

ピッタリ八人で会い、楽しく会話しながらランチ。それも終わりジョンの提案。フローリアが賛成し、ジョンが例の白砂の海岸を示し、七人が納得。それぞれバスタオルをつかみマリヤBを囲み、一緒にワーム。マリヤBは仰天していたが全裸になり、海に入り光の洗礼を受け、彼女は、

「自分は、メキシコシティでは秀才だったけど、ケンブリッジの理学修士をジョンの支援でなんとかとった。しかし何という物知らずの低能だったのか」

二回目で―「ジョンの子を四人産み、ジョンのこれから行う大事業に参画すべし」

クロエAからFとフローリアは、クロエ軍団の結成と団結、能力アップであった。

マリヤBは、この後も五日間療養病棟にいたが、毎日レンタカーを運転。海の洗礼を受け続け、ジョンの秘の妻になり、マーガの城に移り洗礼を重ね、階梯を上げていった。

一ヵ月くらい後、メキシコ・上院議員をしている父が後妻とともに帰国しない。二十六歳になった娘を連れ戻すため、マーガの城にお土産を持って挨拶したが、マリヤBは贅肉《ぜいにく》がとれ、知性に輝く背の高い絶世のスペイン系美女に変身――この近くに創設される連邦軍士官学校に教官となることを明言し、両親は諦めメキシコシティに帰国した。

連邦軍士官学校・創設の決議

このころ連邦政府内の閣議で、ナタリー情報局長官から連邦軍士官の育成・能力向上のため士官学校の新設が建議。

国防長官（七十二歳・大将）とともに協議していくことになったが、ナタリーのことを「この若造」（ナタリーは、公称、六十歳であり）と思い、やる気を無くしていた。

これには、かなりの予算投入が必要で、資金獲得もあり、もう一人、委員を追加。

れい子・クロダ産業省長官を推薦、あっさり認められた。

キング大統領から二年以内に開設、設置する国の寄附の状況もみるようにいわれ、とりあえず閉会。すぐジョンに連絡。ジョンはカレン大ロンドン市長経由で首相と会い、「指定風致地区」からはずれるグランチェスターに三十エーカーの寄附を申し出。隣接する国有地の十エーカー、計四十エーカー（十六万四千㎡…四万九千坪）を、連邦政府に寄附すべきことを申し述べ、賛同するよう念気を入れ「積極的に検討」を言わしめた。

しかし、これに反対する議員二人がいたが、一人は持病の高血糖症からくる脳梗塞。一人は高血圧で倒れE・Rに緊急入院。少し後で寝た切り状態になり議員辞職。

カレン市長チームが中心、国防相が形式的にからむことで「誘致」となった。

そのとき、カレン市長から政敵Yことヤンダー下院議員の情報をもらい検討。

妻子とは、かなり前から別居。例の合成麻薬に手を出しているらしい？　愛人の若々しくみえる青年を運転手にし、この男がカレンに接触していることがわかった。

テムズ川沿い、国会議事堂の横にある議員会館のY議員室にゆらぎ飛び、そこにいた五人をフリーズさせ議員と対面、心を探りまくった。

若い女性の愛人と娘・四歳がいて、机の上に三人の写真も提示。いわゆる「両刀づかい」で全ての悪の元凶。机の奥に少量だったが合成麻薬と骨董的な回転リボルバー（拳銃）、それに二千万ポンドの現金もあり、公益財団の基金にしようと思った。

さあ、どうしたものか、迷った。二人の陳情客と女性秘書二人の記憶を消し、外の駐車場まで送らせ、机の上に合成麻薬を出させ、残った青年秘書と議員にその麻薬を嗅がせ、秘書の右足に拳銃を撃ち込ませた。

それで「痛い」…フリーズがとけたが許さず殴りつけさせ、青年秘書は銃を奪い議員の左足に一発撃ち込み、相互に頭を殴りつけさせたが、この秘書が逃げようとしたので致命傷となるよう銃を奪わせ頭に一発撃ち込み、花瓶を割ったりした。分厚いオーク材の扉の外で、銃声により人が集まり出したが、例の警視正に殺人事件の発生を気で発信。

「愛する秘書が、自分の女に手を出そうとして、殴り合いになった」──という筋書きの記憶を植えつけて、現金をそこにあったバックに入れ、指紋と掌紋を消し消えた。

警備員三人がなだれ込み呆然。

議員は、わけのわからないことを叫んでおり、ジョンは後方でこの男の財産、特に隠してあるものを探りまくり、女性秘書二人が帰ってきたのでトイレに入り消えた。

すぐ自宅のベッドの裏に隠された大金庫から五千万USドルと二千万ポンド、権利証などをいただいたが、愛人宅にあったそこの権利証と一千万ポンドには手をつけないでいた。

この事件は、麻薬がらみの痴情事件として扱われ議員辞職、禁錮七年の実刑。

この後、Yの後をついでカレンが市長兼務のまま保守改革党の党首になった。


一段落し、クリルシティの斉藤病院長に秘の通信。来週月曜日から三日間、一人の女性の秘の遺伝子治療、二人の研究者のキメラに関する研究で訪問。

ミミ・フロンダル首相のアポ、研究責任者のアポを依頼。

そこで「大ニュースがあり、彼女目覚めたわよ――後で」が伝えられた。

さて何だろうと思いつつ、大学研究室での研究に集中。この最後の言葉を、どうしてか、クリルシティ訪問を告げ、大学の了承をとることにした。

それが終わり、F・Sでカレン邸に。カレンは知ってはいたが、Y議員のことを報告。二千万ポンド（約二億五万円）を差し出し、個人の秘の寄附とした。

ただし市長個人名で、士官学校の誘致に伴う寄附として連邦政府に一千万ポンドを寄附すること

を約束させた――淫気を入れ目が潤みだし、寝室に移り「馬なみ」より小さくして激しく交わり中に放出――賢者のひととき
「カレン九十九％の確率で着床させたよ」

「えっ」…カレンは喜び、困惑が入り混じった何ともいえない戸惑い。

そこに、例の姪にあたる警視正からジョンに秘の通信「手が外せない。少し後でかけなおす」あちらから来た。

ジョンが仕掛けてはいたが、何というグッドタイミング。

「カレン、君は首都の市長であり、野党ではあるが、政党の党首。独身のキャリア・ウーマン。それが誰ともわからない男の子供を産むなんて考えられないよね」

カレンは、心に思っていること。

「ええ、嬉しいけど困った。貴方と別れるなんてもう絶対にできなくなっているし」

「僕も別れるなんてできないよ。今、誰から秘の通信だと思う。彼女、バツ一になりかけだけど、僕が好きだと言っていたよね。隣の家は空いたままだし」

「えっ、何てこと。彼女は承知するかな…でも貴方って悪い人ね」

「嫌いになった？」

「とんでもない。私たちのためでしょう。あの娘、了承してくれるといいけど」

寿司レストラン寿、例の三方を囲まれた個室的コーナーで会うことになり、通信。午後七時三十分で予約がとれ、この後、士官学校・誘致の件で少し話し合い、寿司レストランである仕掛け、カ

レンの了承をえてF・Sで飛んだ。

エリス・アッテンボロー警視正は、私服で少し遅れて「ご免なさい」と言いつつ着き、カレンがいることに驚いていたが、一緒に寿司ディナーを食べ、Y議員の事件を報告。

日本酒も出されたが、カレンの腕輪通信機に秘の連絡。カレンは立ち上がり、少し離れ会話。

「ちょっと用事が出来て、市長室に戻る。二人で楽しんで」姪にウインクし、タクシーを呼び出た。

エリス警視正が事件の報告、途中で止めさせ淫気を入れた。

「エリス、いいよ。知っているから」

「えっ、あれ、あなたがやったの。伯母も知っているの」

「リボルバーで頭を撃ったりはしてないよ、それに伯母さんは無関係」

「はあっ、何てこと。どうして」

淫気を強くしカレンの去り際のウインクを思い出させ

「もういい。彼女、私にウインクしていったわ」

「ウインクね。エリスはカレンに僕のこと好きだって言わなかった」

「えっ、言ったわ。あなたに話したの？　恥ずかしい。それに身体が何か変」

ジョンはエリスを引き寄せ口を合わせたが、下がドロドロ。本人に言わせた。

「貴方たち、できてるでしょう、わかるんだから。でも、そうなると伯母とあそこも合ったのね」

「そう。アッテンボロー家の女性は体質的にそうなのかな」

「はあっ、もういい。ねえ」

すぐチップを多めに三人分のディナー料金を支払い、F・Sでカレン邸の別荘へ。

二階の寝室でシャワーも使わず裸になりもつれ合い、「馬なみ」になりエリスが凝視。

「無理、大きすぎ」…少し小さくしてベッドにもたれ込み、「大西洋に掉さす」大口のものを調整し、いっぱいにして絶叫―攻め続け、二回、三回と中に放出、着床させた。

賢者のひととき―裸で抱き合ったまま、それを告げた。

「いいわ。明晩、離婚の話し合いなの。一回はさせるけど貴方の子を産むわ。しかし私のものとピッタリ合うのが十歳も年下の男性だったなんて」

「うん、僕もピッタリだったね。でも三十歳年上の女性ともピッタリだよ」

「えっ…伯母のカレンね。私、彼女ともうまくやっていくから、この後もね」

「うーん、わかった。君は今、官舎だろう。ここに引っ越してこない」

「ええ、いいわね。でもカレンが了承するかしら」

ここまでとし、シャワーを使い彼女をF・Sで送った。

少し後、離婚したことを本庁に届け出て、エリスはここに引っ越してきた。


連邦軍士官学校は、ロンドン市議会、国会で誘致の決議が公表。二年後から選抜して二百名の連邦軍士官候補生と百名くらいの特科生をここを中心に育成していくことで開校が決まり、市長の一千万ポンドの寄附が少し話題になった。

秘の妻たちに応えて

〈競馬場の事前調査〉

ケム川の平底舟で川遊びをしてから秘の妻にし、受胎させたリリー・シュナイダーの帰国の土曜日となった

次の日、日曜日のパリ市・ブローニュの森のロンシャン競馬場での馬券買い、どうするか。はっきり観た。監視装置が六機あるほか、思いがけなく一Km離れた駐車場に二機、二Km離れた広告塔に二機、個別に機能していることがわかった。

もう一点、高額当たり馬券は、原則として振込みによること。例外は、場長の許可証が必要なことを掴み、その対応を考え、場長を掴もうとして気で探ったが、ロンドンからパリまでジョンには個人の特定ができず、とても無理。

諦めた―しかしロンシャン競馬場のことは良く知っており、高齢・白髪の老人に姿かたちを変え、競馬場事務室裏にゆらぎ実態化。今日は休場で気がついたものはいない。

トボトボと歩き監視装置を確認―事務職員の心を拘束、場長のことを聞いた。何と明日に備え「詐欺師グループ三人」の入場の情報があり、警備員十人、H・A警備員二十名とその手配写真を配り

対策を会議中。そのほか、長官二人が来るらしい。

三十メートル離れたところから、場長に尿意を催させ写真を持たせトイレに行かせた。

そこで心を拘束。サインの形態暗証番号を探り、会議室に帰らせ会議に参加。その間に明日付の金額を入れた「現金支払許可証」一通と招待状三通を発行させた。

会議の内容が気になり少し我慢して聞いたが、なんと「あのフローリアを騙《だま》した詐欺師グループ」の女性超能力者がリーダー。それより弱い若い男と女。この三人くらい（？）と警備員五人くらい、支払担当者、十人をフローリアと二人で短い時間で制圧するのは難しい。それにフローリアが感情に走り失敗するケースも観えた。

ロンドン・ケム川別荘に戻り、マーガに連絡し事情を説明し、明後日を空けてくれるよう頼んだ。マーガは「面白い、是非やらせて」であった。


〈ストックホルムの妻〉


ハッとした。リリーとの約束の時間の五分前。仕度してあった二つの小紙パックとワイン四本の紙パックをつかみF・Sに乗り、リリーの寮の前、リリーは待っており、

「あなたって、時間は厳守ね。ちょうど十二時よ」リリーの荷を積み込んだ。

リリーを乗せ、熱いキッス。異常なしを確認。

三分後にストックホルムの郊外、バルト海に近いハッセルウッデンの町の大きな樹々に囲まれた北欧風二階建ての自宅前に到着。樹々をわたるそよ風が心地よい。

両親、それに話に違わない北欧系金髪の青い目、透き通る肌のバツ一の姉・タイリー（二十九歳）が出迎えてくれ、優雅に挨拶され一瞬クラッときた。

荷卸しの間、リリーが「美人でしょう」。ジョンの右太腿をつねり、姉は気づいたかどうか知らんふりをしていた。挨拶のあと、

「いやー、大きな樹々に囲まれバルド海がのぞめる素晴らしいところですね」

母親がにこやかに、

「ええ。あのアベ・マリアさんの自然との共生政策以来、ここにも自然が戻り、ヘラジカなんかも見かけたりするんですよ」

「へえ、ヘラジカって、あの大きな角」手振りで示したが頷《うなず》いており、使用人らしい四人の男女が珍しいF・Sに触ったりしていた。

「さあ、どうぞ」大きな扉の間へ入ろうとして、その四人が騒ぎ出した。

予想していたより一回り大きいヘラジカが近づいて来て、ジョンは思わず数歩近寄り和《なご》みの気を入れ、右手で大きな頭をナデナデした。

突然、大きな声でリリーが「捕《つか》まえて」

姉は透き通るような声で「駄目よ。逃がしてやって」

ヘラジカは怯《おび》えており、さてどうしたものか。ヘラジカを宥《なだ》めていると、母親が、

「ジョン、帰り路を教えてやって」

これに従うことにし、大きな頭に自分の金髪を擦《こす》りつけ、「クウ、クークウ…」（帰りなさい、ここ

は人の居るところ。子供はあっちにいるよ）指差した。

ヘラジカは「クウー」と一声、森の中に消えた。


四人と両親、姉も拍手。リリーもつられて拍手し、このハプニングが終わった。

お土産のフランス・ボルドーの高級ワイン四本を出した。

五人でスウェーデンのおふくろの味・ミートボールやニシンとサーモンのマリネ、ザリガニの塩茹で、野菜たっぷりのランチを楽しんだ。

「持ち込みのワイン」のほか、ホットワイン「グロッグ」、本来は冬の料理につくものだが遠慮なくいただき話が弾《はず》んだ。今まで黙っていた父親のエッセンブルグが、

「君のこと何と呼べばいいんですかね。リリーに聞いたけど、二つの天下の名門大学・大学院の理学博士、医学博士で講師で英国の伯爵。それに慈善事業家。ジョン君では失礼だし、J・Jとも言われてますよね」

「ではJ・Jではどうでしょうか」

「じゃあ、J・Jはあのときヘラジカと何か会話をしていたように見えたけど」

「ええ、会話というほどでもありませんが、あのヘラジカ、雌《めす》で子供とはぐれ怯《おび》えており、F・Sの着舟をみて近寄り、どうしたらよいか？　僕も戸惑いました。お母さんのアドバイスに従い子鹿のいる帰り路を示しました」

少し話が途切れたが、父親が、

「J・J、今、研究している概要だけでも教えてくれませんか」

「いいですよ。今やってますのはキメラの構成変更による人体への影響で、オックスフォードとケンブリッジの教授とともに三人で協働してすすめ、次は時間・時空の研究、コントロールといいますか、介入でしょうかね」

「医学の研究のほう、もう少し詳しく聞けませんか」

「そうですか。ご存知のα星人のHN（ヒューマノイド）2と3は女性ですが、クリルシティで創ったH・A（ヒューマン・アンドロイド）1、2、3、4（女性）、それにラプトル雌への人間の男性・遺伝子の段階的投与、ラプトルの雄への人間女性遺伝子の投与などによるキメラの創造、この世界への取り組みです。

最新の「該《がい》」コンピュータAIによる実証実験の入口は終わって、データを整理中です。明後日からクリルシティに行き、キメラを創っていきます」

「待って。キメラという二つの遺伝子を持つ、人の亜種をつくっていくのか——。それは神の領域への侵犯であり冒涜《ぼうとく》ではないかな」

ジョンはどうしようか。この六十五歳で医学部の現場から退《しりぞ》いた、それより若々しく見える名誉教授は、タイリーとリリーの父親で純粋な真っすぐの人であり、躊躇《ちゅうちょ》。

「J・J、思うことがあったら言って。父は、それで怒る人ではないわ」

タイリーが発言、リリーも頷いていた。

「先生、大変失礼ですが、先生は『神』を過小評価されています。（父が声を出そうとして）待って下さい。もう少し話をさせて下さい。

仮に神を百あるいは無限大の能力をもっとしますと、知れたる人類史の中で偉人といわれた釈迦・ゴーダマ・シッダルーダは、この宇宙のありようを説いた飛び抜けた人材ですが、八か九、モーゼ、キリストは六か七でしょう。

一般の平均的地球人は二か三、僕は四くらいでしょう。

かつてアベ・マリアは、連邦大統領就任の演説で地球人は『幼年期レベル』であり、『人は万物の霊長』という誤った概念を捨てるべきだと主張、僕もそう思います。

お母さんから出た自然との共生も、そこから出たもので、僕は『一切衆生悉有仏性《いっさいしゅじょうしつうぶっしょう》』、この地球上の全ての生物に仏性があると思っており、神は存在しますし、今申し上げたことを全て飲みこんでおり、こうした議論をしていることも認識していると思います。

神の領域を犯す――人はそんなにレベルは高くありません。人間のおごりと思います」

「J・Jの仏教の思想はわかった。しかし君はまるで神と出会い、教えられたような言い方をしているね」

「先生、これから申しあげること、キング連邦大統領ほか数人、十人以内の人しか知りません。僕もそのうちの一人ですが、これから二十一年後に、この地球に恐ろしいことが起きます。秘を誓っていただきたい。誓えない方は退席して下さい」

給仕の男女が慌てて退席――例の処置を四人の家族にして説明した。

「多元融合複合生命体、四十五億歳と名乗る『在りて在るもの』を僕の念写により、お見せしましょう。――……」

次にこの地球に侵攻してくる異星人は、――……」

全く知らなかったことで、四人とも呆然、暫く言葉もなく、タイリーが質問した。

「モーゼに十戒を与え、イエスを荒野で導いた存在・神は何故、自分の地球を助けないのですか」

「うーん、良い質問ですね。それはβ星人にも同じような存在(神)がいて、もっと階梯の高い、推定ですが、この天の川銀河の『存在』から禁止。つまり神々が直接この戦いに介入すること、『神々の戦い』を禁じているようです」

リリーが質問した。

「そのときの地球のリーダーはジョンなの。私たちにどうかかわれって言うの」

「これは答えにくいですね、特に後半は」

「あなたのこと大好きよ。正直に答えて」

「わかりました。ここの『存在』の関心は、その戦争の準備を間接的に支援することに向いています。地球人が敗ければ、人類はβ星人の食料にされ、この『存在』もまた格下に降ろされ、向こうの『存在』の支配下にされるはずです。

戦争は十年くらい続き、前後から十年余年、三十数年くらい、僕が地球連邦大統領として戦争の指揮をとり連邦憲法の一部を停止させます。

もう一つ、リリーのお腹にいる双子の父親は僕です。

タイリーさんともそれを望み、双子を出産、二人の母と四人の子が、お父さんとお母さんを担ぎつつ、次の北欧のリーダーになる予定で、僕は連邦政府を動かします。

先にも申し上げたように、この戦争に備え、僕は『千人の子をつくり、約一千兆クローナの資金づくり』を命ぜられています。その秘の母子が防衛戦の中核になり、独裁者と一部から批判される僕を助けてくれるはずです。正式に結婚することはできません。

リリーはわかってくれると思いますが、タイリーさんとは会ったばかりで、それを望むのは虫が良すぎますので遠慮しましょう」

タイリーが静かに、しかし思いつめたように、

「待ってジョン、勝手に決めつけないで私の意見も聞いて。形式的な妻など望まないけどＪ・Ｊの子を産み、育てて神の意志に従うわ」

長い話が終わり…両親は「親戚のところに用事を思い出した。明日まで帰らない」と告げ、三人のみとなった。

リリーがすぐ二階に駆け上がり、ジョンはなんとなく間が悪く、

「たしかこの近くに和風と北欧デザインのスパホテルがありましたね」

「ええ。全てバルト海に臨む二百室くらいのスパホテル。ここから歩いて十分くらいのところですよ」

「あと三人でご一緒し、ディナー予約とれます?」

「ええ、とってみます。午後七時三十分くらいでよいですか」

頷いていると、リリーが戻り、

「さあ、新婚さん、ベッドメイク終わり。ジョンは、姉によい子を仕込んでね」

タイリーが首筋まで真っ赤に色づいたので、陽気に、

「OK。あとで三人でスパホテルでディナーするからね」

タイリーに淫気を入れ、先に二階寝室へ行き、おずおずとついて来たタイリーを抱き寄せ、口を合わせ、また淫気。たまらず脱ぎだし、シャワーも使わないでベッドにもつれこみ、裸になり真っ白い肌を紅に染めた美しい身体を開かせ、互いに求め合い、絶頂。もう一回体位を変えて、下から整った顔が歓喜に染まり、ゆれる乳房を楽しみ、お互いに絶頂をまた迎え中に激しく放出し双つの精子を着床させた。

抱き合ったまま秘の夫婦で仲良くやることを誓い合い、シャワーを使った。

一階でリリーが待っており、また二階の別の寝室に入り、妊婦をいたわり交わった。

一階に二人で降りると、タイリーが寄り添い「良かったわ。二人を同じように愛してね」

そして父と母もそのスパホテルにチェックインしているのがわかり五人でディナーをすることになった。

ジョンは「少し待って」――外のF・Sから二つの紙袋を持って来て、オーディマ・ピケとピアジュの宝飾高級腕時計、それぞれに二百万USドル（二億円余）を「結婚祝金」としてプレゼントし喜ばせた。

両親とのディナーは和やかにはじまり、プレゼントの披露などもあり、海鮮の料理もよく盛り上がった。

両親はここに残し、ジョンがブラックカードを切り三人で自宅に帰り、少し寄り道。

バルト海岸砂浜沿い、使われていないような漁師小屋を発見。とりあえず自宅に帰ったが、三〜四分の距離。「これから神に会わせ洗礼を受ける」ことを信じさせ、抱き合い、小屋横に揺らぎ実態化。仰天させたが海の洗礼を受けた。

二人とも「自己の能力の低さを自覚」

二回目で二人とも、同じように、

「ジョンの秘の妻になり、子を四人ずつ産み、ジョンの大事業を母子で支援すべし」

であり、納得。ここに光の洗礼所をつくり、回数を重ねて階梯を上げていく支援をすることを伝えた。

〈ロンシャン競馬場の妻たち〉

深夜にケム川別荘にF・Sで帰り熟睡。午前三時三十分に起床、身支度をした。

ロンシャン競馬場の大改装・再オープン記念の競馬場には、必ずあの詐欺師グループが絡むはず。顔認識・人定はしっかりできているが、リーダーの三十歳の女（以下、女ボス）は強《したた》かな能力者。競馬場の運営、所要の人の配置、資金の流れと保管、セキュリティを掴み、今日の警備強化も知っているはず――僕が女ボスならどう動くか、立場を変え少し先の未来を観て、次のようなことが浮かんだ。

ａ．手品と同じ。注意を別のところにそらす

僕ならパリ二区の貧困地区から大男を日当で雇い――手配師を操るが、ここまで歩いては無理。レンタカーに四～六人乗せて、騒ぎを起こさせる

ｂ．四ヵ所の一Km、二Kmの監視装置を時間を図り故障させる

ｃ．職員に一人ないし二人、金を掴《つか》ませ手引きをする者をつくっておく。場長ではない。彼は捕まえようと動いており、ちがう職員がいる

そこで気づいたが、この三人は高額証明書の発行で場長への働きかけをしていない。それは確認済み。

ｄ．こいつらは競馬場の当たり馬券の操作ではなく、競馬場の稼ぎそのものの資金獲得が目当て。僕らよりスケールが大きく、余罪が山ほどあるはず

ｅ．まず、金で囲い込んだ職員を特定。次に多額現金をつみ逃走用の中、小型運送車（登録した現金輸送車がいいが、まさか…？）

一連のもの、まず騒ぎを起こす切り捨て可能な日当労働者が必要。三人のグループのうち、そこで離れて動く一人を確保すべき。

それに女ボスは、詐欺未遂では弱い、既遂さらに殺人罪にできないか。

マリアは、若いころ秘の妻に企画させて大阪の広域指定暴力団組長から裏金五百億円余を奪った奇想天外の方法――

あのとき主体で動いたのはマリアの後を継ぎ、医療法人の二代目理事長に就任した若い女性…ええっと、氏名がどうしても出てこない。どうしたのか、サヴァン症候群であるのに―おかしい（よし、これはちょっとおいといて、切り替え）。

そこから奇想天外な方法（？）を思いついた。

午前六時、身長を十センチ低く、そのぶん体重を増やし、顔を角張り大きく蟹股《がにまた》、五十歳くらいの男、それに合わせたジャケット、くたびれた靴にし、そして競馬場に飛んだ。

まだ暗く気づいた者はいないが、急ぎ足の蟹股で一周してみた。今のところ異常なし。

三十分後、パリ市二区の良く知っている裏通りの貧困者地帯、日雇いの手配師のいる小さな広場のところ、不法入国者らしい服装、風体の男たちが、集まりだした。

――ん、いた。詐欺師三人組の一人の三十歳くらいの男が時間を気にしていて、日当制七時間で五百フラン（約五万円）。仕事は、警備員の補助、ランチつき。

髪が整えられ、身長一メートル八十くらい、髭無しを選別。

数人を集め、何と競馬場警備車の内から、警備員の制服を取り出し、制服の合う五人を採用した。近づいて、この男を一瞬で制圧。探りまくり車内に「小型サブマシンガン」が六丁あり自分の言うことを聞くようにさせた。

人のいない裏通りでゆらぎ消え、ケム川別荘から、マーガの城にF・Sで移動した。

すぐ着いたが、あの制圧した男（仮に、三十男）は、マリコ・キリコの詐欺にも一部だが絡んでいた。弱い能力者で、日雇いの五人を何とか制圧していた。

マーガは言い含めたとおり、地味な中年おばさんの扮装で、何と古式リボルバー拳銃を持っていた。すぐ出発…フローリアの邸宅、庭についた。

フローリアの豪邸に驚いていたが、すぐ屋敷に入りハグ。フローリアも地味な、しかし値の張る服装をしていた。ジョンがこれまでのこと、心を開き二人に読ませ、三人と共通認識を持つようにし、早めの朝食を簡単にとった。

マリアは、競馬場の端で心を操られた五人の不法入国者が、サブマシンガンを使う可能性があり、間違うと大変。

「フローリア、パリ市警でしかるべき地位の人を知らない？」

「マリア…うんジョンか。本気で言ってるの？　クロエ・マイヨールが警部補のころ、あんたが引き立て、ここの警備もしてもらったわ、忘れたの」

「うーん。クロエ・ユキのモデル名の一部も使わせたよね、それで？」

「入院中に見舞いに来てくれて…何でか自分でもわからないけど、殴ってしまってね。彼女殴られるままで、反撃せずに涙を流していたわ」

「それで？」

「ええ、仕事一途。今ここ十六区の警察正の署長よ。三日前に『よくなった』って署長室に生花を持って挨拶してきたけど、とても喜んでくれたわ。マリアのことは何にも言わないので、言わないでいたわ」時計をみたが、まだ時間あり、

「思い出せない。ごめん、彼女、警察署に今いるね」

マリアの姿にかわり、ゆらぎ消えた。

フローリアの心に聞いた署長室のなか、二階の大会議室に大勢の警察官、署長が訓辞。

「…閣僚の長官二名の方々が」

後方に突然現れたマリア。言葉を失って仰天、よろめいた。

副署長に代わりを命じ「誰も来ないで」と命じ署長室に降りた。

署長室のドアを自ら空けたが、目の前にアベ・マリアがいて、「やはり生きていたのね」

抱き着いてシンパシーを入れハグ。ジョンは、クロエ・マイヨールのことが、ほとんど分かった。

「積もる話もあるけど、今はこの姿で」

ゆらぎ、ジョンになった。

「なんと、超人伯爵J・Jなの」

クロエは十八年余の歳月で、子育てと仕事を両立し厳しい顔つきになっていた。

「マイヨール署長…」

「待って。二人だけのときは、前と同じクロエで」

「わかったクロエ。今朝十時から、ロンシャン競馬場で再開場記念の祝典競馬があるよね。要人がくるんだね」

「ええ、長官が二人と言ってるけど、お忍びで大統領も来るのよ。ＳＰが三人の周りを固め、機動隊も出動。この署も警備体制にはいっていくわ、あなたは何で？」

「実は、世界的な詐欺師グループがかかわり、超能力者の女ボスが指揮、もう二人か三人もどこかにいるはずだけど、一人は見つけてある。彼らは不法入国者五人に警備員の服を着せて軽機銃五丁、指揮の三十男も一丁、こっちにむかっているよ」

「詐欺師三人がかかわるのは掴《つか》んでいたけど、そこまでか。しかし何のため」

「これは秘でね。フローリアこと、スーパーモデルの舞台名クロエ・ユキが、病のときにとり入り騙《だま》し、大金を詐取《さしゅ》した一派で、これを秘で取り返すのが目的」

「それでジョンの仲間は、フローリアとロンドンのマーガレット、いずれもワームができる超能力者なの」

ドアをノックする音。ジョンが頷き副署長以下、警備課長、刑事課長が入りこみジョンを見ていて気づいた者もいる。

「皆、中へ。ここにおられるのは英国人の超人伯爵といわれているＪ・ＪことジョンＪ・スチワード博士で、私の友人です。今日の警備で重要な情報を…」

促されフローリアのことを除き話した。

協議がなされ警備方針・体制は変えないが本庁に連絡。

しかし防弾チョッキ、拳銃携行の私服警備を十人、ほかに研修中の署長付女性警官二人を増やし、全員電磁波発生ピンを左胸のあたりに着用。三本もらいすぐ着用。

署長から「危険だが一網打尽にしたい。小物を先に検挙しない。私の命令に従って動くこと」が伝えられ、服に差す超小型警察用通信機・三機も借りた。

ジョンは、トイレを借り消え、フローリアの邸宅に実態化。今までのことを報告。ところがフローリアが、

「旧友の大統領が来るんなら、こんなみっともないのいや。モデルのクロエ・ユキででたい」

ジョンは、貴賓《きひん》席での情景を読み、観て。

「ＯＫ。ただし、このピンと通信機を使い、貴賓席の仕事とあることをしてもらいたい」

「ええ、それくらいするわよ」

少し早かったが、三人がゆっくり、女性は日傘をさしジョンが先導する形でブローニュの森、木立の影を散策し向かった。

競馬場の警備員、警察官がチラホラと見うけられたが、入口では招待券の掲示。左胸のピンと超小型警察無線機で通してもらい、休憩室で一息。

ジョンは、トイレで姿を変え、例の老人姿になり事務室に向かった。

二つのもので通過、ベンチに腰掛け、場長から課長クラス、忙しく準備していたが一人いた。現金の輸送責任者で、借金があり、二十万フラン（約四百万円）で、三人のいいなりになっており、警備体制も筒抜け。現金輸送車への積み込みの指揮をとっていた。

十一時、開門—あと二人がどうしても掴めないでいた。

貴賓席まで約八十メートル。フローリア、マーガたち招待客が案内され、シャンパンなどがふるまわれた。このとき裏口から三台の車。大統領とその夫人、内相、スポーツ相とその夫人、それにSPが入場し、すぐ貴賓席に案内。拍手で迎えられ乾杯…大統領は、その中でひと際目立つ、クロエ・ユキに気がつき自ら夫人と近寄り、内相が「ギクッ」とした反応で、スポーツ相夫妻の後に—おや？

内務大臣は、妻子もちなのに一人で来てクロエから見えないように隠れた。

気づかれないよう、ゆっくり小柄な身体の中身を見たが、女だ。それに小型の銃を持っている。それ以上は、気づかれて危ない。

大統領から少し離れるように二人に気を入れ、マイヨール署長に警察無線で連絡。

なんと事務室にいたので、そこに歩いて向かったが、もう一人の能力が低い詐欺師グループの女を発見、職員の制服を着ていた。

リーダーは身体つきの合う内相に化けており、内相と家族は十六区のアパルトメントの自宅で、早朝から仲間一人と臨時に雇った男二人に監禁されていた。

これから後のことを観た。内相が失脚すると、現場の署長も警備責任を問われ危ない。

第一レースが始まった。三人ともパス。しかし結果は読んだとおり。

ジョンの姿に変わり、近くにいて仰天し気づいた男女二人の今の記憶を削った。

監視カメラは機能していない。ゆっくり歩いてマイヨール署長のもと、小部屋をとってもらったが、私服の若い女性警察官二人がついており入口で警戒。

貴賓席のこと、内相家族・人質のこと、ここの女性職員のこと。報告し協議。

「クロエ、あんたは人を殺したことある？　それに内相のことわかる？」

「私、正当防衛でなら一人あるわ。内相は、フランス外人部隊の元・司令官で小柄だけど修羅場くぐってるわ」

「わかった、拳銃つかうかもよ。殺さなくていいから、その時はためらわずに撃って」

「ねえ、人質救援部隊に内相宅のこと、署長付に命じ知らせ、出動させていい」

「うーん、十分後にして。リーダーと現場のあいつらの連絡方法がわからないのよ」

〈第二レースの受付〉

マーガとフローリアに三連単七・五・三を十万フランで買うよう指示。

制服を着た偽女性職員にキリッとした私服美女の女性警察官が二人つき警戒―そこを離れ貴賓席トイレに飛び、ジョンの服装を確認した後で中に入り、二人の警察官と話し合ったが、気は偽内相にむけていた。

ゴール直前の出歩馬の激しい競り合いもあり、三次元画像でもここからは不明…少ししてレースの結果が出た。

単勝は七、複勝は七と五であり二人が固唾《かたず》をのみ三連勝（単）は、七・五・三で配当率五十倍、約五億フランの配当で、手取り約三億フランとなり飛び上がって喜んだ。

大統領、スポーツ相も驚いてその馬券を確認していたが、偽内相は離れて苦々しく「どうして金持ちばかり、金がいく」と思っていて、ガードが下がった。

わかった。超小型通信機を膣内に隠していた。そこで陰口を中心に淫気を入れ強くし、どうにも悶《もだ》え、扮装が破れそうになり、心のガードを下げたままトイレに駆け込んだ。

そして全ての隠し財産（マリコ・キリコの他、二十数件）の三ヵ所の隠し場所の所在、暗証番号を掴み、体内に残した通信機を念気で壊してジョンの操り人形にした。

「体調が悪い」。トイレから出てＳＰに発言させ、休憩室で休ませた。


サンドイッチなどが出たが、フローリアが自分のおごりで高級赤ワイン「シャトー・ラトゥール」五本を空けさせた。

「署長に連絡して。ただし無理して突入すると入口に爆弾の仕掛けがあり、主犯の男が軽機を持ち、そいつを含め犯人は三人」——署長付きの二人が動いた。

第三レース、マーガとフローリアに複勝、三と一を一万フランで買う指示。

食事タイムが続き、第三レースの開始。色鮮やかな競争馬が団子状態のままゴール。

トイレに行き、内相宅の入口の玄関に実態化。

驚いている雇われ男二人の記憶を削り、へたりこませ、リーダーが来たが拘束―このままでは面白くない―奥の寝室にいた内相夫人、十八歳の前妻との美人の娘がジーッと見ていて笑いかけ、ハッとしたが、無意識に笑顔を返して十歳の息子と八歳の娘の拘束をとき、書斎から実弾入りピストルを見つけ、内相に持たせた。

ドア付近に機動隊の気配、爆弾の信管を抜き解除。

さて—ここのリーダーの拘束をとき、玄関のドアに軽機を撃たせ、数発が雇われ者の二人に当たり、外の警官隊小隊長にブルーノ内相の声で「爆弾解除、突入」を命じドアが動かされ始めたが二人が倒れており…

リーダーが、軽機で撃ち出し、家族を厚い納戸に隠した内相がピストルで立ち向かい、内相が一発撃ったとき、警官がなだれ込み、そのタイミングに合わせ頭を撃ち抜いた。


ジョンは、その前に貴賓席のトイレに実態化。すぐ服装をチェックして外に、マーガとフローリアは第三レースが二と五ではずれ呆然。しかしジョンの笑顔で納得。

すぐ大統領、スポーツ相たちを、SPをふくめてフローリアに隔離させ、休憩室の前でSPとともに少し待った。内相らしい男の服装をした中年女が、拳銃を持って出てきて、そこへマイヨール署長が二人の付き警察官と飛び込んできて状況を把握。

大統領たちの真ん中で拳銃を構えたが、その女は目の前の制服女に一発撃ち、頭をかすめたクロエが左胸を撃って倒し、秘かに病院に搬送した。

すぐ二人の要人たちを裏門から出るようにSP、あの付き警察官二人で囲ませ、退場させ、フローリアとマーガが他の客を念気で鎮め、いずれも完全密閉の部屋で起きた事件で、レースは続けて行われていた。
第四レース四連単で、四・五・一・三を十万フランでジョンが老人になり購入。
結果は、そのとおりで七百倍、七億フラン―手取り四・二億フラン（約八十億円）
監視カメラは十分前から故障。ジョンは老女に化けたマーガとともに場長の許可証を示し換金させ、四つの大布袋につめこみ、かねてみつけておいた資材置場に置き、マーガに見張らせそれを抱きしめてフローリアの屋敷・J・J用の寝室Aに置き往復して収納し、うち二千万フランは例の公益財団法人の基金としてこの後、拠出した。

日雇いの五人を乗せた偽現金輸送車は、輸送車置場に十時すぎから駐車、指示がこなくランチを食べ、騒ぎどころでなくダレきっていた。

しかし隣の輸送車に現金が大型スチールバックで積み込まれだした。詐欺グループに買収されていた輸送責任者が車を入れ替え、偽輸送車の五人が軽機銃を持って出て、そこに積み込みが始まり女サブリーダーが五人を散開させ警戒させた。

ジョンはマーガとともにその近くに実態化。積み込みが終わった輸送車の隙間に人速の五倍で回り込み、大型バック二個（約二億フラン）、念気を入れて軽くし抱きかかえ、フローリアの寝室Aに収納し、また例の輸送車から少し離れた場所に実態化。マーガが近寄ってきたが、仰天している男女の今の記憶を削った。

そして貴賓室が一段落した。マイヨール署長をここへ呼び…暫くマーガとともに待ち、ある指示を出した。

サブリーダーの女が来て、偽輸送車の運転手の若い男と何か打ち合わせ。リーダーと連絡とれないが、あと少しだ。このまま続行。

ジョンは木陰に隠れ少し後のことを見て、ここへサイレンを鳴らさずに消防車の派遣を署長名で要請。そこに例の私服の女性警官二人とマイヨール署長が、ほぼ同じに到着し、報告を求めた…「あの輸送車二台ごと奪うつもり」と説明。

さあ、どうするか。ジョンは、マイヨール署長の力量を見てみようと思ったが、それがわかったの か—まず場長を目立たぬようここに呼び出し、私服の二人の女性警官に秘かに出口を見張らせ「強行して逃げようとしたときは撃て」と命令。

次に私服になって散らばっている警察官に秘かに集合を命じ、空いた時間、パリ警視庁警備課長（警視長）に状況を報告…

終わったころ、場長が到着したので現状を見ながら説明。場長は、

「二万人くらいの客がいて、レースが進行中、撃ち合いだけは止めて欲しい」

だが積み込みを強盗団のために指揮する部下（輸送責任者）の姿に怒っていた。

十人の私服が、大勢の機動隊を後方に従え到着。

機動隊長を呼び、この現況を説明、レースの中止はできない。

ほぼ積み終わったころ、やっと本番の出番がきたマーガが、やつれた姿の老女のまま、その輸送車によろよろと近づき、日当を渡すのを見ており「わしにもくれ」、七人が固まったように見え「今だ」マーガが気で発信——

マイヨールが秘かに受け、自分が先頭に立って一斉に突っ込み、一発の銃声もなく、入り混じった警察官に取り押さえられた。

しかし、サブリーダーは能力者。なんとかそれを車の下からくぐり抜けそこでフリーズさせようと念気を発して、中古で弱くなっていたブレーキオイル菅を傷つけたが、気づかず運転席へ、エンジンをかけたときに引火。

警官隊が火を見て引いたとき、消防車が静かに到着。中の印刷物（大型バックが熱で破裂）、紙幣に燃え移り消化が手間取ったが、何とか消し止めた。

サブリーダーは、運転席から引き摺《ず》り出されたが、ショックと大きな火傷。

マイヨール署長の命令で私服を外側にした警察官の人垣をつくり外から見えなくし、騒ぎは起きなかった。

そこへ本庁の警備部長・警備課長が到着。車の燃えカスの臭いはしたものの、騒ぎもなくレースが進行し「よくやった」。大統領、スポーツ省長官らの無事が伝えられた。

フローリアとジョンは、ゆっくり歩いて帰ったが、「この現場での行為は全てクロエ・マイヨール署長の手柄で、僕のことは最小にして話さない方が良い」を言い残していた。

二人の娘とブルーチーム

ジョンは、フローリアの邸宅で一人になり、この後のことを考え関係者の少し後のことも観たり、確認したりした。

a．七億フランの四連単の賞金は税引きで四・二億フラン、ここにある。現金輸送車半分が炎上する前に、ここに運んだ大型スチールバック二個で二億フランあるはずだが数える気がしなく、しばらくここに置き—後で

b．三連単「七・五・三」のそれぞれの振込みによる賞金の税引き手取り三億フランは、二人へのボーナス（既に伝達し喜ばせた）

c．詐欺による二十数件の不法蓄積した金額は不明だが、三ヵ所の場所はわかっている—後の楽しみとした

d．主犯の（実は）三十八歳の超能力・女ボスは警察病院の救急病棟（E・R）に搬送されたが生死不明。競馬場の貴賓室でJ・Jたちをしっかりみており、生命が続けば敵になる。フローリア、マーガ、若い妻たちも危ない—すぐ決断し、念気で処置した

e．クロエ・マイヨールと再構築。ポジションを上げさせ、説明のできる資産取得をさせ、フランス

における官僚組織をブルーチームとともに掌握

f．人質から「自力で脱した」、アラン・ブルーノ内相をとりこみ、あの娘のこっちに向けた笑顔を解明すべき―eとfが残り、eから始めた

クロエの住居は、彼女の頭の中から聞いたが、パリ市十六区。何とアベ・マリアが与えていたアパルトメント七階の三ＬＤＫに十八歳の娘（双子の長女と次女・二十四歳は別居）と住んでいたが、二寝室でやや狭い。あのボブスＣＥＯの別邸の近く。

思い出して気で検索「待っているわ」。返事までもらい、すぐ実態化し、隣の十八歳の三女（？）の部屋、友達が来ているようで、念のため結界を張った。

クロエはシャワーを使い寝間着。すぐに言葉もなく抱きあい（ん、あることに気づいたが）十六年ぶりの秘の夫婦として交歓し、お互いに満足を与えあい、抱きあったまま、心を開いた。

「うーん、やっぱり貴方が関与したのね」

「待って。あの三人でない四人組の仕掛けに乗っただけよ。誤解しないで」

「わかった―ことにするわ。貴方に…わかったと思うけど、私は再婚していたのよ」

「うん。旦那さんは同僚で、テロに立ち向かい殉死か、つらかったね」

「ありがとう。そこで娘が一人できて、隣の部屋にいるわ、Ｊ・Ｊのファンよ。貴方との双子の娘も大学を出てキャリアの警察官・警部補よ。今日、会ってるはず」

「えっ、あの二人連れ私服の女性警察官か、目立ってたね。で、どこの部署に」

「今、本部付きで研修中。官舎に二人でいるわ、引き立ててやって」

「勿論、会いたいね…ただ、ここ狭いね。変なこと聞くけど、元旦那さん、殉職じゃ保険金とか慰労金かなり出たんじゃない」

「ええ、出たわ…」

「あっ、言わなくていい、今わかった。三女は、姉たちと同じ科学系（S）のバカロレア受かって三女のグランゼコール国立行政学院の教育資金などか」

「ええ、三人娘がいるとね」

「クロエ、少し前にロンドンで事件があり、ボブスって男、拳銃自殺したけど、この近く、セーヌ川沿いにコンドミニアム・六ＬＤＫを四つ持っており、そこ安く売れるけど買わない」

「へえ、ここの二倍の広さか。あれで買えるの」

「うん。本当はタダでもいいけど、近頃は公務員の資金、うるさいからね」

「そんなこと言って、持ち主は誰なの」

「目の前にいるよ。僕」

驚かせたが、まだ午後十時前。歩いて行けるところで、見に行くことになり、クロエがすぐ支度し、隣の部屋をノック。

「ちょっと出かけるから、あまり遅くならないようにね」

「はーい」…勢いよくドアが空き、Ｊ・Ｊを見つけて呆然。

「どうしたの」また友人がＪ・Ｊを見て「あら、Ｊ・Ｊだ」。それで同じような娘三人がドアのところに「ヒャー」抱き着いて来た。

「ちょっと、離れなさい」

クロエが貫録で少し空間ができ、

「僕、ジョン・スチワード、J・Jとも呼ばれていますけど、お母さんの友人で事件の打ち合わせにね…」

「へーえ、こんな時間に、個人の家に…下手な言い訳！」

図星であり、五人の娘をフリーズし固まらせた。クロエは驚いていたが、この娘が三女のヘレン、二番目の娘がブルーノ内相の長女のアイレス、次の娘がここの税務署長の娘ジェーン、あと二人は公務員の娘、であった。

五人の娘たちに触れないよう中に飛んだが、何とJ・Jの写真だらけ。あの「ラプトルとの闘い」の写真も五枚あり、綺麗に頭文字が、H・I・J・K（キャッシー）・L（リッキー）――KとLの二人の名前は心の中で聞いたが並んでおり、「存在」の関与を知った。

その五枚の写真、それぞれに娘たちの名前を書き、日付を入れないでサインし、クロエに例のアパルトメントは後日の気を入れ、自室に戻らせ消えようとしたが、誰かに「駄目」。腕を掴まれた。アイレス・ブルーノが笑みを浮かべて、続いてヘレン・マイヨールも腕を絡ませてきた。二人がすぐサイン入りの写真を見つけ、同じように、

「J・Jってやっぱり良い人ね。恋人にして。何でも言うこと聞くから」

ジョンは弱ったぞ、こんなところで…他の三人の娘のフリーズをとき、呆然としている三人に「僕の言うことなんでも聞くって、嫌だよね」

アイレスとヘレンが、指揮して(?)五人が「嫌じゃないよ」ハモるように応えた。

さて、どうすべきか。五人とも優秀で処女。

「じゃあ、僕の前で裸になって」

「えっ」思念が乱れ飛んだが、二人がサマーベストのボタンを外し始め、三人も、

「おい、よせよせよ、ジョーク!」フリーズしたが、二人には効かない。

よおし、あれだ。二人にバスタオルを六枚探させ念気を強くし、さらに強くし…五人にしっかり抱き着かせ、一体化し、ゆらぎ消えた。

フローリアの心から聞いていたカレーの海岸の白砂の浜に実態化—五人とも仰天。しかし「これって、ワームだ」はしゃぎまわっており、フレンドリーの気を入れ鎮めた。

「これから神と交流し、洗礼を受ける。さあ全部脱いで」。ジョンが脱ぎ、あの二人、それに三人も脱ぎ、はち切れんばかりの五人の乙女の白く輝く裸体を、ゴッホの星月夜を柔らかくしたような月と星明りの下にさらし、「僕を信じて」手を繋ぎ、海に入った。

少し奥へ、海中に入り、呼吸ができる不思議な体験。

海上二メートルくらいに現れた鈍い光の玉から、光の粉を浴び痛くない。

五人ともはしゃぎまわっていたのが嘘のように、全裸にバスタオルを引っかけ座り込んで「私は、バカロレア・Sに受かり優秀と思っていたけど、何と低能でレベルが低いのか」であった。ジョンが神との交流するこの仕組みを説明、二回目の海に入った。

その結果は、五人とも次のようであった。

「バカロレア・Sを上位合格、グランゼコール教育機関（CPGE）も上位で修了し、それぞれ自由に。J・Jの秘の妻として四人の子を産み、J・Jの大事業を支援すべし」

五人とも納得、喜んでいて、とりあえず身体を拭き着衣―そのときジョンにクロエから緊急の気が入り五人と固まり、元の部屋に実態化、着衣を整えさせた。

その間約三十分であったが、ドアがノックされた。

ドアの外にブルーノ内務大臣が、私服・固い表情で立っていた。

ブルーノ内務大臣は、今日の事件で人質になったが、主犯の射殺により事件を収め、特別検察官による監察を何とかクリア、ことなきをえて遅く帰宅した。

自慢の優秀な娘が外出、午後十一時になっても帰らないので妻と協議し「マイヨール宅だな」とあたりをつけ、通信、信頼するクロエは在室、娘を迎えに行くことにした。

十年前の「あの生死を分けた事件」のことは忘れていないが、十分余歩いていくなかで鮮明に思い出して、固い表情をつくっていた。

クロエはきちんとした対応、お茶を勧められたが断わり「私も遅いから帰りなさい」って言ったのですが。娘のいる隣の部屋をノック。

若い男、なんとJ・Jがいて「はっ」として、キーマンは、やはりこの男か…悟られないよう大きく開かれた狭い部屋に四人の娘とアイレスもいて、異常なし。

すぐ帰宅を命じ、ジョンに「君は残って」クロエが察し、それぞれ四人の娘を送っていくことになり、クロエの部屋を使わせてもらうことになった。


ジョンはブルーノがアイレスに帰宅を命じ、自分は残るよう言われたとき、シンパシーの気を入れ、この小柄な引き締まった体つきの切れ者の心を探って驚いた。

慎重に対応、こっち側につけるよう、まずヘレンにお茶を入れさせ、クロエの部屋に移る僅かの時間に、「あの時のこと」を思い出させた。ブルーノの表情が崩れ、

「J・Jと言っていいかな。ワシのことは親しい友人はブルと呼んでるけど」

「いやあ、それでは、ブルドックにはとても似てませんが、ブルと呼ばせて下さい」

さらに笑顔になり、

「あのとき、J・Jがいたんだね」

「ええ。僕の友人があのグループに痛い目にあわされ、追っていたもので」

「で、ここへは、娘たちもいたよね」

「マイヨール署長に、あのグループの情報を署で渡し、お嬢さんの進路の相談もされ、明日からクリルシティに研究でいきますので、ここしか時間がとれなくて」

「それで、何と…」

「僕がいるケンブリッジに進学しようかな、もありました。僕はバカロレア・Sをとっておられるので、グランゼコールから国家行政学院をすすめ、いろいろ議論がありました」

「そうか。それは有難い」

「ただ、ご承知のとおり、しっかり勉強しないと、この制度は厳しく、落ちこぼれになりかねないこと。しかしブルのお嬢さん、何か特殊な能力をお持ちと感じました」

「そうですか。あれは―これからのことの秘を」ジョンが頷いた。


「あれは十二年前の今日だ。ワシはフランス領・北アフリカのある国の混成連隊、一般に外人部隊といわれているが司令官に就任したばかり。反政府活動家がテロ化していて、油断はしてなかったが、連隊の本隊が偽情報で出兵した後、連隊本部の現地人兵の小隊が裏切り、ワシの家を包囲し、武器を捨て出てこいと脅しにかかった。

こちらは大尉の副官と従兵三名、ワシを入れて五名だった。

妻と娘・六歳だったが、捕虜になった場合の惨《むご》い処置を知っており、戦うことにし、従兵の一人を本隊に呼び戻させるよう秘かに退去させ、妻も銃をとり撃ち合いになった。

銃弾がいきかった…大尉と従兵が撃たれ、妻も頭を撃たれ即死。従兵一人と負傷したワシだけになり、敵はまだ二十数人くらいいて、「これまで」。隠れさせていた六歳のアイレスを殺し、ワシも自決しようとアイレスを納戸の奥から出し、銃をかまえた。

娘が「神さまが助けてくれる」。銃声が、どういうわけか消えた静謐《せいひつ》のなか、五メートル後ろに鈍い光の玉を指さしていた。そしてワシの頭の中に直接、言葉が響いた。

──「在りて在るもの。この地球の主で、お前たちを助けてもよいが、条件がある」

ワシは娘だけでもと思い、言葉に出した。

「どんな条件でも飲みます。ワシはいい。娘だけでも助けて下さい」また言葉が響き、

──その思い善と認め条件をゆるめる。十二年後の今日、ある男が現れる。アイレスを差し出せ。汝が素直にそれに従う場合、その男が汝の心に思っていることを実現させる。

予告もなく、フッと消えたが、アイレスも、そのことを聞いていたようだった。

静謐《せいひつ》が破れたとき、大音響の進撃音が鳴り、本隊が戻り、敵は十五人の死体と二人の負傷者を残し逃げたので追い打ちを命じた。その負傷者が反乱軍の首謀者とその副官──これで戦況が変わりワシの出世の元になった」

ジョンは「存在」が、そこまでね…と心の中で秘かに思っていたが、

「そこで現れたのが、僕だったのですね」

「そう。その前にワシの頭に常にあの約束が残り、娘も同じで、今日は『風邪をひいて』家に籠《こも》り、競馬はパス。早朝にあの女がワシに化けて来たときは、訳がわからなくなり、対応が遅れ油断した。しかし、J・Jがフォローしてくれ『ある男』がJ・Jであり、『心に思っていること』を実現させてくれるのか、と思い直した」

「そうですか。僕が思っている夢は地球連邦大統領で、あの存在から『千人の子づくりと約十兆フ

ランづくり』を課題とされています」

「スケールが大きいね—もっと話し合おう」

「ええ、もっと話し合いが必要ですね。お嬢さんの意思も確かめるべきですし。ところでブルの夢は」

「J・Jに比べれば小さいよ。European Union、EU大統領」

—えっ、EUって欧州連合…つくろうかって話があったのは知っているが—呆然とした。どこかで世界…次元が変わったのか、こんなEUって統合組織、今住んでいるこの次元ではない。

ジョンが考え込んだので—後日となり（秘）の通信番号を交換。フローリアの邸宅に飛びF・Sでケム川別荘で就寝しようとした。

［第五章］J・Jの進化・発展

「存在」との交流（多層次元の修正）

時間は午後十二時四十五分。久しぶりに自分のベッドに一人で就寝しようとしたとき、ベッドサイドに置いた腕輪通信機の秘の番号が鳴った。

こんな時間に！　と思いつつ発信者を見た。クリルシティのアベ・マリア記念病院の院長（秘の妻）斉藤美和子であり、すぐ受信ＯＫで音声を大に。美和子の大きな声。

「起きていた？　そっちは真夜中だよね。今日は何時ごろ来れるの」

「うーん、そっちの午後三時半くらい。例の研究者二人、患者は問診くらいで終わらせて、あとミミ（首相）もふくめて六～七人でディナーってのはどうかな」

「わかった。ミミさんは急でわかんないけど、和式でいいよね。一人加えてもらいたい人がいるんだけど」

「へえ、君が言うんじゃ〇Ｋだけど、誰かな」

「サプライズよ。久しぶりにマリアの声聞きたいって。変わるね」

「もしもし、和美です」

「カズミって、どこの娘だったかな？」

「いやあね。アベ・カズミ、あなたの妻じゃない」

「えっー」これが始まりだった。

わずかに聞こえる風の音が止み、無音。異次元か、部屋ごと変化したようだった。ジョンは、マリアの姿に変わり―「存在」出なさい、出なさい。だんだん鋭くなってきた。五メートル先、ふきぬけの高い天井の下、三メートルくらい上に鈍い光の玉がゆっくり回りながら出現。

――マリア、ついにこの時が来たな。じっくり話し合おう。己を名乗るとき、人の言語で表現できないが、強いて近い言葉を探すと「多元融合複合生命体」と名乗った。

この生命体（存在）は、多層・多次元の階梯の高い生命の融合したもののなのじゃ。雌雄哺乳二足の短命人のように、その次元にしばられるものではなく、「存在」には人のような死はない。ただ、汝が予測したように、他の惑星系との争いに、直接・非関与が課されており、結果は少し異なるがポジションが変わることもありうる。

「存在」は、汝らの年代で七千万年ほど前から、これに対応するため、新たにさまざまな手を打ち、何千・何百世代を重ね進化を促し、そこで失敗を教訓に、ある民族を離散させ滅ぼしたりして、一人の人間にいきつくようにした。その結果がマリア・アベである。

汝は過去世の先祖から受け継いだDNA、優れた資質を開花させたが、この「存在」がコントロールできない「何か」を持つようになった。

汝に恐怖という心因はないが、どういうわけか身内に加えられる危害への復讐は凄まじいものがあり、「**復讐するは我にあり**」を嬉々として実行していった。

一つ、その例。今は異次元にしてあるものを示そう。

マリアは、その次元ではハーバードで勉強し、あの証明書のとおり処女懐胎した。産まれた長男は、この「存在」が望んだように極めて優秀で、若くして七つの博士号をとりながら宗教家になり、「光の聖者」と呼ばれスター・クライスト教団を創設。マリアと違うかたちで人の階梯を上げていったが、三十三歳のとき刺殺された。

この犯人は、マリアがハーバードを出て病院勤務しているとき暴力団と揉《も》め、マリアは頬を短刀で切られ「スカーフェイスのマリア」とも言われたが、その男だった。

汝はバンパイヤが支援したと考え、その男を殺し、世界中で日本刀により、彼らを狩りあげ「血のマリア」といわれる殺人鬼に近くなった。


もう一つの例、これから会う「アベ・カズミ」のこと。

ジョンの時代、キメラの研究成果の発表で、宗教原理主義者と揉め、カズミの「人のカス」呼ばわりもあり、彼らのテロリストに殺された。

ジョンは、後に「悪逆王」といわれたが、その国に宣戦布告。何と三千万人余の国民を退去。少しでも逆らう者や原理主義者を殺しまくった。

あの侵略防衛戦の前にじゃぞ。ただし、カズミは単に一つの言葉だけのことでもあり、マリアとの話し合いの結果により変えうるが、保護し生かしていた。

「うーん、思い出してきた。ただ、スター・クライストはどうしたの」

――最初に言って類推できるはずじゃが、この「存在」と融合、一部を構成している。

「それであれば、スター・クライストのいない世界を容認しますので、会わせて下さい」

―今は、見習いでもない！言葉がない、ダメじゃ。これがうまく収まったら考えよう。

「わかったわ、カズミはこのまま生かして下さい。彼女は彼らと揉めさせませんし、私の影になって私を守っていき、超能力者たちを纏めていくはずです」

―わかった、検討する。

「あの医療法人の二代目・理事長にした（妻）のひとり吉村淑子《よしむらしょうこ》が、この世界にいませんが、どうしてですか」

「彼女は二代目・理事長としては良くやったが、病院近くの多摩中央の公園化に膨大な無駄な投資をし、あの侵略戦争の戦費を食い、防衛戦の遂行を一時、難しくした」

「なんということか。あれは地球連邦の大統領であった私、それにジョンが命じたもの。人が宇宙に出て行くとき、あそこの地下・公益財団化した記念館にDNAを保存、後に実態化。地球とのつながりの記念となる三次元動画化したもの。全ての人の中で傑出した功績を残した偉人・英雄の心のよりどころにするものよ。戦費なんか使わないで私が出してもよい。淑子をこの世界に戻して」

―うーん、わかった検討する。

「この世界にEUがない。どうしてですか」

—これは「存在」のなかでも意見が割れたが、この世界にはＥＵ（欧州連合）はない。参加国の集合・離散。例えば英国は脱退するか、非加盟になり統一がとれないはず。それに、地球連邦と屋上、屋を重ねることになりかねないことによる。

「ブルーノのことは、「存在」が仕組んだはずです。彼は海外・司令官のときからＥＵ大統領を目標にしており、「存在」は、それを削っていないわ。ＥＵのある世界に戻して」

—うーん、これは難しいぞ。

「待って。「存在」は、次元構造の変化を選択することで、仮に十年かかることも、この世界では多層次元の時間の選択により、一日か二日くらいですむはずですね」

—それは、そうじゃが、検討する。

「マーガの城でシェイクスピアの本を読んでいたときに思い出した。文学者の二人の（妻）神山由衣とシルビーナ・マルリオーネが私の紹介でここで研究。後でノーベル文学賞をとったはずだけど、いない。何故、削ったのですか」

—文学の領域など、マリアの大事業に必要ない。無駄なことと思ったが…わかった、検討する。

「フローリアのところで思い出したけど、アメリカに私の部下、後にナタリーの指揮下にしたタチアナとマーシャという姉妹がいたはず。どうして削ったの」

—わかった、検討する。

「アベ・マリア（Ａ・Ｍ）記念大学は、クリルのほか、東京、それにマニラなどがあったはずだけど、どうして削ったの」

—これは、どうしてだろう。検討する。

「色々細かいことばかりかもしれないけど、『検討』して下さい。ただし小役人的な処置の聞き流しは止めて下さいね。

最後に二つあります。一つ、私は「存在」に命じられて、あの戦争に備え、子づくりと資金集めを必死にしたと自信をもって言える。そこに『私益はない』。あの集めた多額のフラン・マルクは、仮にEUをつくるとすれば無価値。USドルかユーロに交換して下さい」

—あの詐欺師たちが、三ヵ所に隠しているものか？

「ええ、そうです。「存在」自ら手を下しませんね。異次元を使い、人を動かすだけでしょう。その資金を多摩中央の公園・地下の記念館づくりにあててもよいし、お願いします。

—わかった、検討する。

二つ、私はある時—英国に移ってから、あのα星人と交信ができなくなっているわ。そこで異次元または「存在」が何か不都合が生じたのか、「存在」が邪魔しているのですか」

—英国に移ったとき次元を変えたが、α星人からは通信が来ている、汝にわたそう。邪魔をしたわけではない。こちらからも一つある。女・娘たちを戻すにしても全く同じ年齢と経験を持たせることは難しい。多分、若くなっていると思うが良いか。

「ええ、わかりました」

ふっと光の玉が消えた。

風の音が聞こえるようになり――少し後、玄関前に「ズシン」という音。

あのα星人からの真円の玉があり、「存在」がすぐ対応し、時計を見たが十二時。十分しかたって
おらず、あの四億二千万と二億フランはＵＳドルに変えられていたのに気づいた。

真円球に手間取ったことを思い出し、居間に運び込み、ベッドに駆け込み寝た。

クリルシティにて

午前三時過ぎに目覚め、身支度をして、小さな荷物・高級ワイン十本、それにあの真円球をＦ・Ｓに積み込み、ステニー、ロージィを乗せ、フローリアの邸宅に。彼女は大きな荷に「クロエ・ユキ」の扮装をし、それぞれ紹介し合った。

十分もたたずクリルシティのアベ・マリア記念病院の駐機場に到着。

月曜日、午後三時三十分。

初めてここに来た三人は、防御ドームに囲まれ北国の太陽光が微密に虹のようになって変化する光景にしばらく見惚れた。

斉藤院長、なんと阿部和美が出迎えてくれ、Ｊ・Ｊをジーッと見ていて抱きつきハグを繰り返し、秘の妻・和美（三十七歳だった）のことがほぼわかった。

子供は二人いる。一郎（十五歳）と真美（十三歳）で、ここの斉藤院長が母子ともに保護していた。

「一郎と真美、明日にでも会わせて。院長には、お世話をかけっぱなしだね」

「存在」は約束を守ってくれている。在るがまま―マリアとして受け入れようと思った。

とりあえず、用意されていた別室で院長に会った。

そこにナタリーと徳子、眞亜がいて「ここへ来るのがわかって」であったが、お互いに紹介しあった。薫り高い、渋い甘味の残る緑茶を味わったが、長身のクロエ・ユキが異彩。

ナタリーが心の中で、

―ここにいる妻たち、私もそうだけどマリアっていうかジョン好みね。細身でおっぱい小さいけど形が良い。フローリアは違うけど―

ジョンが苦笑い。しかし、フローリアは静かに怒って、三人が不味《まず》いと思ったが立ち上がり、

「何、私だけジョンに合わない？　ブスだって」

ナタリーを指差して、空気が震えた。ジョンはすぐ立ち上がり対応。

「ユキ、違うって、君が凄いって思ってるんだよ。僕も大好きだよ」

ナタリーも立ち上がり頭を下げ、

「ご免なさい。違うの、スーパーモデルのクロエ・ユキさんを身近に見て、私たちと違う姿かたちと。さあ心を開くから見て」

少ししてフローリアが腰をおろし、小さくなり、小さな声で、

「ご免。軍の偉い人が、若い時に私のファンだったのね、許してね」

「ええ、いいわよ。でも今も若いよ。年齢を聞かれたら成人（式）は終わってますって答えてるので、念のためね」

出席者から成人の終わりか、嘘じゃない、違わないね、など打ち解けた雰囲気になった。

斉藤院長が、フローリアを促し検査・問診へ—「パーティには出席するよ」。言い残し退席。その間にナタリーから、ブラジル基地の中尉が明日、来訪すること。

接待Ｈ・Ａから二泊する賓客用の、低層ＨＯＴＥＬ・部屋の割り当てがあった

ジョン、ステニー、ロージィが最上階の四階。一泊のナタリー、徳子、眞亜が下の階、少し遅れて参加するれい子・クロダがロージィの隣であった。

ステニーとロージィの観光は時間がなく後ほどとし、ジョンが自分の四階特別室Ａの小会議室に六人を招集。ふっと思い和美も加えた。

接待Ｈ・Ａにコーヒーを出させているとき、れい子が「遅れて、ご免」と言いながら出席。次の三点を検討することにした。

イ．ロンドンの連邦軍士官学校の件

開設準備設置委員会のこと。そこで明らかにする課題、当初予算、運営予算、教学の内容など、㊙のジョン私案を示し検討

ロ．ラプトルの件

移送すること。人の男女のＤＮＡ、ラプトル雄雌代替の処置のＤＮＡ採取、科学者チームはその交配・データ化、徳子が担当官として係ること

ハ．今日、α星人から真円球の通信受領した件

ここの「該」コンピュータＡＩにかけるが、どうも宇宙船自体のことらしい

この会議室は異様なものだった。ジョンが少し言葉で発言。黙って心の中で、分かりやすく、しかし素早く開示（和美が心配だったが理解しており、かえって三百四十回ありと返信が来た）参加者を驚かせたが、百回を超えたくらいの徳子と眞亜が必死だった。和美からは真円球の情報の解読に、長男・一郎を加えることを要請され了承。

ジョンの心で開示された内容をナタリー、れい子と和美が主に説明し、ステニーとロージィが補足する発言にしてすすめられ一時間で終わった。

徳子と眞亜は、自分の実力不足…しかしジョンが頷いておりホッとしていた。

ここでジョンは思いがけない発言。

「徳子、今日は西暦で何年何月何日かな」「え？」ジョンの目は真剣であり、

「西暦だと二千七十五年、皇紀は三千二十一年七月八日だけど、あなたがマリア大統領として提唱し決めた宇宙歴だと、まだ三十八年ですよ。これが何か」

「いや、ちょっとね、混乱して」…ジョンは、次元を変えられたので少し辻褄が合わない。しかし黙っていた。

そして会場がクリルシティ内の和風高級料亭「みずおち」午後七時三十分からと示され、この後を読み、最善選択―徳子と眞亜に「あること」を依頼。

驚かせたが了承。二人はすぐ退室し、ちょうど問診・検診が終わり患者・控室にいたフローリア

にそのこと、わかりやすいイメージで送信―参加することになった。

少し早いが、クリルシティの有名な風景を楽しむことになり送迎車とＨ・Ａを帰らせ、遠回りして病院近くでフローリアを呼び戻し、接待Ｈ・Ａに荷を持たせ出て来たので、Ｈ・Ａを先にいかせ六人で歩いていくことにした。

北国の夏であったが陽が落ちかけ、それが丸いドームに当たり紫から濃青の色調になっており、ゆるい丘に咲く帯状の花畑を微密に輝かせていて、和らぎの雰囲気が満ち満ちていた。クリルの大規模施設は、低層の建物のアールを基調とした事務、ホテル、遊技場、会議棟を除いて殆ど地下に。

この時間、いきかう人も少なかったが、樹々に囲まれた小施設に警備員が二人いた。

ナタリー、れい子など連邦軍の高官を認識。すぐ通してくれ小部屋に入り、人認識の監視装置が「可」を出し、ドアが開き中へ。そのまま地下へ二Ｆ下がったところに、警備Ｈ・Ａがいて、ジョンの姿だったが、

「マリア閣下、今日はどのようなことで」

「ナタリー長官を始め、六人みな私の友人だ。子供ラプトルのところに案内しなさい」

Ｈ・Ａがすぐ返事。右手を斜め下に下げ案内し、整備された通路を少し歩き、三百㎡くらいのガラス壁の部屋（奥に小部屋）の前に密林があり、小さな広場。ジョンが「ググウ、グウ、グーウ！」と発声、奥から体長五十センチくらいの雌の子ラプトル四匹が出てきて、何やら発声。厚い強化ガラスで仕切られていたが、ジョンがスーッと消え中に出現。

大きくなりかけの頭部の後ろ、首の上部、薄いピンクのあたりを順番に撫《な》で撫《な》でし甘噛《あまが》みした。元の位置に戻ったジョンが翻訳（?）しようとしたが、和美が手を上げ、

「天空の王、ジョンだ。お前たちの夫になる…ですよね、後はわかりません」

「そのとおりだ。うーむ…」―和美の高い階梯を認識。


外に出たが、陽が落ち、淡い地上設置の照明に従い少し歩く。丸い建物の間に何と日本・大東京シティの渋谷「のんべい横丁」に似せた大小の飲食店があり、人々、ほとんど観光客が行き来し、この七人の美女の一行は目立ち、皆が道を空け、赤ちょうちんや居酒屋、焼き鳥屋まであり、そこの客も騒ぎに出て来たりして目をひいた。

修学旅行らしい女子高生十数人くらいの一行もいたが、「きゃー、J・Jよ」とジョンの方を見て騒ぎが伝わり、小さく手を振った。

少し離れ「思いつめた顔つき」の美少女が、ジョンに気を送りハッとしたが、この娘とは会っている（?）秘の通信番号を送り頷いたが、その間、二秒。

何事もなく通り過ぎ、黒い板掘、かつてあった二階建瓦葺《かわらぶき》の東京・赤坂の料亭・口悦（こうえつ）を似せてつくらせた「みずおち」の、門被りの松をくぐり、下足H・A。

二代目・女将眞佐美（マリアの娘）以下、和服の仲居H・Aが並び一斉に「いらっしゃいませ」でお辞儀。靴を脱ぎ、上履きで一階奥の大座敷に。

そこは床の間付き、純和風だが、漆の赤い洋机に和用椅子が用意されていた。

仲居頭、板長を従えた女将が挨拶——芸者（立方）Ｈ・Ａ十人、三味線など地方《ぢかた》芸者、Ｈ・Ａ六人の踊り、お座敷遊びで座が乱れたが仲居Ｈ・Ａが口上。

——みなさま、これから初代・吉野太夫こと白川眞亜さま、二代・吉野太夫の松田徳子さまによる、白拍子「静御前の別れの舞い」の歌と踊り、それにスーパーモデル「クロエ・ユキ」ことフローリアさまによる相方・義経の振りを示します。

（いつの間にか、徳子と眞亜、それにフローリアが退席していた）

二人の静御前の踊りと歌、フローリアの奇妙な解釈の義経のからみが示され、まだ続いたが、戻って来たフローリアは練習不足、でもパリとここでまたやると息巻いていた。

それぞれの宿泊施設に戻り、ジョンは夫のつとめをミミ・フロンダルから六人の女性たちにし、最後に和美の部屋に実態化。和美のはち切れんばかりの、まだ若い身体を引き寄せ、充分に濡れさせ、夫婦の交歓をして大満足を与え合い、賢者のひととき。

朝、四時に目覚め、和美を起こさないよう、身支度。ランニングウェアに着替え、まだ暗い中で準備運動。少し歩き整えつつクリル大通りへ。片道三車線、中央に大公園が二つあるこの通りは、四十三㎞。ゆっくり…徐々にスピードを上げた。

一時間ほど走ったが、細く五十メートルくらいの中央分離ゾーン、反対側を同じようなウェア、誰か走っている。

美しいスライド、かなり早い―興味をひかれ分離帯を横切ったが、その前にランナーも気づいたようで、こっちを見ていた。ハッとした。昨晩の娘だ。

「君は美杉リエ・十八歳、ご両親が交通事故で死亡、自殺しようとしたね」

「やっぱり覚えてくれたのね。ジョンに助けられ、秘の妻になり娘を二人産んだはず。ケンブリッジで研究もし、ノーベル賞も」

わずかに陽が昇りかけ、ホテルに戻ることになり手を繋いだが―わかった。

これは、「存在」の強力なプレゼント。リエは、人生をリセットされ、海の洗礼をジョンのときを含め三百五十回以上、自ら望んで行い、短いワーム能力を発揮していた。

「そうよ、それにあなたと、あれだけ交わり女の喜びもえたのに、この身体、処女よ」

「うーん、そうか。今も熊本シティ・中央区の新屋敷の家に一人でいるの」

「ええ、広くて、持て余しているけどね」

「たしか熊本一高にいて、卒業してクリルシティのアベ・マリア記念大学に進学した後で、その自宅を改造し広くしたよね」

「そう、そしてケンブリッジの大学院にね、もう一人いるよ」

マーガの城こと、五人の若い妻のこと、六人目が決まらないこと、話は尽きなかった。

今朝、十五人の学生、教師とF・Sの航路で、大阿蘇空港に帰る予定…ホテルで少し待たせ、小切手でUS十万ドル切り、秘の通信をし合うことにした。

ホテルで宿泊した七人と個室で朝食―そのとき、ナタリーからブラジル基地に、ジョンの命令で「ある業務」をしていた女性中尉の参加が伝えられた。

お茶タイム、みなで三次元ＴＶ。

台風はことともなく勢いをなくし、北方温帯低気圧化。Ｆ・Ｓの全てが正常に運行。

そこに和美が息子と妹を連れてきたが輝いていた。

長男　一郎　十五歳　飛び飛び級で大学理科学部二回生
長女　眞美　十三歳　同じで高校三年生
二人ともしっかりした挨拶をし、一郎は、

「大学は二年で修了し、大学院で情報通信と核理論を学びたいと思います。真円球の通信解読チームに加えて頂きありがとうございます」

であり、出席者を驚かせた。

ジョンは一郎・眞美とハグ。それぞれにシンパシーを入れ「お前の父親だ」。

ハッとした二人は母親を見たが、笑顔で頷いており、しみじみとジョンを見ていた。

「みな、この子が阿部家の後継者だ。よろしく」

ジョンが阿部家のこと―不思議に思う者はいなかった。

入口付近で連邦軍中尉の軍服を着た女性が、この光景を見て躊躇《ちゅうちょ》しており、ナタリーが招き入れ、

「ピサ・ライモス中尉であります。命令により出頭しました」

美女が申告。拍手で迎えられデザートをとり、自己紹介させ、そこにジョンの腕輪通信機・秘の通信があり発信者を見て、こちらから連絡することを忘れており、少し離れ受信した。

「淑子《しょうこ》です。貴方に判断、処置してもらいたいことができたわ。早くここへ来て」

「うーん、わかった。すぐ行く」何か大金のことらしく急用ができ約一時間中座、仕事にかかってと言い残し、その場でゆらぎ消え、理事長室にゆらぎ出現。驚かせたが、ハグ。まず宝飾腕時計を贈り喜ばせ、ほとんどのこと（淑子は四十八歳、二人の娘は上が二十五歳、下が二十二歳）本筋のことを言葉で言わせた。

「二日前にジョンからの依頼と言って、初老の男性が来て倉庫一つを開けてくれっていうの。何か追求しにくくって、空にして資材の管理を集中しようと思い、そこを見せた。

そしたら二人でたぶん現金入りの大型スチールバックを百個置いていき、あなたへの手紙を預かったわ。至急、簡易の鍵をつけさせたけど、二十数年くらい前に大阪でした、あの大金を思い出したけど、不安でね」―時系列に少しの歪みを覚えた…

その倉庫を見たが、日本円・二億五千万円が百個、二百五十億円分あり、詐欺師から取り上げた「存在」のプレゼント。この先を読み一個を持ち出し帳簿づくりをさせた。時間が五十分ほど余り、理事長室に戻り結界を張り、そこのソファーで淑子に淫気を入れ、何年ぶりかの久しぶりの交歓。満足を与え合った。手紙は「詐欺師グループの一つ、スイス銀行の分を円にかえた」。読み終わるとあのフローリア邸のように燃えた。その資金で業者をつかって多摩地区・土地を買収し、公園づくりに使うことを命じ、その目的を示した。

「わかったわ。あなた神山由衣さんって女の人、知ってる？　連絡下さいーだったわ」

「うーん、甲州街道沿い中野区で小さな病院買収した、そこの隣人だね」

「ああ、そうだったわ。たしか大きな樹々に囲まれた家で大学の先生だったよね」

クリルシティの斉藤院長を連絡先にして、スチールバックを持ちゆらぎ消えた。

由衣の古びた家の前で実態化。この後を見てナタリーにあと一時間遅れるので先に進めておくことを指示。門をくぐり、木のドアの呼び鈴を押しマリアの姿にした。


「ハーイ…」ードアが開けられ、昔と同じ、いや少し歳を重ねた由衣がつぶらな黒い瞳をいっぱいにして抱きついてきた。このときわかった（由衣は四十四歳・私立女子大・文学部のちにＡ・Ｍ大学院（東京）教養学部の教授。双子の娘は大学院生）

「やはり生きていたのね。夢の中であのＪ・Ｊに生まれ変わったって、コロンビア大のシルビーナ（シルビー）教授からも同じように連絡あったのよ」

「そう、今はこれでね」Ｊ・Ｊに変わり淫気を入れ…昔と同じ、二階の寝室に誘《いざな》われ、

「ウーン、ほっとかれて寂しかったわ」

抱き着いて来て、もつれ合いベッドに。お互いに服をとり合って口で奉仕され、絶妙の口づかい…上に乗り収め形の良い乳房がゆれ、絶叫。頂点にのぼりもう一回入れ替わり、細い両足をからめ

動き、締め付け。たまらなくなり放出。

そのままジーッとしているのが好きで、賢者のひととき。

マーガの城のシェイクスピア初期の本などを話し、乙女顔が輝き「シルビーと研究してみたい」であり、秘の通信番号を教え、購入するように言い、当座の資金としてスチールバックを開け、その半分をシルビーに送ることと、宝飾腕時計を二つも加え喜ばせた。


クリルシティの地下研究所に戻った。ナタリーと徳子に同行を求め、ステニーとロージィのDNAの採取が終わったばかりで、同じように（男）ジョンとして千人分余、（女）に変わりマリアとして千人分余のDNA・血液・皮膚細胞を摂取。厳重に管理させ、遺伝子操作、科学的な異種交配の第一歩を踏み出した。

その前に百ページ余の計画書を「クリル生命倫理委員会」に提出。念気も使ったが承認を得ていた。千に及ぶ交配のデータ、顕在化などでほぼ一日使った。

かつて中国で成功したゲノム編集によるデザイナーベイビーは、生殖細胞と受精細胞の培養であり試験管レベルではできていた。

千種におよぶ培養器、次にキメラとなるものの培養にかかっていた。

そして十％レベルで成功。さらに劣性遺伝子を排除し、その十％、つまり一％・十種の優秀なデザイナーベイビーとラプトルと遺伝子を共にもつキメラを十匹つくりあげた。

どういうわけか、二匹が死亡。八人と八匹（〇・八％）が残り大事に培養され、成長を見守り、少し後、このキメラには活性化酵素が慎重に与えられ、成長を促した。

その間、ジョンはここを離れ、真円球の解読チームといっても、和美と一郎の親子、ピサ中尉の三人であったが、何と一郎がリーダーシップをとっていた。

「これは恒星間飛行をする宇宙船の製造データと、全体を縮小し、元に戻す技術データのようですが、どうも難しくて今はわかりません」

ジョンは閃いた。そこから少し離れた厳重に秘が管理されている格納庫、α星人の一万二千年前の少し壊れた宇宙船と、ミイラ化して戻した彼等の死体、十分の一に縮小されたβ星人、古代人類・二足青肌の小人やカンブリアンモンスターを示し比例研究、キメラ化も指示した。研究が進み出し、「二一～三ヵ月で素・解読する」旨が示された。

ピサ中尉からは、基地近くに潜伏しているβ星人の定時連絡のデータの提示もあった。

ナタリー長官と徳子管理官にキメラ・ラプトルの軍隊をつくる。ラプトルは六歳で成獣となり、子を産める。成長促進のイド（活性化酵素）の投与により五歳で成獣とみていい。六年後から四個ずつの卵を産ませ、十五年くらい続ける。その子獣のときの訓練、成獣になったときの軍隊訓練のプログラム作成、前者を優先して行うことの指示をした。

さらにHN2（アイリン）と3（由美）、H・A1、2、3（女性）の、人の男性との交配によるキメラの研究をすすめていた。

フローリアは長命化遺伝子の投与が既に終わり、これで三十年の「若さ」（細胞活性化）がなされるはずであり、特別室でくつろいでいるフローリアに「あのこと」の了承をとりにいった。フローリアは早くも輝いていたが、ここの治療代三億USドルを「なし」にすること、それに詐欺師グループから被害にあった約六十億ユーロ（約六千億円）見つけたけど、「存在」と約束してあの戦争準備の戦費として使いたいこと、慎重に申し入れた。

「あなたは本当に正直で真っすぐの人ね。もともとモロー家の財産は、あなたに差し上げたつもり、いらないわ。ただ、あの競馬の配当の三億ユーロはちょうだいね」

フランがユーロに変わっており、この後、フローリアとピサ中尉に夫の務めを果したが、フローリアと交わったとき異常ともいえる体力をつけかけていることに気づいた。

この後、クリルを虹の楽園と写真で紹介。一流の写真家になっているススギから挨拶され、スチワード城の話をし、春・夏・秋・冬の撮影可、それぞれ一千冊分の購入を約束した。

「妻」たちへの支援

クリルシティの地下研究室で実態化。ミミ首相がいて驚かせたが、フィリピン・ミンダナオ島のダバオ市近くに幼児などの教育施設である公益財団法人が経営危機になっており、債務肩代わりで一千五百万ＵＳドルで買わないか。ミミの心を読み原則買う条件を示した後で、改修費など込み二千万ＵＳドルと宝飾腕時計を渡した。

実物を見ながら最新ＡＩコンピュータに入力――二つの研究チーム・フローリア・ロージィ組と一郎を中心とした母子・ピサ組の研究が進みだした。ジョンは、五人と朝食をとりながら、ポイントとなる課題を明らかにし、解決（案）づくりを明示した。

フローリアをパリの邸宅にＦ・Ｓで送り、クロエ軍団六名プラス一名を上級者、ブルー軍団五人を下級者とする教育施設づくりと海の洗礼の実施を依頼。カレー海岸にそのための施設づくりを頼んだ。ここのモロー家と親戚、ボルドーの葡萄《ぶどう》大農家ルジェ家のドロシーとヘレナ姉妹（秘の妻）が来て「恨み言」を言われたがハグし、あることを心に伝達し、ボルドー農園群のなかで売却するような廃貯蔵庫を探すよう依頼、夫の勤めを果たし、それぞれに宝飾腕時計を渡した。

この時、次の三つの通信を受け、最も重要と思われるものから、あとは待機にした。

一つ、ロシアの北極圏・プラドから待っていた天無人―すぐ受信。少し話をし、要望は伝わっており、それに対する条件も日程を調整し六人くらいで行くことにした。

二つ、ニューヨークのタチアナとLA・ラスベガスのマーシャ姉妹（秘の妻）から―会いたい―待機。

三つ、熊本の美杉リエからクリルシティで勉強したい。ただし、私が十八歳であり父母もいないので、学校側から…待機としたが対応し、連絡することにした。

天無人の件は、連邦軍特殊部隊とF・L・Cも含まれそうで、ナタリー長官、徳眞調査官、眞亜管理官、それにミリエリ・ペトロワ・チトフ大佐の参加とし、ナタリーに調整を依頼。明日、午後三時に直接プラドになり、タチアナとマーシャは、今日午後六時三十分フローリア邸。フローリアに了承をとり〇K。美杉リエには、明日午前十時、斉藤美和子学長（兼病院長）の了承をとり、二人で熊本の学校に訪問とした。


今日が午後六時まで空き、詐欺師グループが残した二ヵ所をいただく。

一つは、ここ、パリ市のモンマルトンの丘の下。倉庫街の貸倉庫に五十億ユーロ（約五千億円）あり、暗い瘴気―例の大顔の中年男になり、少し先を見てレンタルではなく買取ることに。中古車販売店で大型中古車二台を買い、貸倉庫いっぱいの大型スチールバック二百個（一個で二千五百万ユーロ・約二十五億円）約五千億円を二台に分けて積み込み、とりあえずフローリア邸の裏門近くの車庫に結界を張り置いた。

もう一つは、何とマーガの城の近くのコルチェスター市の貸倉庫であり、中型中古貨物車二台を買取り、貸倉庫三分の一くらい五十億ポンド（約五千億円）が大布袋二百袋につめられており、全て念気を入れて積み込み、ケム川別荘の車庫に二台・車ごと入れた。

まだ時間があり、大布袋二袋（五千万ポンド・約五十億円）を抱き、市長兼党首となっているカレンの寝室に飛び、「Ｊ・Ｊから」として紙面を渡し、少し後の選挙資金などとして喜ばせた。まだ少し時間があり、フローリア邸裏門の車庫に置いた大型中古貨物車から、大型スチールバック二個（約五千万ユーロ）を抱き、ストックホルムのリリーとタイリーの自宅へ飛んだ。二人は留守だったが、母がいて仰天。そしてバルト海沿いの海の洗礼所づくり、活動費などの資金として渡した。


午後五時、フローリア邸に作らせた自室、サッとシャワーを浴び身綺麗にした。

まだ時間が少しあまり、パリ市二区の不法入国者の溜まり場、例の事件で一斉手入れ。静かになっていたが、そこに居たはずのテロリスト二人はすぐ逃げて捕まっていない。

そこに飛び、そこから中心に半径一Km、二Km…気で探ったが三・五Kmのところ、何と少し前に中古大型貨物車を買った販売店の近くにいた。

三階建て地下一階のボロビルに八人がいて、地下に女性四人が監禁され、売春を強要されていた。すぐ大顔の中年男になり、そこに飛んだ。

八人は中東からトルコ、バルカン半島を経由してフランスに入国。パリ市のここで合成麻薬、不法入国女に売春を強要していた。もう一ヵ所、アジトがあるはずだが不明。

三階の半分が武器庫。爆弾、重火器など多数あり、半分が寝室。二階にたむろ。一階は半分が居室、あと半分がクリーニング店（二人のフランス系夫婦）の偽装店舗。

四日後、パリ祭の七月十四日。パリ都市圏を貫通するＲＥＲ Ｃ（ligne C du RER）線のアンヴァリッド駅とヴェルサイユ・リブ・ゴージュ駅を十二時ちょうどに爆発。その混乱に乗じて、ヴェルサイユ宮殿を観光客もろとも占拠し花火はあげさせない。警備員に二人のテロ過激派がいて手引きをしていた。別派のことも掴んだが既にテロリストの仲間五人が宮殿近くの二軒の家に家族として潜伏中、ボスの心から聞いた。

そこに、このテロリストに捕まえられた母子（母三十三歳、娘十四歳）が、引っ立てられ連れて来られた。この母子は中央アジアから不法入国したのだ。

母子ともに汚れた服だが、母親はなにか癒《いや》しの雰囲気を持ち、娘はよくわからない能力者…さて、どうするか。放置すれば二人ともレイプされ客をとらせられかねない――助けることにし、Ｊ・Ｊに変わった。一階の二人を強力にスリープ。二階の六人も同じように眠らせ、呆然としている母親と娘（目を輝かせていたが）に、口に指を当てシンパシーの気を送り、念気を入れ二人を抱きつかせ、揺らぎフローリア邸の居間に飛んだ。

六時三十分ちょうどーフローリアとタチアナ、マーシャが紅茶を嗜《たしな》んでいる横に出現し驚かせた。母子はへたり込んだが、ジョンは二人とハグ。

「あなたマリアなのね」

「そうだよ、二人とも相変わらず綺麗だね」

二人の薄汚れた母子がおり、話はそれ以上すすまなかったが、二人はここにいることで、ある通告をし喜ばせ、フローリアが母娘を二階に連れて行き、自分の一番地味な服、娘たちの子供のころの服とシャワー室、部屋を示し使わせた。

その間、ジョンは秘を誓わせ、今までのこと、心を開いて見せ、さらに、アラン・ブルーノ内務大臣の出世、ヘレン・（クロエ・）マイヨール警察署長の出世―の二つがあり、これをこのテロ対策に利用するので協力をと伝えた。

フローリアは、

「あなたに言われた、ここを特殊能力者の教育施設にして、初級（初心者、さっきの娘ナジーム・ムハンマドなど）、中級（ブルーチームの五人）を、上級のクロエ軍団で仕切るのね―条件がある。私をその軍団長にすること」

ジョンは活性化遺伝子投与により、フローリアが異常なほど（自分に近い）体力と行動力をつけかけているのを知っておりＯＫを出し、クロエ軍団をすぐ呼んでもらうことに。

その間、フローリア邸の裏車庫に勝手に置いた二台の大型車から大型スチールバック二個（約二億ユーロ）を取り出しフローリア邸に戻ったが、あの母子…母タジーム・ムハンマンド（三十三歳）、娘ナジーム・ムハンマンド（十四歳）がムスリムの衣裳に変え輝いており、二人とハグ、ほとんどわかった。

娘はＪ・Ｊのことを知っていて、合併して石油の産出もあり強国となっているハン連合国の情報をとり、有能と判断。フローリア邸でクロエ軍団たちの世話をしてもらうことにした。

クロエ軍団六人が到着。カレー海岸の洗礼所づくりに従事していたとのことで、二人の母子を紹介。フローリアに出席させ、洗礼所の創設のほか、ここパリと近郊に超能力者の教育施設を初級・中級・上級とつくり、保育所などもつくっていく。

軍団長は、フローリア。団長補佐がF。

初級（三ヵ月予定）（常勤）今のところ、この娘（ナジーム・ムハンマンド）一人と中級がブルーチーム五人（六ヵ月）、それで皆が手分けして超能力を持つ子供を探し買取も可とすること。重点地区は、
・中国・奥地中央アジアの一部　　A栄蓮、サポートにEイクコ
・ベトナム・ラオス・カンボジア　Cカンニャ、サポートにBベルゲ
・コンゴと周辺国　　　　　　　　Dデマンボ、サポートにFフラン
例の大型スチールバック一個を取り出し、A・C・Dにそれぞれに分けさせ、一千万ユーロ（約十億円）を当座資金として渡し、期間は二ヵ月後とし残りの精算を命じた。

遠来のタチアナとマーシャは少し休ませることにしたが、経営は異常なし。ナタリーに報告済であり、例の事件で英雄署長と言われ始めたクロエ・マイヨールを誘ってオペラハウス近くの寿司バー「大漁」の個室を五人で予約した。

クロエが来て紹介。出席者にシンパシーを入れ、楽しいディナーになったが途中で別席を用意させ、ワインだけ持ちジョンの心を開き、例のテロ準備を見せた。

クロエは呆然。つかんでいなかったこと、あと実質三日しかないこと—すぐ警備部長に連絡しようとしたのを止めさせ、これらの秘を誓わせた。

「クロエの望みは分かっている。警視監だろう」

「ええ、貴方には隠せないね。私もバカロレアS、受かっているキャリアなのよ」

「うーん、分かっている。ブルーノ内相は、Ｅ・Ｕ大統領。それになるにはフランスの象徴的ポジションの首相か実権のある大統領だね。このことは本庁には告げないで、すぐ内相と会って、必要なら僕も行くよ」

そこで終わらせ、フローリア邸に戻り、少し後でクロエ組のフランを少し借りることの了承—フローリアの女と思えない強靭化《きょうじんか》された肉体とからみ合い大満足を与えあった。

次にタチアナとマーシャに二回ずつ頂点を与え、久しぶりに夫の勤めを果たした。

少しして二十三時くらいだったが、秘の通信。クロエだった。シャンゼリーゼ通りの東通り口の裏、会員制クラブにブルーノといる。良かったら来れないかであり、そこをしっかりイメージしてもらい五分以内を告げた。

すぐ身支度。揺らぎ飛び、店内で仰天しているスタッフなど五人の今の記憶を削った。

ブルーノの席に案内され彼の妻や、若い娘がいて、姪のＴＶニュースキャスターのリサ・フロイツェン（二十七歳）と紹介され、ハッとした。この娘は弱い能力者だ。仲間にと、シンパシーを組み入れたがリサはＪ・Ｊのことを知っていた。

バーボンをロックで一息に。個室をとってもらい、ジョンが主張し三人プラス、リサもそこにこもり、クロエはパリ市の大地図を出し広げ、リサには活躍の場を心で伝え、念のため秘を誓わせ、地図を広げ見せながら「今のところわかっていること」

・二区の隠れ家は、こことここ。爆弾・銃器・テロリストの状況
・ヴェルサイユ宮殿組　テロリストの隠れ家、ここと他四ヵ所
・二つの駅の爆発は、パリ祭の前日、十二時ちょうど、しかし何に仕掛けられるのかは不明
・宮殿占拠から爆発は花火打ち上げの前、内通者が二人以上いる

ジョンに、明日一日、支援を頼まれたが、十時に日本共和国・熊本シティで先約。午後六時にロシアに先約―内相とは別に時間をとり早めに調整

調査は、クロエ軍団チーフのフラン（F）とクロエ署長付で例の事件の後始末をしている女性警官の二人組が秘で一日行うこと、リサには次があることを秘に示し驚かせた。

そしてブルーノが大統領を望んでおり、資金がいることをつかみ、すぐ退席した。

午後十時早朝にカレー海岸・工事用の資材と区割りがあったが人はいない。海の洗礼を受けみなぎる活力を得た。

ジョンはすぐF・Sでクリルシティに飛び、少しお洒落していた斉藤院長をF・Sに乗せ、熊本シティ、熊本一高の駐車場で停船、午前十時の十分前であった。

大歓迎され、すぐ校長室に通され挨拶。

校長たちは、ノーベル医学生理学賞・受賞のアベ・マリア記念大学（クリル）大学院の学長・斉藤美和子博士に畏敬《いけい》の念、若い人は超人伯爵Ｊ・Ｊを身近に見て興奮

クリル共和国の教育システムを説明。持って来た三次元画像で学生寮などを説明。

教育費無償、提携校としてケンブリッジ大とハーバード大をあげ東京、マニラが同じシステムで動き、美杉リエさん、私が生活などに責任を持つことを示し安心させた。

画像、写真集、書類を渡したが、Ｊ・Ｊに何か話してくれと要望され（リエの秘の通信の？　としたこと、誰にもできないパフォーマンスと、もう一人のお土産を思い出し）三階の大講堂に案内された。全校生がいるようだった。完璧な日本語で、

「皆さん、こんにちは。ケンブリッジ大学医学部講師になったばかりのジョン・スチワード十九歳です。ここにお集まりの方々、僕より一歳から三歳年下の方ばかりですね。僕は今研究と体力の増強に…」

「ハーイ」手が挙がった。司会の先生が慌《あわ》てて止めようとしたが、ジョンが頷き、

「森カナさんですね、どうぞ」

「えっ、私の氏名がわかるのですか？」

「わかりますよ。ここの二百三十余名の方々も、カナさんは進路に悩んでいますね」

「えっ、そんなことまで」

「ええ、中学同期の他校に行っている男友達から地元の大学へ」

「止めて、そんなこと聞いてないわ。あなたが超人なのは分かったけど、あのラプトルとの闘い、

あれは後で作った動画だよね。私は目で見たものしか信用しないんだから」

「うーん、なるほど。目で見たものであればよいのか。皆さん、これからやることは非常に危険ですから真似しないでねーカナには後で心の通信」

ジョンはクーラーのきいた密閉された大きな窓を念気で空け、そこまで歩き飛び降りた…が、念気で体重を「零（ゼロ）」にし、すぐ風に乗り両手を広げゆっくり飛び、クルッ、クルッと三回転し校庭にゆっくり着地し、窓枠の生徒に向かって小さく手を振り、ゆっくり歩いて戻り、校長室で少し待ちお茶をいただいた。

かなり前、大地震で一部崩壊し美しく再建された熊本城に案内され、楽しんだ。


その後、Ｆ・Ｓで途中一時停船し、多摩中央のアベ・マリア記念病院に秘かに寄り、例の倉庫から大型スチールバック四個（約四億円）を積み込み、Ｆ・Ｓでクリルシティに帰り、ステニー、ロージィ、美和子とランチ。「多分あのカナもここへ来るはず」対応を頼んだりした。

美和子院長に、地下研究所の子ラプトルの発育状況を説明。見学ー一郎組と交流、真円球の研究等にＨＮ１（マルダタ・バンガガ）の指導の必要性、能力の高い美杉マリと森カナのペアの可能性も併せて指示した。

そしてステニーとロージィをＦ・Ｓに乗せ、ロージィを自宅で降ろし、ステニーとともに一旦、ジョンの研究室に荷を下ろし、二人で医学部長を訪問、帰宅した。成果は後日とした。ジョンは十月から六ヵ月間、二十二回講義のシラバスを提出した。

北極圏・プラド基地

ロシア極北・永久凍土のプラド。偽装された人家が十軒。その地下に大基地があるのは知っていて、かつてここで白髪長老テムジンを中心にバンパイヤが秘かに住んでいた。プラドの偽装農家の庭に着船。ほぼ同時にもう一船が着き、そちらは皆軍装。

ナタリー少将、徳子管理官、眞亜管理官、徳眞調査官、それに昇格したペトロワ・チトフ准将の五人。天無人が出迎え挨拶もそこそこに、その家からエレベーターで降り、地下二階。そこは光に輝く美しく暖かい部屋がいくつもあった。その中部屋に案内―驚いた―マーガ（レット）、エリザ（ベス）、シャスラ（コーワ）、リゾリ（エット）旧来の妻と、新しく妻に加え、双子を着床しているターニャ・イシコフとアーニャ・イシコフの双児の姉妹がいた。着席、ジョンの前にテムジン、大事な会議であり立会させた五人の妻たちが並んだ。

ペトロワ・チトフに自己紹介させ、後は省略。ナタリーが立ち上がり、

「かねて申し入れていた、ここの租借の件を詰め…」

ジョンが止めた。そして、

「テムジンとは、かなり詰めた話をしている。こっち側の女性五人、そちら側に六人の女性。みな

僕の妻であり七人と十五人、お腹に双子がいる妻をふくめ、二十五人の子供がいる。そっちの五人、こっちの一人は徳光天無人の娘であり、かく言うアベ・マリアも、子供のころは徳光マリアとして育てられた。テムジンの子孫の一人である」

（アベ・マリアに変わっていた）

「細々しいことはいい。次を申し入れるので承諾してほしい。

一つ、ここを連邦軍特殊部隊の基地として提供されたい

一つ、ここは、ラプトル軍とキメラ軍の訓練基地とする

一つ、契約は九十九年の定期借地権方式とし、着手金と引越し費用で四億ユーロを支払う。一年賃借料は、二百万USドルとし、天無人には、F・L・Cの千施設をクイーンズから割譲する。

一つ、二年くらい後にロンドン郊外に連邦軍士官学校を開設するが、優秀なら五十人分の特別枠を付与してもよい。

—これらのこと、一部を秘でもよいが、ロシア政府の了承をとり、私が働きかけて良いこと　以上」

「うーん、驚いた。ワシらがF・L・Cの千施設を譲り受けるのか。金額はナタリー長官…」

「マリアさんと細かく協議してませんが、原価相当額と考え、対象施設は後で話し合いましょう」

マリアが頷いており、

「士官学校への入学、『優秀なら』と条件。ここの訓練にも加われませんか」

「士官学校は知恵と規律の向上は当然として、猛烈に鍛えるつもり。ついてこれるか。ここへの参加は考えましょう」

マリアが割り込んで、

「テムジン、いい加減に『存在』と和解し協議しませんか。ラプトルのほとんど、士官学校を一年耐えたら全員海の洗礼をさせます。

人間より優秀、階梯の高いラプトルや、キメラ人間士官が少し後に出現しますよ」

「わかった。細かいことは後で詰めるとして、ワシの優秀な子・孫・ひ孫たちを紹介します」

細長い壁の全部がスルッスルッと横に動き、二段になった椅子に若い男女五十人がいて、一斉に立ち上がりロシア語で「よろしくお願いします」。きちっと立礼した。

マリアまで約五十メートル。机と椅子が邪魔でゆらぎフッと消え、その前に一秒後に出現。仰天させ、ジーッと気で探って「いい、積極的に考える」―

天無人から要望で、マリアが十人掛かり、ナタリーが五人掛かりの試合。

マリアは、和服でありジョンに変わり仰天させ、五倍速で動き、一分と少し全員を倒し、ナタリーは三倍速。少し手こずったが、三分で倒した。あとは、その若者をふくめ、立食の大宴会―そこでテムジンに大型スチールバック四個（約四億円）を渡した。

明日から二日間のことをジーッと読んでいたマリアは、ナタリー、徳眞それにターニャとアーニャを呼び「パリ市を中心にテロの発生」。出動に備えることを明示。パリのフローリアにクロエ軍団の「子供の能力者探し」の出発を三日ほど延期、テロ対策を気で送信した。一時間つき合い、テムジンに断わりＦ・Ｓでフローリア邸へ向かおうとしたが、十五人から例のラプトルの写真にサインを求められ、Ｊ・Ｊでサインし時間をくった。

広域テロへの対応

パリ・フローリア邸に行こうと思ったが、「何か、フッと邪魔が入り」これは「存在」からのメッセージと思い、それに素直に従い、ケム川別荘にF・Sでむかった。

別荘で一息入れ、この建物、例の倉庫貨物自動車のポンドを入れた大麻袋九十九袋を確認。異常なし。そこから半径一㎞くらいの庭を探ったが、異常なし。二㎞、三㎞に広げ、資材・ブルドーザー二機の近く…簡易トイレに何かある、すぐに飛んだ。

二つの簡易トイレの裏の壁がいじられており、爆薬「強化C6」(シーシックス)火薬一㎏二個に時限装置付き、二日後の十二時ちょうど、爆発するように仕掛けられていた。

パリ市の二つの駅と同じ時刻。

二日前にはなかった。今から昨日まで時間を遡《さかのぼ》り観ていった。今日の午後五時三十分作業終了の後、スカーフをして顔を隠している若い女(一人はスペイン系の背の高い美女)が布製のバックを持ち何か作業。もっと早送り…何とあの白砂の海岸近くに四人がボロ小舟で上陸。二人の白人系中年の男がサポートして、爆弾起爆装置を慎重に車に乗せていた。

それから沖の船はいなくなり、五時間余、経過している…ケム川別荘から三㎞、五㎞、十㎞気で探ったがいない。ロンドン市の安ホテルを探ると、三軒目にいた。

夜遅いのに何やら協議。内容は不明。ただ中年男二人はあの工事の作業員。五人の女が実行犯で、明日はツアーのロンドン見物。ここで五人でまた一泊。翌日早朝に英仏海峡トンネル鉄道（ユーロスター）に乗り、パリ市へ市内観光。あと不明だが、時限爆弾を仕掛けるのか（?）―午前一時になっており、皆が寝ていた。

焦らないで二時間だけ寝ることにし、すぐ就寝ぐっすり寝て、午前三時に起き身支度。

まずロンドン市リージェンツパーク近くの安ホテルにいるテロリストの女五人の部屋に実態化。スリープを深くさせ、探りまくった。難民の子でテロ幹部の女にされ、氏名と年齢をつかみ、翌日は観光（?）の最終目的地、ベルサイユ宮殿で他のグループ五人の女と合流。そこでの武器は既に警備員が隠している。


九人＋αが武器を持ってロンドンとパリ市二つの駅の爆発成功の混乱により、宮殿の占拠、決起の予定。五人の女テロリストを支援した男二人は不明だが、少し前のパリ市二区の貧困者地帯で見かけた男とは違う。早朝であり、さてどうしたものか。

午前五時になっていたが、秘の腕輪通信機が鳴り、発信者はパリ市のブルーノ内相。すぐとった。ブルーノは寝起きとは思えない快活な声で、

「いやー、起きておられましたか、早朝から申し訳ない。例の事件が心配で、それに娘のこともあって、すぐ会えませんか」

どうも横に娘のアイリスがいるようで、

「すぐご自宅に伺います」

返事も聞かず、ゆらぎ、ブルーノ家六ＬＤＫの居間に飛び実態化。父娘を仰天させたが、この記憶を削らず、シンパシーの気を入れた。

「いや、驚いた。Ｊ・Ｊは、光の神の御使いだね。夜通し、この娘と話し合い、疲れたが認めることにした。あの約束もあるしね」

うれしい。アイレスが父に抱きついたが、何のことかＪ・Ｊにはわかっていた。本人から言わせた。

「私、Ｊ・Ｊの妻の一人になるわ。お父さんも認めてくれたのよ」

「わかった、ありがとう。僕には使命があり、君たちの思っているようにはならないかも知れないが、命ある限り君を大事にし守っていくよ」

「ありがとう」と言いながら抱きつき、そのまま寝入ろうとしたのでスリープを強くして、深く眠らせソファーに移し、そこにあったタオル二枚をかけてやった。

「さて、ブル。実はパリでテロが発生します」

ロンドン市大地図、パリ市大地図を取り出し、ブルにジョンの心を読ませた。

ロンドンはここ。パリ市はここここの二つの駅の時刻を示し、次にヴェルサイユ宮殿で起きることを示し、ロンドンの実行犯五人は、いつでも拘束できるが支援の二人が不明、を示した。テロリストの四ヵ所の隠れ家、二ヵ所が離れたところにあり、そこをもう少し念気を拡大して示した。

「何ということだ。そこから百メートルくらいのところに大統領の別荘があり、彼は当日ここから花火を見物する予定」

「うーん、そうですか。真のターゲットはフランス大統領だったのか」

「花火を中止させるか、大統領を避難させせよう」

「それがいいですね。でも大統領に報告してから決めて下さい。それに明日、正午の時限爆弾、二つの駅の所在は、まだ掴《つか》めていません。

ですが僕が掴みます。約束します。ところで英国秘密情報部(Secret Intelligence Service : SIS)通称ＭＩ６の幹部クラスを知りませんか」

「えっ、ＭＩ６が、何故」

「友人のロンドン警視庁エリス警視正に昨晩おそくに報告(これからだったが)、エリスは今朝すぐ動くはずですが…ロンドンの実行犯五人と支援者二人がいて、こいつらは推測ですが、パリに渡り仲間とともに事件を起こします。国際問題になりませんか」

「わかった。ＭＩ６のトップは病気静養中、代理のエバ・ブルックを紹介できる。午前九時に連絡する。Ｊ・Ｊ、大統領官邸で彼に報告するが、立ち会ってくれないか」

「ええ、わかりました。僕の名はなるべく外部には出さないで下さい」

まだ六時であり、疲れが顔に出たブルーノを二時間熟睡させるようスリープさせた。

パリ市・二つの駅近くを気で精査したが、今のところ爆弾はない。ただ二つとも十数ヵ所あるトイレの一ヵ所ずつが工事中で使えなくなっていた。

宮殿の近く、テロリストの隠れ家、四ヵ所を順に探っていったが、いずれも銃器の備蓄はあるものの異常なし。大統領別荘近くの二ヵ所、十人を起こさず気で探っていたが、別荘の使用人、庭師に「引き込み」の中年男がいた。

四ヵ所のリーダー四人が無意識にナジム・ハッサンの命令を頭に刻まれていることがわかり、こいつが隠れ指揮をとっているボスか？

一旦ケム川別荘に飛び、気で探った。例の時限装置は音もなく時刻を刻んでいた。

タオルを掴み裸になり、例の白砂の海岸に飛び、海の洗礼を受け、何かが変わり「ハッ」とした。ジョンの頭部に人の目、検査機器でも探知不能の透明の輪がかぶり、金髪を手でなぞっても、そのまま。そこから防御バリヤーが全身を包んでいた。

アベ・マリアのときと同じ。いつの間にか消えていたのが、ここでジョンとなって復活─二回目であり、「存在」にそれを正した。

─汝は良くやっている。この件は、もっと奥がある。そのバリヤーは、この「存在」との通信用と防御用のもので、人の世界では探知不能。この中にいる限り汝は銃火器などにより身体が傷付けられることはない。

ケム川別荘に一旦戻り身支度をして、この後を読みF・Sでマーガの城に飛んだ。

午前六時過ぎであったが、マーガがきて「お客さん、二人が来ているよ」…文学者の神山由衣とシルビーナ・マルリオーネで二人がすぐ来てハグしお金のお礼もあったが、あることを伝え下がらせた。小部屋にマーガチームーイリーナ・カガノヴィチとマリコ、キリコの双子姉妹、ターニャ、アーニャの双子姉妹、それにマリヤＢの六人がいた。

すぐロンドンでテロ、パリで二ヵ所、それにヴェルサイユ宮殿の人質乗っ取りがおきる。二都市の大地図で説明。マリコ、キリコ、ターニャ、アーニャそれにマリヤＢが女テロ五人と入れ替わり、ロンドンからパリに向かう。

イリーナは五人を纏めつつ、支援した二人を探し出すので、早めの朝食をとらせ五人の制圧を命じ、Ｆ・Ｓに乗りこませた。リージェンツパークの端でＦ・Ｓを降ろし、歩いて安ホテル、二階の大きな部屋を念気で開け、寝ぼけていた五人を制圧。

マリヤＢをスペイン系美女に割り当て、あと一人ずつ選ばせ、脳内の記憶を探らせた。

ジョンが室内を物色。偽造パスポート五人分、ピストル五丁を押収、マリヤＢが、

「ジョン、この女、どうもナジムというボスの愛人で、パリで別行動して会うらしいですよ」

少し展開が早く、制圧を強めつつも、ゆっくり進むことにし、五人で話し合った。

それぞれが髪の色、長さや顔形を整え、なりすませるか。四人は出来る。マリヤＢはナジムとＳＥＸするのならバレますね。であり特長を一時間くらいで掴むように命じ、Ｆ・Ｓでカレン市長の邸宅の横、エリス警視正の自宅の居間に飛んだ。

エリス警視正にこれまでのことを報告。仰天させたがMI6の長官代理のこと、エバ・ブルック・アッテンボローは、カレンの二歳年下の異父系の伯母であること。すぐエバに概要を伝えここへ来ることになった。

エバの情報。離婚協議中、子なし、もう少しで長官か？　を聞き出しているうちにF・Sが到着。カレンが出迎えて案内した。挨拶もそこそこに、三人の女性にロンドン、パリ、それにヴェルサイユ宮殿への多発テロの発生を報告。

フランス側は、ブルーノ内相が今朝大統領にジョンが立ち会って報告し、推測だけど彼がトップで、競馬場事件で名をあげたマイヨール署長が、現地で実際の指揮をとるかも…それにナジムの動きにより、イスラエルのモサドが動くかもしれない。

すぐ首相と警視監に報告。エリスをつかいMI6を動かし、エバが指揮をとる。

ジョンはフランス側が主体になり、大統領がどういう判断を下すかによるが、「奇想天外」ともいえる方法で被害を「零」にして連中を一網打尽にする方法を示した。

エバとエリスの二人と、別々にジョンもF・Sを操縦し、例の公園近くの安宿に案内。

部屋にいくと二組の女たちとイリーナがいて、イリーナを戸外で見張らせ二人は留まっていた。ジョンは五人が「妻」であることがすぐわかったが、二人は「よく似ている、そっくりだ」と感心していた。マリヤBは、自分が顔を変えて真似したスペイン系美女に、今日パリ観光で会う愛人のナジムのこと、ベラベラとスペイン語で喋らせていた。

入口で怒号…ジョンが飛び出したが、その時にはイリーナが二人の男を制圧していた。

エバやエリスと協議、この二人が支援者で「完全に制圧、言いなりの操り人形にした」。この二人をイリーナが操りつつ、入れ替わった五人が予定通りの行動。エバが秘の通信番号を示し、ボーッとしている女テロリスト五人を自分で操縦しF・Sで連行した。


九時少し前、ケンブリッジ大の研究室に飛び、ステニー教授とロージィ教授に「テロ事件防止に深く係わっていること、自分の博士論文を組み入れることがどうも抜けているのでそれを加えること」コード№とポイントを示した。次にエバの頭から聞いたMI6（エム・アイ・シックス）長官室の広い執務室に実態化―警報が鳴り警護員が駆けつけた。エバが制止して下がらせ二人きりになり、エバにシンパシーを組み入れた。

「J・Jってすごいね。カレンもエリスも妊娠しているわ。あなたなのね」

「うーん、否定するけどアッテンボロー家の女性とは、上と下の口が合うようだね」

エバがハッとして考え込んだので淫気を入れ、さらに強く、

「うーん、上は出世、下はゆるゆるの…馬なみに合うってこと、本当なの」シンパシーを入れながら、さらに淫気を強くし、

「エバ、見たいの？」

「見たい」…もっと淫気を強くして、下を露出。現れたものをみて、驚きつつ、

「無理、大きすぎ、壊れちゃう」

イヤイヤするのを引き寄せ口を合わせ、椅子に腰をおろし、エバのショーツをとり少し小さくして抱え、ドロドロのものにあてがいゆっくり降ろしていき、ピッタリ。必死に声を出すまいとするエバをゆさぶり、ついに絶叫―同時に中に放出し、着床させた。

「しまった。ここ長官室は、盗聴器と三次元TVの監視…」

「エバ、心配いらないよ。入室の五分前から、二つとも故障させているよ」

「うーん、そうか。J・Jってやはり超能力者なんだ。エレンがカレンの家に急に引越して、カレンもエレンの子として産むんだ」

「そう、君の娘もね。エレンの三つ子にして、その母になるね」

「えっ、さっきの中出ししたのはわかったけど、着床させたの」

「そうだよ。堕胎《だたい》したいの」

「いいえ、あんまり急だったんで驚いたの。私、この歳で初めてだけど、秘で産むわ」

今回の一連の事件は決して仕組んだわけではないが、これを利用して三人の秘の妻、エバの出世、カレンの再選か首相への道、エレンの出世、それにあの五人の超能力者予備軍の女性に経験を積ませることをしていく―納得させた。もう一回エバから望まれ、長いソファーで激しく交わり、満足を与え合い―賢者のひととき。

ジョンの秘の腕輪通信機が鳴った。発信者はブルーノ内相であり、「エリーゼ宮の執務室にすぐ来てくれませんか」であり、了承しそこを強くイメージしてもらい「十五秒以内でいきます」と答え、身繕いをしているエバに「これからフランス大統領と例の件で会う」。結果の報告を約束し、ゆらぎ消えた。

　広い大統領執務室に揺らぎ実態化。そこにいたＳＰたちが拳銃をとりだそうとしたが、ブルーノが止めた。大統領も驚いていたが、ジョンはこの左翼労働組合をバックに、何かと派手好きで「強く」見せたがる大統領の心を探ったが、迷っている。

「大統領閣下、突然で失礼致しました。英国人のジョン・スチワード、最近はＪ・Ｊとも言われており…」

―この間に花火の打ち上げはやるべき、大統領は逃げては駄目、それに競馬場の事件で身を挺《てい》して庇ったマイヨール署長をブルーノの下で起用すべき―大統領に組み込んだ―

執務室の横、大テーブルに二つの地図…二秒ほどかかったが、まず自分への賛辞。

「いやあ、ブルーノ内相から聞きました。あなたが超人伯爵のＪ・Ｊですか、ご協力感謝します。で、ロンドンの動きは?」

「ええ、ＭＩ６とロンドン警視庁で五人の女テロリストと二人の男のテロリストを今朝がた拘束し、一網打尽にするため五人の身代わりを立て、二人を制圧し待機中です」

「ほう、五人を逮捕したのですか。爆弾は?」

「ええ、五人はいまＭＩ６で尋問中ですが、一人の女は例の広域手配のナジムの愛人です。爆弾は明日、十二時ちょうどに起動しますので、そのままにしてあり、派手な音と黒煙の出る無害なものに取り換える予定です」

いろいろと話が進み、大統領は英国と協議。フランスは、ブルーノが総指揮、現地指揮はこれを洗い出した「借りのある」マイヨール警視正にやらせることを命じ、「自分はテロ如きに屈しないで花火の見物は、予定通りする」ことになった。

秘を守るため、それに多国間事件であり、民間のフローリア邸の一部を一時借り、連邦政府・中央情報局も関与。

ブルーノが本部長。英国からMI6長官代行エバとエリス警視正、フランスは、マイヨール警視正と二人の女性警部（昇進していた娘）。連邦軍から徳眞特別調査官が指揮。その下でフローリアが指揮するクロエ軍団六人がかかわり制圧していくことになった。

翌日・十二時ちょうど、ロンドン郊外で大爆発。同じ時刻にパリ市の二つの駅のトイレで同時に大爆発。激しい音と黒煙がとりまき救急車が行き交《か》い、素早く動いたマイヨール指揮の警察により現場が厳重に封鎖――秘かにクロエ軍団が動き、パリ市のテロリストの動き行動力を制圧したが、逮捕者は出なかった。英国首相、フランス大統領は、「テロには屈しない」と宣言、国民から支持をとりつけた。
翌日、七月十四日、パリ祭の日
ヴェルサイユ宮殿は観光客でいっぱいで検査は通常どおり。正午少し前、観光客に化けた十人のテロリストが内部の支援者から銃器を受け取り百人余の観光客を人質にした。銃を突きつけ、三次元放映を要求。マイヨールの指示により従った放送局が、カメラと女性TVキャスターのリサを入れ、覆面をしたテロリストが延々と妄言《もうげん》を主張。

少しして舌がもつれだし、このリサ・フロイツェンに覆面《ふくめん》を剥《は》ぎ取られ、引っ叩かれたと同時に観光客の一部、十人の女性が立ち上がり、テロリストに銃を突きつけ、カメラの前で九人の覆面を取り、十人のテロリストに後手錠をかけた。このときリサは、

「フランス万歳、フランスはテロに屈しない」

とカメラの前で叫び、フランスの大人気キャスターになった。

これと同時に五ヵ所のテロリストの隠れ家にマイヨール率いる制服警官隊が突入。

一発の銃弾も発射されずテロリスト十八人と、引き込み役四人を逮捕。このときジョンは、観光客のなかに紛れ込み、大統領別荘の攻撃の阻止に念気をつかい動いていたが、テロリストの若い男の一人が、パリ市内の接触で逃げられたナジムに近いことを知り、自分が「殺人鬼に近い」と「存在」に言われたことを思い出し、直接の殺しをためらっていた。

この男の心に強く働きかけ「人を殺せと命じた者を五人以上殺せ。達成したら高齢者の介護ボランティアになれ」と強く命じ、警官隊に見えないようにして逃がしていた。

フランス大統領は、上機嫌で側近と花火を楽しみ、次の者を栄典させた。

ブルーノ内相――レジオンドヌール勲章

マイヨール警視正―二階級特進、警視監、警備局長（現警備局長は空席の警務局長）

大統領はそこで一泊し、翌朝ＳＰに守られ玄関先から元気に歩き出したが、何かに蹴躓《けつまず》き、転んで頭を打った。

すぐ起きて「ワシも年かな」って言いながら車中でいびきをかいて眠り、エリーゼ宮に到着、起きないので騒ぎになり、救急車で秘かに病院に運ばれ、応急措置。持ち直し執務室で栄典の実行などを命じ、周りをホッとさせ職務についたが、三日後急死した。

その前、フローリア邸で英国、フランス、連邦軍それにクロエ軍団と反省会。そこに「私的に」と断ってイスラエル・モサド（Mossad・中央情報局）長官になっていたシャロン・ヤヒム（マリアの秘の妻）が出席。ジョンをジーッと見ていたが、抱きつき「やはり生きていたのね」。情報を交換し合った。

そして秘の夫婦関係が復活―十ヵ国におよぶテロリストの資料などが渡された。

ジョンはフランス大統領選を予測。フローリア邸の車庫に置いてある大型スチールバック四個（約二億四千ユーロ）を二回に分けてブルーノ邸に運び、一つをアイレスとの秘の結婚結納金とした。同じ日、マイヨール署長にも二個を渡し、六ＬＤＫを有償譲渡（その資金は秘かに返還）、一つを結納金。

他の三人の娘の親にもシンパシーの気を入れ親しくなり、それぞれ一個分ずつの結納金を渡した。

引っ越してまた家具が、全て収まらないガランとした新マイヨールのアパルトメントで、アイレスとヘレン以下の三人の処女を、着床はさせずにそれぞれ卒業させ、後始末の仕方を教えて、フローリア邸で「ブルーチーム」として教育を受けることを示し、五人とシャンゼリーゼ通りでショッピングをし喜ばせた。

テロ事件に対応させ、出発が遅れていたクロエ軍団とタジームを集めて訓辞した。

「諸君がやろうとしている超能力を持つ子供さがしは、見方によっては人身売買である。ごたごたを切り抜ける必要がある場合、連邦軍・中佐の白川眞亜、松田徳子、徳光徳眞の秘の通信番号を教えるので連絡をとり、養育者（仮親）として、斉藤美和子医師、タジーム・ムハンマド看護師を示すこと」

美和子とタジームの了承をとって、それぞれの組が二ヵ月かけて出発した。

残されたタジームは、看護師で保育士。娘のナジームは読心と弱いけど念動力、変化する能力を持ち、遊びにつかっていた。親子をまだ工事中だったが、カレーの海岸に飛び海の洗礼を受けさせ、タジームに望まれて秘の妻にし受胎させ、中東に女性の若いムスリム超能力者がいること、早熟の娘も望んだが「まだ早い」。年齢と階梯を上げてからとして納得させた。

秘の妻にしていたブルーチームはフローリアに教育、海の洗礼に付き添わせ受けさせ階梯を上げていき、五回（十日過ぎ）になり、フローリアのＦ・Ｓを借り、五人で毎日のように洗礼を受け階梯を上げバカロレアＳの勉強も進めていた。

その前にマーガの城に来ていたシルビーと秘の夫婦関係が復活。一緒にシェイクスピアの研究を始めていた由衣とも暇を見て、シェイクスピアの若い時を知っているマーガも含め議論したりした。

イギリス側の栄典は、ささやかに次のとおりであった。

・エバＭＩ６長官代行―ＭＩ６長官に就任

・エリス警視正―警視長に昇進し本庁の警備課長

そして再来年春に任期が終わる英国首相に保守改革党党首として、カレンが立候補宣言して準備を本格化させた。

マーガの城のイリーナ、マリコ、キリコ、ターニャ、アーニャそれにマリヤＢは、実戦で闘い自信がつき、マーガの指導で海の洗礼を毎日のように受け、超能力と階梯を上げていったが、日本とアメリカから来ていたジョンの秘の妻の文学者二人がそれに気づき、参加を申し出。一緒に海の洗礼を受けたが衝撃…ものごとの本質を見ていない、この回数を深めること、マリヤＢも聞き、他の者のやらない日、それこそ雨風の日も毎日、海の洗礼を受けていた。三人とも少し先（未来）が観えるようになり情報を共有させた。

二人は千六百年ころのある人物にしぼり励まし合って能力を高め、マリヤＢはそれより、自分自身の知能・身体能力の向上をテーマにすることを宣言。階梯をあげていった。

［第六章］

育成と排除

ラプトルの移送・育成

ジョンの周りの事件などが一段落し、キメラの研究がすすみだした。

合間をみて気になっていたプラド基地を時々視察。H・Aの工事作業員が人間の監督者に従い、十二時間労働の二交代を精力的にこなしており、一部では内装も仕上がっていた。

グェグの頭の中から聞いた海の地中から湧き出る温かい水（温泉）の位置もつきとめ、ボーリングにも成功─これでラプトルに海の洗礼が受けさせられることとなった。

チトフ基地司令官が、パプア基地のジョンの秘の妻たち五人（あの低血圧の基地にいたエレーヌは退官して、UCLA・バークレイ校大学院医学部に復学）たちを指揮し、教える立場でH・A兵士などを動かし訓練を始めていた。

基地に収容しているラプトルに海の洗礼を受けさせ、傷付けずに移送するにはスリーピングさせることが要件───秘の妻・マリコとキリコの双子の姉妹は、その能力と念動力を持ち、強化させていた。マーガの城にいて、仲間の前でそれを見たがOK。

パプア・ニューギニアの基地とクリルシティに二泊くらいで行くので準備を命じたが、二人は身体で喜びを表した。基地には二人とF・Sで飛んだが、ナタリー司令官、徳眞、眞亜が軍装で迎えに来てくれ、工作場がつくられ技術者が待機。

少し時間が空き、ミミ首相から買取り依頼のあったミンダナオ島の公益財団法人を秘に見て回り「可」を出し、すぐ振り込ませた。その後フィリピンからパプアの基地に飛び、ジョンがグェグを呼び出し、出入口近くに来たところを拘束。マリコとキリコがグェグの脳細胞に介入、スリープさせた。ピクリとも動かないグェグを四人の念気で作業場まで運び、大口を開けさせ鎮痛剤《ちんつうざい》を打ち牙を全部抜き取り、柔らかい仮歯を入れ、さらに二本の足、二本の両手の鉤爪も全部いれかえ—脳細胞の活性化を司るシナプスを半分取り除き、従順に従うようにした。

檻の中の二匹の雌は、一個の卵を抱え威嚇《いかく》。ジョンが「天空の王に逆らうのか」を脳内に入れると大人しくなり、檻の外に出した。

マリコとキリコを中心にナタリー、徳眞、眞亜が真似てスリープを入れ完全睡眠状態。

ジョンがグェアを抱え、卵を持たせたマリコ、キリコを抱き、ナタリーがグェウを抱え、卵を持たせた徳眞を抱き、約五十㎞離れた白砂海岸にゆらぎ飛んだ。

今日は立入禁止にしてあり、人はいない。二匹のラプトルに従順の気を入れ、二匹にそれぞれ卵を持たせ、四人も海に入り洗礼を受けた。人の洗礼は、階梯のアップ、ラプトル・グェアとグェウは、同じように次の啓示であった。

「天空の王、ジョンの妻の一人として、その一人っ子を育て、さらに二回、八人の子を産み規律と知能を高め、規律のある勇猛なラプトル軍をつくり、人間のもとに協調すべし」

この二匹とジョンとのキメラである二つの卵は、研究のためクリルシティの研究所に送られ、別室で育てられていた仮牙・仮歯で排卵を一部制限（二個まで）にされていたグェグのコピー雌五歳・二匹がグェグのもとに送られ「道化」として人気をえだした。

ジョンはクリルシティの研究所で、完全に妻として従順化させた雌のグェアとグェウと交わり、少し後それぞれ四つの卵を産ませることにし、しっかり着床させた。

別に培養皿でもグェアとグェウのもの四つを取り出し受精させ、二つの比較研究が可能となり、この件を極秘とし、キメラが与える未来の影響を見ていったが、存在が示したジョンに向けられるテロの横行、この時点で得体の知れない三家族がいることも知り、「悪逆王」になりうることがわかった。

—これは一応置いといて、妻たちと今日は騒ごう、切り替えた。

四人のほかに徳子を呼んでもらい宿だけは予約し、予約なしでクリルシティの例の「飲んべえ横丁」に行くことになった。

F・Sでクリルシティの二寝室のスイートに着き、ホテルにチェックイン。

そこに美和子院長から熊本からリエとカナさん来ているよ、連れて行っていい？　和美もって。

結局九人になり海鮮料理、焼き鳥、三次元カラオケで騒ぎ—部屋で飲み直し、またカラオケ…隣の寝室で古い順、美和子、和美、徳子、眞亜、徳眞、リエ、それにマリコとキリコに夫の勤めを果たし大満足を与え、美和子からリエ、それにカナの七人に宝飾腕時計をプレゼント。

カナは十八歳、知り合ったばかりで駄目。しかし本人がリエの指導でその気になっており、裸になってベッドに潜り込んできた。

「後悔しないね」

「ええ、リエから聞いた。私も異次元で妻で子もあったはず。秘でいいわ」

ゆっくり燃えさせ、スイートスポットを刺激。濡れさせて、豊かに成熟した身体で求めさせ処女を卒業。痛みを和らげつつ満足を与え後始末のしかたを教えた。

マリコとキリコそれにリエとカナがここに泊まり、翌朝ゆっくり歩いて海の洗礼所。前後したが他の五人の妻も来ており言葉もなく海に入り、それぞれ階梯を上げた。カナは、

「ジョンの秘の妻になり、子を四人産み、ジョンの大事業を支援すべし。なお学びの道でリエに教わり同じ教程をすすむべし」

ジョンには、「ジョンが例のテロリストたち、後に出現する黒い三家族は慎重にすべし。テロ狩りをやる場合には三日間に限定し、もう一つの能力を与える。その前に平和のことを語るべし」

—理性と論理の塊の「存在」から、初めて受けた矛盾のある啓示に、少し考え込んだ。

ジョンは、パリのテロ事件、ヴェルサイユ宮殿の人質の解放に一役買い、犯人を引っ叩き、一躍時

の人になったフランス・FNCのリサ・フロイツェンTVキャスターに秘の通信を入れ、趣旨を説明。時間を調整し大学研究室で明日午後四時に取材を受けることになりF・Sで大学に行った。大学の広報・医学部長にもそのことの了承をとり、ケンブリッジ大学通信・公報も合わせて取材することに。この時、マリヤBの救急措置でお世話になった救急病棟のスージー医師から「ちょっと、ご相談。そちらにお伺いしても？　一人友人がいますけど」であり、明日に備え片づけをしていたのを中止。紅茶の支度をした。

少ししてドアがノックされ、二人の地味な私服に知的でスラッとした体型を包んだ女性、スージー・テイラー医師と彼女が連れて来た（後で自己紹介させたが）ヴィビアン医師がいて、ボーッとしたのでスージーが、

「あら、何か驚かせました」

「いやー、お若い美女二人がここに来られて、見惚れて」

「さすがJ・Jは口が上手いわ。でも嬉しい。ヴィビアンは？」

「ええ、本物だ。あの図書館で、世の中に天才がいるのだって…あなたのファンよ」

「いやー嬉しいですね。こんな知的な美女が、僕のファンなんて。あっ、ちょっと待って下さい」

ジョンがぎこちなく紅茶を淹れ、二人に勧め（心を読みわかってはいたが）、

「で、今日は何か御用でしたか？」

スージー医師が思いつめた感じで、

「私、あのJ・J友人の救急患者の治療をあなたとして、打ちのめされたわ。

正直、自分ではヘボ医師でないと思っていたけど、脳内の五ヵ所の局部はそのままにして、あなた周りの細胞・シナプスに見えない力、気で介入し、そこを活性化し様子を見たよね。あんなこと教わっていないし、私から見れば超絶の技法よ。いろいろ考え、クリルシティの大学院・病院に留学し研究したいの。相談に乗って」

「そうか、あれバレてたのか。西洋流の手術による摘除法と東洋の気の併用だったけど、うまくいった。でも、あの水準で治療が出来るのは、クリルでも、あと二人しかいないよ。少し考えさせて。それに君には彼氏がいるじゃない」

「えっ、知っていたの。でも、いろいろあって別れるつもりよ」

「うーん、そこまでか、ヴィビアンさんは何か」

「待って。ヴィビアンと呼んで。私、産婦人科の医師ですけど、ちょっと嫌なことあって、ここを辞めてスージーと一緒しようかって思っているわ。彼氏はいない。空家よ」

「そうか、クリルの産科は、妊婦・母子の胎児手術を実施している高いレベルにあるけど（フッとひらめいた）─パリかロンドンで保険外の産科クリニック開業しない。

資金は心配いらないし、患者も看護師も知っているけど─秘を守ることだけど、かなり高い地位の女性もどうしたものかって」

「へえ、面白そうだけどJ・Jの彼女なの」

「いや、否定する」この部分の記憶を削り、ディナーを御馳走《ごちそう》することになった。

開店は十八時三十分時から…今は十七時、二人が明日のフランスTV局の取材に備え片づけを手伝ってくれることになり、二人の女医に宝飾腕時計をプレゼント、喜ばせた。

二人の女医は良く動き…その間に柔らかくシンパシーを入れていき、二人の希望が和食であり、寿司バー寿を三人で奥のボックスシートを予約。もう一本、秘の通信をした。


例のボックスシート三人で食べ飲んでいると、偶然（！）カレン市長が女性秘書ともう一人友人の妊婦を連れて来て、挨拶し一緒することになった。

妊婦はモーガン教授の自宅ホームパーティで離婚協議中に望まれた、別の日に受胎させたローラ・ベイチェック薬学部准教授であり、スージーやヴィビアン医師とも知人であった（後で連絡を下さい。気で通信があった）。

ジェリー産科医師の開業の話も出て、カレンが支援を約束。盛り上がったが、カレンたち（ローラもふくめ）は途中で退所。少し飲み続け、この後に例の選択…選ばせ、ケム川別荘で飲み直すこと…ほぼ同じ。二人の知性が輝く美しい女医をケム川別荘で秘の妻にした。スージー医師のクリルシティ行きは積極的に支援、彼氏とは別れることになり、ヴィビアンはロンドンのカレン別邸で開業、その準備をすることになった。

二人の新しい秘の妻を説得、海の洗礼を受けさせ、二人は「考え込み」…ここに泊まることになり先を見て二人とも受胎はさせずにまた一戦ししてしっかり女としての満足を与え、翌朝とりあえず五十万ポンドの小切手を切り、家まで送った。

このあとローラのマンションに訪問。久しぶりに妊婦をいたわって、夫の勤めを果たし歓喜の声をあげさせた。抱きあったとき、ほとんどわかったが、

「できれば、クリルに留学し斉藤博士の下で医食を中心とした薬学の研究をしたい。うまくいったら院生研究生で優秀な女性がおり、一緒に」であった。

「秘」を守り（了承をえて処置）光の洗礼を斉藤院長の指導で受け——その結果で協議をすることになり、とりあえず五十万ユーロとその研究生分二十万ユーロの、二枚の切手を切った。

フィリピン・ダバオ市の公益財団法人は「A・M・ダバオ」に名称変更。ジョンが理事長、定款の少し変更手続きもしており、二千万USドル（五百万は施設整備）が、有効に活用されていた。

産科クリニック

ヴィビアン産婦人科医師は、ジョンの秘の妻としてのポジションには納得していたが、突然の開業に迷っていた。しかしカレン市長の支援の約束とその別邸、開業予定地の素晴らしさ、改築プラン、資金負担が「零」を示され—五回目（十日間）の海の洗礼で使命を悟り、クリニックの開設を決意した。パリ市・フローリア邸にもジョンの秘の妻の妊婦がおり、クリルで開発したばかりの二人（最大三人）乗りの超小型F・Sを安価で購入。

ジョンがヴィビアンに贈与し操縦を教えた。

その間にヴィビアン医師からの、次のような要望を全て叶えていった。

イ．ケンブリッジ大医学部附属病院・産科婦人科の非常勤講師と連携機能をもつこと

ロ．出産は病気ではない。健康出産のための諸システムの機器等整備をすること

ハ．患者（利用者）は紹介者だけに限定。私の最低保証月額、給与三万ポンド、スタッフ給与等差し引いて剰余が出たら二分の一ずつに配分すること

ニ．産婦人科に必要な最新・最高レベルの機器の配置をすること

であったが、ジョンからの特別紹介者を優先的に診ることも了承。ただし課題も。無痛分娩、妊

婦の負担軽減のため微温水の十五メートルくらいの浅いプールの設置であった。よく考えたが、テムズ川支流が三十メートルくらい先にあり、そこから管を引き綺麗な水をさらに洗浄して入れた。大工事になり渋っていたカレンとエリスを、利用者がいないときに自由に利用できることを示し、喜ばせ賛同させた。

カレン邸の裏に入口、駐機（車）場を設け、屋敷をエリスの要望も入れ大改造した。

こうして、エリス・アッテンボロー警視長を利用者第一号として登録。次々に紹介者の名簿を埋めていったが、カレン（市長）とエバ（ＭＩ６、長官）は秘の利用者にとどめ、スージー医師以下、スタッフも納得し秘が漏れないよう処置をした。

パール色で塗装され、（中央部だけ一・八メートルくらい）浅い十五メートルプールで、誰もいない深夜にジョンとヴィビアンが初泳ぎしてみたが快適。フッと思い、水泳パンツをとり裸になり、ヴィビアンは「いやね」と笑っていた。

ヴィビアンの水着をとらせ、美しい全裸と抱き合い中央部のやや深いところに沈んだ。しかし呼吸ができる。少ししてプールの上で光の玉がクルクル回り、例の洗礼を受けた。

ハッとした。「在りて在るもの＝存在」は地球神なのだ。水のあるところ、汚水などを除いて、どこにでも出現する。例えば、このように作られたところでも。

かつて、テムズ川の水は隅田川に通じ、大海に通じると言った人がいたが、ここの綺麗なテムズの支流から取り入れた水は大西洋と繋がっていることを悟った。

二回目、ジョンは、四百八十二回目で、ヴィビアンは八回目であり、ジョンは「存在」から

「よく気づいた。これを活用し妊婦たちの階梯を上げよ。さらに、この後に小事件が起こる。汝が考えていることを活用し実行するべし」

ヴィビアン医師には、

「汝が望んだそのプールで、汝自身も階梯を上げ、ジョンの秘の妻として子を四人産み、ジョンが考えている画期的・分娩法を実用化し母子で大事業を支援すべし」

ヴィビアンは、ジョンから画期的分娩法の内容を聞き仰天し、ノーベル賞級の研究に意欲。大きく変わり、クリルの大学院への留学が決まりつつある親友のスージー医師やローラもプールに誘い、納得し、忠実なジョンの秘の妻となっていった。

さらに、ヴィビアンとともに、クリルの首席研究員丸田と協議。ミミ首相の長女、日本人医師と結婚しマリカ・桜田・フロンダル（三十二歳）産婦人科医を了承をえて加え、「会陰《えいん》切開」をしない、胎児の三分の一以下の縮小、出産後に元に戻す動物実験をすることになった。

大学構内での襲撃

産科クリニックの開設の前、フランスTV局の取材は午後四時からであり、午前中は久しぶりに三人揃ってじっくり研究。そのことを含め、少し後のことを見た。

ここのチームは、自分をふくめステニーとロージィの両教授で次の人のキメラの研究。

イ．HN（ヒューマノイド）1、2と人（自分）の子

ロ．H・A（ヒューマン・アンドロイド）1、2、3、4と人（自分）の子

ハ．ラプトル・グェアとグェグと性交接した人（自分）の子、培養液で受精させた人（自分）の子、全てがキメラであり、前の二者は愛が目覚め、性愛の中で最高の頂点（いわゆる、イキ）をつかんだときに心が発生し「人」になると思われる。

愛は渇愛にも繋がりやすい。自分もそう説いた。愛と恋と性をもっと学問の中で明らかにしていくべきで、学問ではないが様々な形の愛と恋、性を明らかにした偉人がいる。

ウィリアム・シェイクスピア（一五六四年四月二十六日―一六一六年四月二十三日、享年五十二歳）。自分の秘の妻の一人である年齢不詳、たぶん五百七〜八十歳の元バンパイヤのマーガは、子供

のころウイリーと呼ばれたわんぱく坊やシェイクスピアと遊んでいる。

マーガの城で、二人の教授がマーガから話を聞いたり貴重な初版本等の古書を読み解き、クロエ軍団の支援で次元をこえ過去に飛び、面会を果たそうとしている。

今はクロエ軍団の超能力者の子供探しで一時休止。これはラプトルの二匹の雌にも繋がり、研究にとりいれるべきと結論を出し、すぐマーガの城にF・Sで飛んだ。

マーガが朝食を用意してくれ、留守部隊のイリーナ、マリコとキリコ姉妹、ターニャとアーニャ姉妹それに大人の風格のある神山由衣とシルビーナ・マルリオーネ、二人の教授もいた。全員秘の妻であり階梯アップなどの近況報告をさせながら食事を楽しんだ。

紅茶タイム。マーガと両教授の三人を離して、キメラ研究チームの例のことを話し驚かせたが、協力してくれることになり、三人をF・Sに乗せ、大学駐機場に向かった。

ケンブリッジ大学・大学院そのものは三人とも知っていたが、蔦《つた》が絡まる古式伝統の赤煉瓦《あかれんが》の研究棟は初めてで、ジョンの研究室に案内した。


ステニーとロージィ教授は、三人の賓客《ひんきゃく》に驚いていたが自己紹介。

ジョンが、この会合の目的・趣旨を説明。マーガを除いて相互の研究に役立つはずと示し納得させた。マーガが、かつてわんぱく坊主のウィリーと子供同士でふざけ合い遊んだことなど周囲の環境もふくめ話し、由衣とシルビーがシェイクスピアの研究をマーガの城で行い、その進み方などを説明。

ステニーとロージィが、ジョン（マリア）の指導のもとキメラを三つの側面から明らかにし、愛と性がキメラの人格形成にどのような影響を与え、「心」（こころ）「魂」（たましい）を持つことになるのか、そのためにシェイクスピアの研究は必然とした。

お互いの議論が進み、協力し合うこと。秘だけどクロエ軍団による次元をこえたインタビューをしたいなど、話は尽きなかった。十二時近くになり、ジョンが教授・教員用のレストランに五人を案内して、六人で語り合ってランチを楽しみ、紅茶タイム。

近くに医学部長がいたので、由衣とシルビーをアベ・マリア記念大学大学院（移籍した）の教授、それにＮＹ・コロンビア大学大学院の教授として紹介した。

二人はＴＶ取材の直前、三時三十分ころまで研究室で議論したいとのことであり、ジョンがマーガを送ることになり、二人で駐機場までゆっくり話しながら歩いていった。しかし小型Ｆ・Ｓが見えるところで見かけない男女がいるのに気づいた。

オヤッ…と思った瞬間、二人がハーフコートに隠した軽機関銃をかまえようとした。すぐ引き金が引かれ、パシッ、パシッ、パシッという音、サイレンサーだ。

ジョンはマーガを自分を覆っている人の目には見えない防御バリヤーで包みこもうとしたが、左手がその外に出て、一発くらった。マーガは短い距離ならワームができ、心の通信でワームさせた。ジョンは屈み込み小石を拾い、五十メートルくらい、バリヤーの中で小さくモーション。男に投げつけたが、女がかばい顔に当てて倒し、助け起こそうとする隙をみて、猛烈なスピードで初老の男の顔面に一撃して倒し、右足で押さえこんだ。撃たれた左手の傷はふくらはぎを貫通し出血が広がったが、下着を切り裂き止血。自分で治療しようかと思った…しかし、この後を観て思いとどまった。

実行犯の女は、頭に投石を受け重傷。初老の男、変装しているが、こいつがナジム・ハッサンだ。駆けつけたガードマンの二人にそれをしっかり告げ、軽機銃二丁を渡したが、白衣の男女も来てストレッチャーで救急病棟に運び込まれた。

大学構内で銃器による狙撃《そげき》事件が起き、大騒ぎに（マーガのことは、秘に）なり、少し前に挨拶した医学部長、四人の（秘の妻）の教授、少し後でモーガン教授も見舞いに来てくれ、「たいしたことないよ」で担当医のスージー医師から叱られたりした。

四人には、ステニーの研究室で議論を続けるよう、フランスからの今日午後四時からの取材は予定通り受けること、ステニーが仕切れと指示。教授に指示する十九歳の講師に、（秘の妻にしたばかりの）スージー医師が驚いていたが、口に指を当てて頷かせ、少しして警察官が来て、「ナジムを捕えたけどどうした」であったが、ポカーンとしていた。

「広域テロを指揮したナジム・ハッサン。一発くらったけど捕え、ガードマンに身柄と銃二丁を渡した」。また大騒ぎ。しかし、武器を残し逃げられていた。

すぐ広域緊急手配。しかしジョンは、ナジムは弱いけど超能力者。初老の男に化け、女を操っており捉えるのは困難。それより自分は、あの広域のテロ防止の件で表に立っていないのに、どうして、それに今日のことを知ったのか？

表に出て戦ったクロエ軍団、フローリア邸の警戒、それにマーガの城の面々も危ない。マーガを気で探した。

大学競技場の脇に飛んでいた。さて、どうしようか。迷っており、気で交流し、ここを教え、ワームして、ゆらぎ出現した。それに気づき仰天した二人の記憶を削った。

マーガに、その情報を伝え警戒を命じたが、他をどうするか、そうだ、ナタリーだ。

今、プラド基地で軍の整備をしているはず。トイレに籠り気を念に近くなるまで強くし、繋がった━すぐここ大学・救急病棟にくるよう命じた。

凶器を持つナジムの行動を予測…五分経って、Ｆ・Ｓでナタリーが徳眞をつれ軍装できた。すぐ二人に気で説明。驚いていたが、フローリア邸などを警戒させることになり、途中マーガを送ってもらった。

重傷のテロリストを見たい。だが拒否された。気でジェリーを従わせ、ガラス窓ごしに見たが、思考が混乱、よくつかめない。しかし、別荘という言葉が二つ出てきた…しまった。すぐナタリーに通信、三人はＦ・Ｓに乗り込むところであり「了解」の返事。

━後で聞いた話、ケム川別荘に放火しようとした三人の女に、それぞれ三人がワームしてかかり驚かせて拘束したが、別荘は無事。

マーガが殺しかねなかったので必死で止めた。ナジムはいなかった。

警察による実況検分が駐車場で実施。二人がいた位置、自分が気づいた位置、いきなり軽機を二人が撃ってきて、石を拾い右に左に避け、左手に一発くらったが右手でその男に石を投げつけたら女が庇《かば》った。驚いている男に接近。右手で顔面を一撃して倒した。血が飛び散っており、科学捜査チームが丁寧に採取していた。

初老の男に化けていたがナジムであり、それを警備員に告げて、捕獲した二丁の銃を渡し出血を止めた。自分は救急ストレッチャーで運ばれ、その後は分からない。

ハッとした。近くでフランスの取材チームが、カメラを回していた。秘の妻にしているリサ・フロイツェン、キャスターが、左腕を大きな白い布で固定されているジョンに近づき「中止または延期しようか」。駄目、このまま予定どおりを告げ、付き添ってくれることになったスージー救急医師とともに研究室に案内。

すぐスタッフ三名が、手慣れた作業手順で狭い教授室で放映準備をした。

(リサの質問内容は省略、ジョンの回答のみ)

「こんにちは。僕たちは、人とキメラの関係などの研究に不可欠と思う、愛、渇愛、性などについてシェイクスピア研究をされている二人の他の大学教授に来ていただき、ここのステニー教授、オックスフォードのロージィ教授とともに議論、研究をしていました。

何故このことがテロリストに洩れたのか、予告取材があったのですね。TV局には責任はありません、それより何故、僕が狙われるんでしょうね。

あの爆発事件があったロンドン郊外の三十エーカーの土地は、先祖からのもので僕が連邦軍士官学校開設のために寄附し、朝の散歩中に爆発物を偶然発見し通報しました。

かつて僕はラプトルと闘い、お互い素手、なんとか勝ちましたが、今回は五十メートルくらいの距離からサイレンサー付の軽機関銃二丁の突然の発射で、右に左に逃げるのがやっとで左手に一発くらい、右手でそこにあった石を投げなんとか制圧しました。この左腕は全治三週間のようですが、僕の信条として『生命があってよかった』プラス思考すべきと思っています。

ナジム・ハッサン、よく見て、聞いておけ。あの投石はお前にむけて走りながら投げたもので、お前は一瞬の差で連れの女を盾にした。その瞬発力は褒《ほ》めてやるが、女性の影に隠れるブタ野郎だ。一対一で再戦しよう。お前はどんな武器を使ってもよい。僕は素手で投石もしない、お前の目を見ながら絞め殺してやる。

しかし、お前、ナジムは人か、獣の生まれ変わりではないのか?

お前のような卑怯で女の影に隠れる卑劣な男は、神さまが許さないはずだ。

僕は、精神・脳神経外科の医師として、人の心を研究しているが、人はそれぞれの神をもち、その心のすべてを規制・統制することはできないと思っている。

僕は、神の名を借り、己の欲望のために人を殺し傷つける者を、偉大な神の、御使《みつか》いとは認めない。神の怒りがお前たちに下ることを予言する」

神の怒りの日（第一弾）

特別室に入院。その三日間にテロリスト狩り。第一弾としてテロリストの自爆自殺、殺し合いを誘導させることにし、モサドのヤヒム長官とナタリー長官のテロリスト（本拠）を見比べていた。

それぞれ十カ所だが、ほぼ一致。二ヵ所ずれており、十二カ所、一日四カ所実施とした。ロンドン・マーガの城を本拠とし、「殺し」の経験のない六人が、二回ずつ実施することにした。

六人に秘の厳守を伝え、第一弾として初日がイリーナ二回、マリヤB二回。二日目、マリコとキリコが二回ずつ四回。三日目、ターニャとアーニャ二回ずつ四回とした。いずれも武器なしで黒いキャップに実施場所を付した布袋を用意させ、手袋をつけさせた。

入院初日、消灯が始まり用意した身支度をしマーガの城に飛び、イリーナと抱き合って中央アジアの砂漠がある小さな町中に揺らぎ実態化。驚いた見張り三人を拘束。

その建物をチェック、十人のテロリストがいて拘束。爆弾多数、一時間後に爆発するようにしてイリーナに家探しをさせ、書類などを袋に入れさせた。その男十五人に「人を殺せと命じた者を十人以上殺せ。達成したら高齢者ボランティアで一生働け」。強く命じもう一つ小さな荷を確保した。

次（二回目）、百㎞ほど離れた東側寄りオアシスの村に抱き合って実態化。五人の見張りが銃を撃ってきてイリーナを抱き近くの小屋に避難したが、想定外。そこに三人の迷彩服を着た女性が拘束され、八人のテロリストがいた。

八人のテロリストを気で難なく拘束。三人の迷彩服の女に英語で安心させ手伝わせ、ハイテクのＩＣＴ機器データと書類、ＵＳドルなどを小袋に入れた。

使える車五台があり、大型機関銃のある装甲車を除き、念気でブレーキなどの配管を切り、三人に地図と武器、弾薬を渡し、一人の女が英語で話しかけてきたが、緊迫していたので無視。裏から逃げさせ、気づいた見張り二人を拘束。

表門のほうから「生命だけは助けてやる。出てこい」と叫ぶテロリスト十五人を気で拘束し室内に呼び込み、裏口の見張り二人とも「人を殺せと命じたものを十人以上殺せ。達成したら高齢者ボランティアで一生をおくれ」と命じ、二人で揺らぎ消え、マーガの城にいったん帰り、残った者たちに布袋の荷を仕訳させイリーナを休ませた。

次（三回目）、マリヤＢを抱き中東の扮装地域の町はずれに揺らぎ出現――小袋いっぱいの戦利品と十五人のテロリストに同じことを命じた。

四回目、バルカン半島のある国の郊外、テロリストの本拠地。規模が大きく見張り四人を拘束。小さい部屋に三人ずつ十部屋、司令部五人を拘束。マリヤＢがよく働き、司令部で大袋二つ分の情報とＵＳドル、現地通貨を収集し、三十九人のテロリストに五分後から同じことを命じゆらぎ消え、マリヤBを休ませた。

初日は四回、四カ所で終わり。秘かに予測したとおり、現金等は少なかった。


二日目——

初回、マリコと中央アフリカのある国の郊外にいるテロリスト十人と、二回目は東アフリカの村落にいたテロリスト二十五人に同じことをした。

三回目、キリコと抱き合い東南アジアのある国の村落にいるテロリスト十五人、四回目南アジア周辺に勢力を持つテロリスト三十二人に同じことをして、二人を休ませた。

（このころから、テロリストの異変がマスコミで報じられていた）

三日目——一回目ターニャと抱き合い、メキシコから中米に勢力を持つテロリスト三十八人、次（二回目）コロンビアから周辺に勢力を持つテロリスト二十三人に同じことをした。

三回目、アーニャを抱きブラジルのアマゾン川奥のテロリスト十八人。四回目、ペルーの山奥に十五人に同じことをして、二人を休ませた。


三日間で四カ所ずつ十二カ所、テロリストのたまり場本拠を、六人の若い妻と襲撃。その場では一人も殺さず二百五十七人に殺しを命じ、荷を十二袋奪取。中身はテロ対象の情報など三十万余USドル現地通貨であり、情報はナタリー（あとでシャロンに）渡すよう命じ、マリヤBとイリーナを責任者とし、現金などはこの仕組みでは低く、限界を感じつつも六人で分けるよう命じた。

三日間の報道で二千三百二十人余のテロリストがお互いに撃ち合って死亡。

「神の怒りの日」と言われるようになり大騒ぎになった。

モサド長官シャロン・ヤヒム（秘の妻）から秘の通信「例の件で会いたい」。病室で会うことにした。シャロンは美しく華麗なイスラエルの特産の名物となっている生花を持ちF・Sで見舞いに来た。

「ジョン、例の事件の対応で見舞いが遅れてご免。しかし、完璧なアリバイだね」

目が笑っており、ジョンも笑顔をこらえ、

「そう、病室から一歩も出してもらえなくね。それで結果は？」

「二千三百四十人。重傷が三百五十人余。その中に奴はいなかったよ」

これで通じ合い。

「うーん、まだ続くね。神の怒りは届かなかったか」

「うちでも探すけど用心してね。それで生き残った五十一人が、同じように高齢者ボランティアをやるって。ジョンのジョークというか、ユーモアは面白いね」

「まあ、お褒めの言葉として受け取っておこう。ところで三日間、禁欲して美女が目の前に。ご褒美頂戴」

淫気を入れ出したが、その前から脱ぎだし結界を張り、シャロンも結界。やや混乱――裸になり長いソファーで夫婦の営み、お互いに満足を与え合い――

抱き合ったまま賢者のひととき。

「あれ、左腕の銃創がない」

「ああ、とっくに自分で治療して治しているよ」

「うーん、やっぱり超人だね」

ジョンはハッとした。物音ひとつない静寂の中、これは「存在」と異次元を体験したときの場だ。シャロンも起き上がり着衣しながら気づいたようだ。

二人が期せずして、

「二重の結界のなかだ」

「そうか、結界を多層化するということは、微小な時間差による念気の貼付けか、心が通じ合い階梯が高いことが条件。今これができるのは、僕と君、あとナタリー、フローリア、ミミ、美和子、和美、マーガ、かろうじて徳眞、フラン、リエにマリヤBかな」

言葉に出したが、そのまま例のことの比例について考え込んでしまったので、

「ジョン、何か結界の多層化であるのね、話して」

北極圏プラドの近くで七千万年におよぶ冷凍状態から発見されたラプトルを包み込んだ時間機かどうかだけど、多層化された結界だったことを示し、

「人の世界では、一万分の一。七千年もてば、いや、その十分の一(七百年)でも充分だよね。仮に実用化すると、水不足や偏在、電力不足が解決するよ」

「うーん、今の銃弾などを防ぐ防御バリヤーより強力な、結界バリヤーが造れ、無敵艦隊も夢じゃ

ないよね」

「そうだね、ネックは…大きく広げ持続させることかな。そうだ、中に何かを入れ込むとすれば、その内容物の逆流防止の空気バルブをどうするかだけど、この技術の防止弁は、一般化されており二点がポイントか」

話は際限もなかったが、ハッとした。二人とも結界を解除していない。すぐ解除したが、ドアを開けるとスージー医師が怖い顔をして入ってきた。

ジョンがすぐシンパシーの気を入れ、

「こちら、イスラエルの諜報機関モサドのシャロン・ヤヒム長官、今度の件で見舞いを兼ねて打ち合わせを」

シャロンもそつなく挨拶。なんとか切り抜け、スージーに断わりシャロンをF・Sまで送り、その途中「マーガの城に十二カ所のテロリストの資料があるよ。ただしナタリー連邦長官とも協議すること」を指示し用意した宝飾腕時計をプレゼントした。

テロリスト同士が銃で撃ちあい、二千七百人くらいの重傷・死者を出したこの事件は、神の怒りの結果として、世界中のマスコミがとりあげ、実行犯探しが行われた。

J・Jことジョン・スチワードが、最初に注目を浴びたが、その前、フランス・STVのリサ・キャスターの取材で、ナジムに襲撃され、全治三週間の重傷を負い入院中の映像まで残っており、省かれ、結局不明。

ジョンは第二弾までは休暇と思い、病室で大人しく。あと二日間、深夜は海の洗礼を受け心身をリフレッシュ。二人の教授を病室に呼び研究を進めた。

テロリストから初日に助けた三人の若い女性は兵士ではなく、薄汚れた姿に偽装した看護師、保育士、医師で、適切な対応と第二弾はその後と、「存在」から指示されていた。少ない荷と多くの書物を整理していると、秘の妻たち以外の女性の面会があった。

特個室であったが、おずおず例の三人の女性が入室。おやっ、こんな綺麗な知的美人だったかな…。

「はじめまして、やっと会えたわ。やはりJ・Jだったのね」

「待ってくれ、僕はあの事件には関与していないことになっているんだ。これ以上すすめると秘密保持の、生死にかかわる保全措置をとるよ」

「ええ、いいわ。どうせ一度は死んだ生命。助けてくれたJ・Jに殺されるなら本望よ」

椅子に座らせた三人の女たち。

産科小児科医師　ローレイン・バッカム（二十八歳）

看護師　　ブルック・キンダーマン（二十七歳）

保育士　　マリリン・リチャードソン（二十七歳）

目を見て、脳内にある装置を仕掛け「カチッ」という音とともに稼動させ、その意味を説明。この三人は国境なき医師団の傍系のＮＧＯで、例の場所近くの保育兼幼稚園でボランティアをしており、襲撃にあい、変装をしていた。

少し前に小児二人を連れた東洋系の女性が訪ねてきて、同じ症例・吃音《きつおん》の小児二人…

「なに？　その東洋系はエイレンとイクコと言わなかった」

「ええ、そう名乗っていたわ。ボスがJ・Jとは言わなかったけど、うちの二人の子に興味を…あのとき、それを説明しようと英語で話しかけたのに…どうなったか」

ジョンは、少し後を見てフローリアに通信、一時間後にそちらに行くことを伝えた。

ジェリー医師に外出を断り、ローレインたちと中国寄りの中央アジアの美しいオアシスがある土地にF・Sで飛んだ。穴だらけの小屋、壊れた四台の車があり、ローレインたちとともに降り、F・Sを結界で包み、気を八方に広げ、五㎞、十㎞、十五㎞に広げた、その南西部にいた。壊れかけた古家に潜んでいて、気が通じ合い喜ばせた。

すぐF・Sで移動し、ハグを繰り返しつつクロエ軍団のエレインとイクコ、それに中国系の少女二人、アラブ系の少女二人がいて定員オーバーだが搭乗させた。

四人の娘ともに七歳、美しい顔立ちだが吃音《きつおん》で喋っている言葉が聞き取れない。

フローリア邸につき、残っている者から拍手で迎えられたが、捜し出したエレインとイクコ（頭の働きがいいことは分かっていた）を除き、いやフローリアも気づいたが、この子が天才か？　四人とも頭の回転が常人の五倍以上あり、それを言葉にしきれないのだ。

一人ずつ、ジョンが頭の回転を一・五倍、二・五倍、三・五倍から五倍に三年かけて上げていくことに、四人の双子の姉妹の買値は、四人こみで二十万USドル（二十万ユーロ）であり、百万ユーロずつ、ボーナスを与え喜ばせ、残り七百七十万ユーロ余を返還させた。

神の怒りの日（第二弾）

二日後から、第二弾を三日間・十二回かけ実施、ゆっくり休ませた。

今度は「神の名をつかってテロの資金を集め、あるいは子供を兵士にしたりレイプした者を十人殺せ。達成したら生き残った者に同じことを言い、農業に従事しろ」と命じることにし、子供がいれば連れ帰ることにした。メンバーはブルーチームを参加させ、F・Sでジョンが指揮するが、初めて参加させる美杉リエ、森カナを加え説明した。

フローリア邸のタジームとナジーム母子に四人の子供の一時保護を頼むとともに、ルジェ家関連の葡萄貯蔵庫などで不用になり売るものがないか探させていた。物件が出ていたが、後日とした。

第二弾の初日——

第一回—イリーナと新しくアイレス・ブルーノを加え地理に詳しいローレインの三人をF・Sに乗せ、中央アジア砂漠の小さな町の上空に雲に隠れて停船。

ジョンとイリーナが気で探ったが、この地域一帯のテロリストのボス・家族と金庫番たちが大きな樹々に囲まれた高い塀の家にいた。

人気のない近くの廃屋の庭に停船。約八十メートルくらい離れていたが、ボスの家の家族をふくめた十五人を制圧。歩いて正門の見張り二人を気で制圧して家に侵入。

家族を除き男たち十人を集め、「神の名をつかって…」しっかり念気を入れ、達成したときの処置も加え銃を持たせ放った。その間、イリーナ、アイレスそれにローレインにＩＣＴデータなどや多額の現金を少し残し、そこの大袋二つに入れ、家族には農業で生計をたてることを命じ撤収した。

第二回─同じメンバーで百㎞ほど東側寄りオアシスの村に出現。ここは三回目になったが、十㎞くらい離れた村にボスがいて、二十人を同じように命じ、家族六人も同じようにし、大袋二つを入れて撤収。一旦フローリア邸に戻り、大袋四つの仕訳を命じた。

第三回─マリヤBとヘレン・マイヨールを加え、中東の扮装地域…同じことをした。

第四回─三回と同じチームでバルカン半島に飛んだが、ここがこの周辺のテロリストの本拠であり、現金・情報は獲得済み。イタリア、フランスに至る経路を探し、人身売買、麻薬も扱うテロリストの本拠二カ所を制圧。ジョージア、ウクライナからロシアに至るその経路を支配する者を殺せと命じ、大袋四つを確保。一旦帰り、仕訳を命じた。

第二弾の二日目──

第一回─マリコとブルーチームのジェーンで中央アフリカのある国で同じことをした。

第二回─同じチームで東アフリカ・南スーダンの内陸で同じことをした。

一旦帰り、大袋四つの仕訳を命じた。

第三回─キリコとブルーチームキャッシーで、東南アジアのある国で同じことをした。

第四回─同じチームでインド・ベンガロール市の郊外で同じこと。そこで子供たち十人くらいを献身的に保護養育している中年夫婦を見つけたが、フローリア邸に帰り大袋四つの仕訳を命じた。
テロリスト狩り、第二弾の三日目——
第一回―ターニャとブルーチームのリッキーでメキシコシティのはずれに本拠をもつテロリストに同じことをした。
第二回―同じチームで、コロンビア・ボゴタに本拠を持つテロリストに同じことをし、インドと同じようなことをしていた中年夫婦を見つけ、一旦帰り大袋四つの仕訳を命じた。
第三回―アーニャと美杉リエとカナでアマゾン奥地のテロリストに同じことをした。
第四回―同じチームでペルー山奥に本拠を持つテロリストに同じことをし、大袋四つを持って帰り、仕訳を命じた。戦利品は、見る気になれず後日としたが、このころになって初日の第四回目、第二陣の「神の怒りの日」が実行され、第二幕の死者は一千七百二十人余と報道がなされた。いただいた二十一の大袋は、五億六千万USドル、一億二千万ユーロと現地通貨と貴金属が多数であった。一億ユーロ(約百億円)は、パリの銀行の支払用に入れた。
死者の数は中央情報局、モサドのデータと概ね合っていたが、その中にナジムはいなかった。参加した十四人に、いただいた現金の中から一人につき百万USドルをボーナスとして支給した。マスコミが大騒ぎ、実行者さがしが行われたが、不発に終わった。
キリコとキャッシーにインド、ターニャとリッキーにコロンビアの夫婦の接触を命じ、「可」であれば、児童養護施設づくりをする——それぞれ二人を責任者に「A・M・ベンガロール」と「A・M・コロンビア」づくり、資金四千万USドルの供与を示した。

［第七章］

階梯のアップ

妻たちの素材磨き

フローリアの指揮のもと、クロエ軍団を中心に三つのチームが超能力を持つ子供さがし（買取り）をして、中央アジアの砂漠地帯から四人の子を保護しフローリア邸で養育していた。残り二チーム、東南アジアの奥地に入ったカンニャ（ベトナム人）とベルゲ（ドイツ人）は、二人ずつ七歳の少女を見つけ出していたが、子を連れた国境越えができずナタリーに救援要請。徳眞がヒューマン・アンドロイド（H・A）の軍人二人を連邦軍装・少佐で係わり、フローリア邸に連れて来た。

コンゴのデマンボ（コンゴ人）とフラン（ギリシャ人）も同じで、徳子が二人のH・A軍人をつれて救出、フローリア邸に連れて来て秘の情報もあった。

同じような年（七、八歳）の娘が、十二人そろい、フローリアとともに見た。

髪はボサボサ、薄汚れた服装、おどおどした態度からとても天才や秀才には見えなかったが、カレー海岸、簡易につくられた洗礼所からフローリアが海に入れ洗礼をすると変わった。普通の子だったが、内面から何か輝くものがあることがみてとれた。

この世話をさせた秘の妻の看護師のタジーム・ムハンマンドは、娘のナジーム（十四歳）の超能力の階梯アップに海の洗礼を活用していたが、自分の出身地・ハン連合国の奥地に二人の超能力者らしい娘がいて、極貧生活であり買取れるという。

すぐ、このころＦ・Ｓを操縦でき頭角を現し始めたマリヤＢに二十万ＵＳドルを預け、タジームを付き添わせＦ・Ｓで向かわせた。

二日後、娘を連れてきたが合格。二人に五十万ＵＳドルのボーナスを与えた。

ＮＹの秘の妻タチアナから、マンハッタンの貧民窟不法移民の子三人、ＬＡマーシャからメキシコ系の不法移民の子五人が送られてきたが、合格。これでナジームを加え二十三人の超能力者候補ができ、一つ抜き出ているフランシス・ルジェをフローリアの下の養育責任者、イリーナを補佐にしたが、書類などを偽造しタジームを養母にした。


ルジェの大ブドウ畑の隣、小さなブドウ園と丘の中に掘られた収納庫を姉妹（秘の妻）の案内で、フローリアとマリヤＢとイリーナを連れて見に行った。

ブドウ園の端、貯蔵庫近くの地下から水が湧き出て、せせらぎが小さな小川をつくり、二階建ての家の近くから水路に流されていた。ブドウの育成に水は禁物。

「あなたから言われて探したけど、まさかお隣さんが売るとはね。言い値の一千万ユーロで買収しておいたわ」

長女のフランシス・ルジェの発言にルシアが頷いており、外から見えないプールづくり、子供の遊戯、遊び場、学習の場、超能力実験のための広場、それに湿気とりの乾燥器の充実。二階建て三十五人の子と保育士が常勤できる改装を命じ、売却希望価格に二百万ユーロの改装費、同額のボーナスを支給し喜ばせ、久しぶりに姉妹に夫の勤めを果たした。

そして中央アジアの砂漠から救出した三人の女性、ロレイン、ブルック、マリリンは、ジョンの秘の妻になることを納得させ順に交わって着床。満足を与えた。

ここを見せ改装に意見を出させ、もう一つロンドン市内に少し規模の小さい産科クリニック併設の保育施設にも係ることを命じていた。

フローリア邸は、セーヌ川から水が引けず、カレーの白砂海岸の洗礼所でフランの指揮のもと五人のクロエ軍団（栄蓮、ベルゲ、カンニャ、デマンボ、イクコ）が階梯を上げ、念動力の能力アップ、短い距離のワームができるようになっていた。

ブルーチームは、フローリアの指揮のもと、フローリア自らしばらく休んでいた海の洗礼を受け始め、強靭な体力とスピードをさらに強め、屋敷内でクロエ軍団の六人と素手の格闘技をそれぞれとしたが、圧勝。次から三人掛かりとしていた。

ブルーチームは、最初から五人掛かり、二〜三分で倒して「つかえない、もっと力を！」と言い、五人を悔しがらせていた。

ジョンが介入して、ブルーチーム五人は、バカロレアSの上位修了という目標があり、そちらに半分は時間を割くよう無理しないプランにさせた。

少し気になっていたスウェーデン・ストックホルムのハッセル・ウッデンのタイリーとリリー姉妹を訪ねようとして、直接に通信したところ大歓迎であり、ふと思い妹リリーの同級生だったマリヤBを誘ったが大喜びでめかしこんでいた。ハッとするスパニッシュの美女に変身。大きな樹々に囲まれた家の駐車場にF・Sで着船。しかし自分（J・J）が大きなヘラジカの頭部を撫で撫でしている大旗がいくつもあり、下部に「自然との共生党」母親のタエル・シュナイダーの氏名―どうも選挙のイメージポスターのようだった。

マリヤBも驚いて

「これって、J・Jも知らなかったみたいね。肖像権の侵害だよね」

「まあね…多分、リリーがやらせたね」―苦笑い。

大勢の中年女性（パワー）に囲まれ、辟易《へきえき》していると、リリーとタイリーが近づき、リリーが「この旗、ご免ね。私が勝手に…」「わかった、いいよ」のやりとり。

「皆さん、この人が超人伯爵のJ・Jです」連れの美女に気づき、尖った小声で「あんた、誰？」「ケンブリッジの同級生なのに、気づかないの」「あっ」というやりとりが、もみくちゃの中であり、リリーが大きく鋭い声で、

「皆さん、J・Jと、私の友人のマリヤ・アンドロッティです。空けて下さい」―シーンとなって道が確保。

話は山ほどあったが、本筋からはずれ要点のみでカット

・小さな小屋をつくり例の海の洗礼、最初はフローリアさんの指導でリリーとタイリー、すぐ後で

父と母も受け、劇的に変化したこと
・父母も政治家になろうか。母のタエルは自然との共生をすすめる党（会）をつくり、会長で会員は家族の四人。Ｊ・Ｊの資金がたっぷり余っており、現会員は百二十人余
・市長選があり失政もない現職三期（七十三歳）が圧倒的に強く、誰も出ない。大都市の無投票はよくないので母が政党登録して立候補。泡沫候補扱い
・「自然との共生」をアピールするだけでいい。―公益財団法人化も検討中
あの写真を無断で使って、ご免ね。投票日は十月一日、賭け屋が入り、百対一でオッズは百。圧倒的不利。しかし支援者は皆・朗らかで、屋敷に入ったＪ・Ｊを呼ぶ声が大きくなり外に出て、二百人くらいにふくれあがった人々にむかって、よく透る声で、

「みなさん、ジョン・スチワードで、Ｊ・Ｊとも呼ばれています。僕がかつてここを訪れ迷ったヘラジカの雌に子ジカのいる方向を教えたシーンが、『自然との共生』のシンボルにされていることを光栄に思います。これを提唱したアベ・マリアは、僕の育ての親です。自分の思想・信念が、このように使われ支持され、僕が支援することを、マリアはとてもとても喜んでいると思います。

その意味で僕はタエル・シュナイダー候補を熱烈に支持します。

僕はただの学究の一人。非力で、あと一ヵ月後にせまった選挙に影響を与えるほど能力もありません。ただ、風の便りでこのことを知り、次女リリーさんの大学院修士課程で共に学び理学修士となったマリヤ・アンドロッティさんを選挙の手伝いで、ここに残しておきます。よろしくお願いします」

マリヤBは驚いていたが、表情には出さず小さく手を振り応えていた。

少し後、ジョンと秘の妻三人で海の洗礼。それから二人の妊婦、姉と妹に夫の勤めを果たして、大満足を与えた。マリヤBとも秘の夫婦として繋がっているとき、この件のこれからのことを心を開いて伝えたが、驚かせた。その要旨は「選挙は勝つ」「勝った後の人事などシステムづくり」「ナジムの標的になる」「一番気の合いそうなイリーナをつける」——階梯を上げて、決して見捨てない。ジョンはナジムとの激闘の中で、マリヤBが右頬に大きな傷（スカーフェイス）を持つことは言わないでいたが、秘でフローリアとフランの二人をここに不定期で来させ、用心することで了承をとった。

九月十五日火曜日、三限・ケンブリッジ大学院での午後一時三十分からの九十分の「脳神経構造の働き基盤」講座は、三次元ハンド・コンピュータを持ち、ジョンの高度CSに接続し受講することが条件で、定員百名であったが、全て自分より年上の百八十五名の希望があり大階段教室になり—秘にクリルシティの「該」（がい）コンピュータと接続。三次元から四次元認識を入れ、「愛」、「性」などと脳科学の研究領域の基盤も一部示し、オックスフォードや地元大学からの聴講希望もあり、満室近く、好評を得ていた。

ストックホルム市長選は、「超人伯爵J・J」の支援声明と「自然との共生」が支持され「七対三」くらいの支持になったが、依然として現職絶対有利であり、クリル共和国ミミ首相の応援演説もしてもらった。

少しの後の九月二十九日、本命の現職候補は、演説台から転げ落ち失禁し頭を打ち、三次元TVにズボンを濡らしているところを撮られ救急車で運ばれたが、車内で心肺停止。

「死亡」と報道─しかし奇跡的に持ち直し九月三十日の早朝、三次元TV放送機の前で涎《よだれ》をたらし、口から泡を吹きながら「ワシは無事」。スピーチは全然聞き取れなかったが、立候補は続けるらしいことが放映。

その大きな三次元映像が、十月一日の早朝から全国放送─タエル候補の「神のご加護があり、速やかなご回復を祈ります」発言による人柄が好感を持って受け入れられた。

結果、五万余票の差で（元）女子大学講師の無名のタエル・シュナイダーが当選。


実はこれからが正念場だった。

ジョンとフローリアは少し後の未来を見ようとしたが見られないでいて、タエルの当選、そこまでは何も起きない。

ボランティアの支援者は、三百名くらいになっており、リリーが仕切り、マリヤBがサポート、タイリーが母のサポートをしていたが、その中にナジムの配下の女が二人いて、「当選または落選」のわかった日に事件を起こす。少し離れた隠れ家に別の三人のテロリストと銃器があった。ナジム自体の所在と、ターゲットが誰かを特定できないでいた。

タエルをマリヤBが重点警備。ジョンは大学院研究室に研究生のマリコとキリコを置き、遅くまで研究を仮装。フローリア邸に揺らぎ飛んで待機―

二十時、投票締め切りの少し前に白髪混じりの中年男に変装し、後援会選挙事務所に飛んだ。隠れていたナジム配下の三人がカレン邸に移動。銃を持っていたが、こちらはフローリアが気づき念気で制圧。縛りあげて地元警察署に連絡した。

リリーとマリヤBは選挙事務所にいて「当選」で日式・万歳とハグ。ボランティアの二人が銃を隠して近づき、ジョンが気で押さえつけ、フランとイリーナが制圧。空いた一人が銃を取り出したので詰め寄っていたマリヤBが飛びかかって制圧。

これが三次元TVに映され騒ぎになりかけたが、フランと娘二人、タイリーとリリーが収めた。ナジムが出て来ない。いるはずだ？

ジョンは少し後ろに下がり、大勢の人、人、全体を気で探した。

TVカメラマンの中年の男が「気」を殺している、ナジムだ。

肩掛けカメラは改造銃。それに刃物―超小型のイスラムの偃月刀《えんげつとう》を隠し持っていた。

その銃口からマリヤBまで約五メートル。すぐ警告と念気で銃の引き金を動けなくしたが、大勢の支援者たちがカメラに映ろうと動き、一部の念気が破れ、マリヤBが銃（カメラ）を奪ってナジムに突っ込み突き倒した。悲鳴があがり、三メートルくらいがあき（ジョンはフランとイリーナにタエル、タイリーとリリーを守れ――気で命じ）、その二～三秒の間にナジムは中年の女性を人質、首を左手で巻き、右手で偃月刀を突きつけ、睨《にら》み合い。

ジョンが後ろからナジムにゆっくり気を入れ強くし、マリヤBも同調し二人掛かりで動けなくして近づき、人質を離そうとした。

中年の人質女性は、離されるときナジムの手首に噛みつき、その痛みでナジムにかけた念気がはずれ刀を振り回し、人質を庇《かば》い前屈みになったマリヤBの右頬を刃先で切って血が噴《ふ》き出て血だるま。しかしマリヤBは顔面を血にそめながらもナジムを押さえこんだままで、駆け付けたイリーナが代わって制圧し、男性支援者のバンドを借り、手首をしっかり縛った。

ジョンは迷ったがマリヤBの右頬の止血をとりあえずして後方に下り消えた。

この事件は、ナジム・ハッサンの原因不明の襲撃事件とされたが、市長選当選会場で頭部を血に染めて逮捕したボランティアのマリヤBの傷跡（scar）は、顔の右頬、口許の右側一センチ横から、右目と右耳の間、斜めに十一センチとなった。ケンブリッジ大・大学附属病院に転院し整形外科医の執刀により、細心の注意が払われ三十数針を縫う大手術となったが、傷を消すことはできず…手術後、そのまま個室に入院した。マリヤBは大きな頬の傷をさらし「スカーフェイスのマリヤ」といわれるようになった。


少し後、ナジムと配下の女五人は地元警察署に拘留。連邦政府に引き渡されることになったが、地元検察の取り調べにずっと黙秘を貫いた。その合間をぬって三人が秘の支援者から手に入れたのか、銃を持ち出し、警察官と撃ち合い二人が射殺され、ナジムはその隙に銃を手に入れ、女三人を盾にしつつ逃走してしまった。

ジョンは不定期にクロエ軍団に交替で、タエルとその邸を警護させた。

そのころ、ジョンは「スカーフェイスのマリヤ」こと世界的有名人となったマリヤBを「特個室」に、大きな赤い薔薇《ばら》の花束を持って見舞った。

「マリヤ、君とは不思議な縁で、たぶん『存在』の意図するところだと思う。しかし、その傷を負わせ申し訳なく思っている」

「ありがとう。J・Jがそう言ってくれることが、何よりの救いです。でもリリーの家で夫婦の営みをしたとき、気で決して見捨てないって…このこと予測できたのではなかったの」

「うーん、君はやはりね！　怒らないで聞いて。百％ではないが、予測できた…」

ジョンは、この部屋に結界を張り、ジョンからマリアの姿にゆっくり変えていき、「これが、二十六歳のときのアベ・マリアなのよ」衣裳がはずれ下着もとれ裸身。銀髪が黒髪になり、そして美しく整った顔の右頬に十一センチのスカーが出現。

しばらくそのままに呆然としたマリヤBが、

「私と全く同じだ」

「そう、私の後継者は何人かいて、中心は私自身、ジョンだけど、マリヤに傷を付すことによって選んだことを示したのよ。…少し寒いね、ジョンに戻らせて」

ジョンは、マリア・アベとして当時の人に言えない苦悩も語り、ナジムをあの場で殺すこともできた。しかしそうすると「存在」の意図に反し自分が表に出る…望みを聞いた。

「わかったわ。ジョン、ありがとう。私は、あなたの秘の妻として子供を四人産み、軍人として支援する。そのため階梯をあげ、まず連邦士官学校の教官になりたいのが望み」

「わかった、間違いなく了承。タスクを与えることもあるが支援していくよ」

「あっ、それから今回のナジムの標的は私なのよ、ご免ね」

「分かってる。あの二国間テロで、パリでナジムの彼女になりかわって会った、街路で濃厚なキスをしたとき、奴の舌の一部を切り取ったんだね」

「そうか、お見通しだったんだ。切り取った舌と血を吐き出すとき、むせてしまって逃がした。わかってくれてたんだ」

「うーん、それはいい。これから選挙が六つほどあるよね『合法的』に支援をね！」

この後、タエル新市長の当選祝と、マリアBの傷病見舞でダイヤ宝飾五点セットを贈り、大喜びさせた。

首長の選挙

その前にステニーとロージィ両教授に、自分の博士論文に示してあるけど、愛の究極は「無私のもの」。典型例が、子を抱く母と子の関係。これを獣、特にラプトルまで広げクリルシティの優秀な動物学者がいて研究。四巻に分けた大論文の構想を示した。

フランス大統領選は、まもなく公示――

多国間テロ事件の鎮圧放送で有名になったTVキャスターのリサ・フロイツェンから会いたいと通信があり、すぐ彼女のアパートメントに飛び驚かせたが、久しぶりに秘の夫婦として交わり、大満足を与えそこで用事はほぼわかった。

伯父にあたるアラン・ブルーノ候補の自伝本の出版で寄附の要請。了承し家族との写真、司令官時代の活躍の写真など追加を求め、次の日、三倍の一千万ユーロを振り込んだ。

その前、対立候補の現職首相のこと、いろいろ聞き出した。

中年の男性秘書がいて仕切っていた。頭の中を探ったが「ん」これは使える。

死亡した大統領とその夫人、あまり夫婦仲は良くなかったが、表面を取り繕っていた。夫人の弟の借入金の個人債務保証三千万ユーロがあり、夫の生命保険等はこれでチャラ。目立つ財産もないが、フランス婦人有権者同盟の会長で、かなり影響力あり━

故・大統領と親しかったフローリアと相談。ブルーノ候補支持を表明してくれたら五千万ユーロを秘で渡すこと…未亡人はのった。

念のため対立候補は、五年前に大腸がんを摘除。完治したらしい。首相官邸近くまでいき、わずかに残っていた悪性新生物を猛烈に胃に増殖させ、彼は翌日の演説会場、三次元ＴＶの放映中に血を吐いて倒れた。

すぐ救急車で運ばれ、全治一週間の胃潰瘍《いかいよう》と発表…これをリサ・キャスターが過去の大腸手術のカルテコピーを付して（出所は秘）暴き、健康に不安があること、前大統領夫人がブルーノ候補支持を発表。「闘う司令官ブルーノ」の出版もあり、有利な選挙戦になった。ストックホルムのタエル新市長が応援演説を二回、クリルのミミ首相との対談もしたが、他の賛同者とともに「自然との共生」、「闘うフランス」をぶち上げていた。

なだれを打つように支持が集まり、ブルーノが大統領に当選。

時が少し後になるが、英国首相選挙は保守改革党のカレンと労働革新党の七十歳の党首間で行われることになった。カレンは隣の産科クリニックでの秘の出産（娘）をした後にジョンに活精気を入れられ、元気にやる気にいっぱいになり、「自然との共生」でミミ首相に応援演説をしてもらっていた。対立候補は、禁錮拘留されているＹ（元）下院議員の親友であり、関与した証拠は十分に残っていた。別れた夫の三つ子（?）を産んで産休になっていたエリス警視長と機会を見ていた。

問題はロンドン市長の後任をどうするか。潔く明け渡すか、有力は労働革新党の若い（五十歳）やり手であり、カレン、エリスと協議したがカレンの推挙したのは、何とケンブリッジ大の有名教授モーガンであり――少し考え込んだが、「これはいい」。了承し、すすめることになりモーガンと調整、市長室に来てもらった。

モーガンは、ジョンがいることに驚いていたが大机の脇に赤子を抱くカレンの写真…エリスが「あっ、これ私が産んだ子で可愛いでしょう」。三つ子を産み、お祝いしたことを知っており、大体を推測し、わかったが、そのことの口をつぐみ三つの課題を示した。

一つ、選挙の資金がない

二つ、大学教授は辞めることになるだろうが、ボート部だけは何とか残りたい

三つ、対立候補ジェイソンは、ケンブリッジ・ボート部の五歳後輩で仲はいい――（ジョンは、モーガンの頭の中からジェイソン・アーチャーのことを引き出したが、ナイスガイであのクリルシティの見物に参加。挨拶をしたことを思い出した）

ジョンはつい先ごろ、死亡した夫母の膨大な死亡保険金等（事故加算をふくみ）が支払われたばかりで、その一部の一千万ポンド（約十億円）を秘で選挙資金として寄附すること。二つ目は名誉監督として残るようになったが、三つ目が課題。

大学関係者、候補者本人と会い念気もいれたが、「ボート部監督、大学院講師から二年で准教授」。

三人で例の寿司「寿」で飲み、ジョンへのシンパシーを入れクリルシティの見物のことも出て盛り上がった。モーガンが就任祝いとして、百万ポンドを渡し決着。

モーガンの応援にまわることになったが、モーガンの姪エイミー・ブレイラック（元）ニュース・キャスターの話が出て、近況、随分良くなり退院も間近か。

「モーガン先輩、お仲間になったからでもないけど、エイミーさんに会っていいですか。僕はご存知のバツ一の独身ですけど」

「いや、嬉しい。あの娘、ご存知の妻の末の妹で、このまま枯れさせるのもって」

ジョンは、エイミーとのことを探りまくり、退院間近の療養病院近くでジョンとのこと、モーガン夫人のお腹の子のことの記憶を慎重に消していき、代わりにこの対立候補だった、かつての恋人のジェイソンの楽しい思い出を引き出して、彼に貞淑に仕えながらモーガンを応援することを組み込み、活精気を入れてやった。


モーガンは、惜しまれつつ大学教授を辞め、ギリギリの功績評価でケンブリッジ大学、名誉教授となり、保守改革党に入党。豊富な資金、ボート部の人脈、新監督の応援、それに個人として応援した「超人伯爵J・J」の人気もえて、当選した。

ジョンは、かつて麻薬取引の弁護士から押収し使わないでいた六LDKのペントハウスを、モーガンに賃貸し、少し後に秘で贈与した。その前にジェイソンは市長選の立候補を辞退し労働革新党を離党。ケンブリッジ大学・常勤講師・ボート部監督に就任。モーガンをエイミー・ブレイラックとともに支援し、モーガンの当選に一役かっていた。

カレン・アッテンボロー英国首相は、(ジョンのサゼッションもあり)モーガン・ロンドン新市長と図り、二千十二年七月に開催した第四回オリンピックを六十三年ぶり、二年後の二千七十七年ロンドン市に誘致。議論はあったが、誘致委員長にモーガンが就任。

その一年前、スウェーデン王国は、立憲君主制(憲法により規制されている世襲の国王がいる)の議院内閣制(議会により首相を選任)をとり、三四九の選挙区ごとに全ての候補者を立てるべく「自然との共生」を条件に公募を始め、注目されはじめていた。

ストックホルム市長選が一息つき、タイリーとリリー姉妹にヨーロッパ中に「自然との共生」党を広げるべく、公益財団法人化し五千万ユーロを渡し、必要なら個人として応援をすることにした。少し時間が空き、コロンビアとインドの例の夫婦と幼児児童養護施設の理事長J・Jとして会い、人柄にふれて、ここを公益財団法人化、二人ずつの指揮のもと進めさせ、少し後で二千万USドルをジョン名義で振込んだ。

この少し前、カレン新首相にダイヤ宝飾五点セットを当選祝いで贈り、大喜びさせていた。

念動力の開発

ジョンはフランス大統領選挙、ロンドン市長選挙とストックホルム市長選挙が概ね思うように終わり、公益財団法人の拡充を考え、一息ついていた。

しかし、何か忘れていることがあり、ゆっくり振り返り、思い立った。

「存在」からの重大なプレゼント、次元と年代をかえて送り込まれた美杉リエと森カナの能力と、双子の娘マリコとキリコを活用していないこと。前世界ではジョンとの間に子供がいてノーベル賞までとらせたのに、二人はこの次元世界では、十八歳の処女であった。

処女は既に本人の望みにより卒業させたが、前次元の記憶があり、今次元では違うことを自分とやりたいであり、それに応えていない。

それにマリコ・マナベ・ジョンソンとキリコの巨大な潜在能力の開発に応えていないし、クロエ軍団のイクコもそうだ。

たまたま、日本人の超能力者の娘五人になったが、潜在能力からいえば、ロシア人のターニャ・イシコフとアーニャの双子姉妹とイリーナ・カガノヴィチ（元）上等兵とほぼ同じ。九人とも「妻」にしていた。

それにパリで救出した、ハン連合国からの不法移民のあの母子。母ナジームは「妻」にしており、娘のナジーム・ムハンマンド（十四歳）は能力を発揮しだしたが、フローリア邸を初級の特殊能力者教育施設にして、クロエ軍団などで学ばせている。

あと三人ほど、子供の超能力者がいる。

ジョンが考えている念動力を使える超能力者の完成、攻撃は二十一年後のβ星人侵略に備える防衛攻撃であり、慌てる必要はない。

しかし、連邦軍士官学校は、再来年四月を目指してここロンドンに誘致する予定であり、本科の他に特殊科（超能力者養成）も設置、教官も必要。

ここはフローリアの了承をうるべき。フローリアの予定に合わせ、例の邸宅の庭にF・Sで飛び、フランと軍団員の同席を頼んでおいた。

フランから返事、翌日午後二時、ロンドン郊外のマーガの城で軍団員全員とナジーム、それに候補者と会うことになり、マーガの承諾をとった。

八人の参加（一部重複）、十三人の会議となり、マーガの同席を求めジョンが趣旨を説明。

士官学校・本科二年・二百名、特殊科二年・五十名（超能力者・念動力者二十名含む）、特別科一年・百名（キメラ部隊）の趣旨と目的が示された。

ナジームを除く八名と軍団員は、一年六か月後、特殊科などの教官となる。

その間、二人一組、イクコとイリーナ、リエとカナ、ターニャとアーニャ、マリコとキリコが一組でペア化し、十四歳のナジームは全ての組の下でかかわるが、子供から娘になり超能力の片鱗《へんりん》を見せだした。その他にも子が散らばっている。

チーム・リーダーは、前世（次元）の経験・記憶を持つ百歳弱の美杉リエ、副は同じく森カナとし、フローリア軍団長の下に置く。

リエとカナ、あまり目立った働きがなく驚かせたが、「存在」が次元をこえて送り込んだ異相次元の妻で多様な経験あり――納得。なお、通常の業務可とし、週二日はここで訓練・教育を受けることにした。それにアデレン・ウイングの活用もできていない。

それに貧富の差の拡大――これは資源だけでなく、四つ（米・日・英・ユーロ）の基軸通貨の中で、アメリカドルの圧倒的強さによるものではないか――少し研究してみようと思いたった。なお自分（ジョン）は、今百Kgを五百Kmまで念動力で送ることができるが、これを伸ばすとともに、宿舎などの整備をマーガにしてもらうことにした。

チーム・リーダーの美杉リエに副リーダーの森カナで育成プランづくり、フローリア軍団長のチェックを受けることにし、動きだした。

ゴースト

中東のある砂漠地帯と小さな山塊の連なるオアシスの村にナジムは帰ってきて、あの女から舌の一部を食いちぎられ変な発音になったが、それを笑った妻の一人を殺した。銃声を聞きつけ近づいて来た忠実な部下、目つきが変であり警戒。「殺せと言った者を殺す」銃口を向けられ反射的に射殺。

そこにあの「ゴースト」（幽霊）が出現し跪《ひざまず》き、説明をしようとしたが「わかっている。いい、その二体を早く神のもとに運べ」——少し離れた洞窟の中、黒い小山のような「神」は牛頭が出て、二体をバラバラにし旺盛な食欲を示したが、ナジムは少し前まで妻だった美しかった女が、血の海のなか肉塊にされるのをジーッと見ていて、お前のせいだ。

ジョン、許さんぞ、怒りを内に秘め、トボトボと歩いて帰り、残った一人の妻に手足を清めさせたが、三メートル先の床の上に、またゴーストが出現。

「J・Jという我々の敵は、ノーベル賞をとるため工作をしているのか」

ナジムと妻は跪き、

「はい。たかが鹿や自然を守るため、あの国で動いているとは思われません」

舌がうまく回らず…しかしゴーストは、そのことでは何も言わず、

「いずれ、発表があるな。その時わかるが、何百人という軍勢や戦車を向けるわけにもいかん。四方からミサイルを撃ち込み応援しよう。しかしお前が三十人くらいの聖戦士をつれて指揮し、この世の地獄を見せてやれ」

ゴーストは揺らぎ、ボーッとなり消えた。

ジョンはテロリスト狩りは、かつて「存在」から示された自分に対する「悪逆王」の批判を避けるためのもので、かつイスラムの教えに逆らうものだが、テロリズムを根絶はできない。ただ、その小規模の戦いの場で、罪のない子供たちが貧困にあえぎつつテロリストの予備軍になり、ムスリム（イスラム教徒）としてテロリストに成長することを知っていた。

タジームとナジーム母娘がムスリムであり、宗教の違いを理由に差別をしていないことに自信を探っていた。

自分がアベ・マリアの時、その子供たちを選別し優秀な人材化したことも是とする。

しかし、これでは限界があり、自分がこの世界の指導者になることはわかっており、充分な能力を与えられる人も育ってきて、今できることをやろう。

それが、公益財団法人化、または社会福祉法人化であり、マリアからの引継ぎの六法人では不足。もっと拡充し、この考え、心、精神の自由、宗教や人種による差別をしない、させない、自然との共生ができうる社会、少なくとも周りから順につくりあげようと考えていた。

この時点で、アベ・マリア（自分自身）から引き継いだ幼児養護施設は、クリルシティ、東京の他、東南アジア四ヵ国を理事長として処置し不足資金も入れ、訪問し指導済み。それにミンダナオ島のダバオを加えバンガロールとコロンビアも加えた。あと八か十か所くらい必要と思っていた。
さらに、ノーベル賞は研究を高めていけば、ついてくるものと思っていた。

（第二巻・了）

■木公田　晋（きこだ　じん）
熊本市南区川尻町出身。熊本工業高校から専修大学法学部卒業。

公認会計士。税理士。

数多くの団体の要職を務め、専門書を執筆する傍ら、趣味の歴史の造詣を踏まえた歴史SF書を精力的に執筆。『小説　インタビュアー漱石』（熊日出版）ほか10数冊がある。

本書は『神々の戦いⅠ　ふたりの吉野太夫　ふたなりの子孫』に続く第2巻。

東京在。ブログ　http://ameblo.jp/kikoda

神々の戦いⅡ
若き超人伯爵ジョンブル・ジョン

2020年11月20日　初版発行

■著　者　木公田　晋
■発行者　川口　渉
■発行所　株式会社アーク出版
〒102-0072　東京都千代田区飯田橋2-3-1
東京フジビル3F
TEL.03-5357-1511　FAX.03-5212-3900
ホームページ　http://www.ark-pub.com
■印刷・製本所　新灯印刷株式会社

ISBN978-4-86059-502-9